张 健 著

巅峰

四川少年儿童出版社

目录 Contents

楔子：穿越灵魂的旅程 ·· 1
　　勤劳、智慧、淳朴、善良、勇敢、顽强不屈，始终是我们民族生生不息的巨大精神财富。这精神如同搏击大海的燕鸥。

上卷：南迦巴瓦之梦

在17位勇士的遗像前 ·· 10
　　儿子："爸爸，他们睡着了。"
　　父亲："不，孩子，他们永远醒着。"

天路进藏 ·· 19
　　他们给我的正是这种感觉：说话，坦诚率真；做事，当机立断。人与人之间那种豁达、友爱和尊重直贯心怀。

跨越生死线 ·· 26
　　活着，就应该有一种活着的勇气，有一种敢于面对任何挑战的精神。

唱给雅鲁藏布江 ·· 35
　　人在外，什么难处都可能遇到。人不能只为自己着想，也需为他人着想。

神奇的南迦巴瓦 ·· 44
　　有人说雪山是一片净土，那"净"，就体现在"自然"，不虚伪，不粉饰，不装模做样。

冰雪般洁净的灵魂 ·· 52
　　我失去了鼻子、手指和脚趾，但收获更多。最大的收获是战胜困难的勇气和对生命、对人生的热爱。

大自然之怀 ·· 64
　　我们所追求的一切中，又有多少欲哭无泪的困惑和徒劳呢？

雪域高原之子 ·· 74
　　雪崩、滑坠、生死线，他们出没往返，从不回头。

从富士山到喜马拉雅 ·· 84
　　功利是体现人生价值的一个方面，但过分了，就是一种不幸的缺憾了。

大西宏之死 ·· 91
　　生命，的确有活着的和死去的。但活着的，不一定真活着；死去的，不一定真死去。

男人们的哭声 ··· 102
　　山上，营地里，所有队员扑在一起抱头失声痛哭……

补记 ·· 111
　　一年后，队友将大西宏的骨灰撒在了南迦巴瓦峰顶。

下卷：珠穆朗玛之魂

心中那座山 ··· 114
　　让我们的孩子知道什么是真正的勇敢、纯真、善良，这些优秀的品质不能在他们身上退化。

"司令"曾曙生 ·· 123
　　只有真正热爱生活的人，敢于向自己挑战的人，才有资格到山里去……

体验拉萨 ·· 133
　　我们面对的是一个淳朴而热情的民族。

飘进雪乡的女儿 ··· 141
　　"活着，就给别人，给朋友们带来很多快乐。"这句话，含有佛骨佛心。

高原山友来了 ·· 146
　　为此行而三年来的筹组过程，对我个人来说，是一次心灵的攀登！

被困在世界最高的寺院 ··· 153
　　出师不利，珠峰的脸色这么难看。

目录 Contents

大风暴 161
　　人生中自找一些苦吃，才能体会凸活着的意义和滋味。

联络突然中断 170
　　山是非常大的，像很大的一个家，但门却非常小。当你遍寻不着自己时，你人已在里面了。

残酷的暴风雪之夜 178
　　太严酷了！可这就是登山！多像一场关键的球赛，精心准备了那么长时间，付出了多少心血，可几分钟之内就全完了，一切付诸东流……

珠峰墓地 186
　　登山者遇到任何艰难都不怕，就怕下山的队伍中少了一张熟悉的面孔。

神奇的岩壁洞 194
　　自然与人生，谜真多。

冰雪恋歌 199
　　不少人都会埋怨世态炎凉，可又有多少人能冷冷静静地反思自己曾为他人、为这世界付出了多少爱呢？

恐怖的"迫害" 207
　　在上面这个"可怕"的标题下讲述的，其实是登山者的趣事。

山鹰之死 211
　　珠峰山上的雪中，埋着那对爱人；珠峰山下的河边，埋着他。一高一低，遥遥相望。

狗　情 227
　　有点童心和生活之趣的人，善良和勇敢才有根。

突破天险 232
　　这一带冰雪区，被称为"北坳天险"。攀登极难，处处有险。

危难时刻 ·· 240
　　两岸的观念差异，难道会形成珠峰的又一场"暴风雪"？

老曾和冰塔林 ·· 246
　　只有真实透明的人，才会为美的追求付出代价和生命。

谁向顶峰冲击？ ·· 260
　　这毕竟是台湾和内地登山界的第一次合作，台湾队员的体力能行吗？

王勇峰心已冲顶 ·· 265
　　成功是辉煌的；失败，同样辉煌。

8680米营地的哭声 ·· 272
　　我希望登顶者记住，最后登顶的成功者或许只有一两位，但这一切都是队友给予的，应当感谢所有支援的人。

登顶一刻 ·· 283
　　历史记载下此刻——1993年5月5日13时30分。同为炎黄子孙的海峡两岸登山者，挽手并肩屹立于地球之巅……

死神难留王勇峰 ·· 291
　　就是剩下一只眼睛，我也决不放弃登顶的机会！

珠峰，我们要对你说 ·· 303
　　崇高、真实、纯洁、透明、善良、勇敢、坚忍，是我们生命中的氧气和水，失去它，如同失去生命。

附　录

一部"原生态"的亲历笔记 ·· 307

楔子
Preface

穿越灵魂的旅程

2009年深秋，在澳大利亚的墨尔本，女儿利用度假的机会，带我去了一个名叫"精灵岛"的地方。女儿说，这里最著名的便是临海边的一个很大的鸟岛。傍晚，成千上万只海燕自海上归来，极其壮观。

上了鸟岛，一排高大的松树下，陈列着一块有海燕照片的公示牌，说明很详尽。海燕的学名叫燕鸥，有44种之多，大部分燕鸥在北半球繁殖，秋季则来南半球越冬。奇特的是，唯有一种凤头燕鸥相反，每年10月来这里繁殖，4月后携子飞向北极。

这个鸟岛就是凤头燕鸥的产仔之所。此时，是12月底，很多燕鸥的小宝宝已经孵化出壳。每对燕鸥每年只产蛋一枚，共同孵化55天。在育雏的三个多月内，雌雄燕鸥轮番去海上拼命捕食，将小鱼虾等食物吞存在嗉囊中，归来后反吐给幼雏。有意味的是，幼雏一天天长大，最后体重会是父母的两到三倍！父母越来越瘦，儿女则越来越胖。幼雏靠着这样的储备，开始随父母学习飞行和觅食，之后会瘦下来，再飞向北方。

尽管还没有见到凤头燕鸥的身影，伴着苍茫大海滚滚而来的涛声，却使我心生敬畏。这些燕鸥每年都要从南半球飞越太平洋，穿越赤道，最后到达北极，茫茫行程约40000公里。风霜雨雪，海浪滔天，它们如"深蓝色的闪电"般飞翔在茫茫大海的波峰浪谷，累了怎么办？伤了怎么办？掉队了怎么办？天海苍茫，连个落脚之地也没有啊！只有飞！穿越暴风雨，穿过巨浪，那勇敢的翅膀只要张开了，就义无反顾、昼夜不息。它们真是世界上最勇敢的鸟儿。那是勇敢者的精灵！

我想看看雏鸟，但鸟窝被草丛遮避，只能看到最近处鸟窝内不时探出的几个小脑袋……我站上坝顶的高处，蓦地，使我大吃一惊，震撼人心的一幕出现了——眼前是一片燕鸥们肃然壮烈的死场。近近远远，目光所及，窝草边躺着近百只燕鸥的尸体！每一只，都不死在窝内，而是静默地向天躺在窝旁边的绿草上；有的还半伸开翅膀，想那应该是最后的挣扎吧。也可能是给子女喂完最后一次食之后，就悄悄地离窝而去。想一想也是，上万的燕鸥在此聚集繁衍，必有生死啊！这些死者，也该是垂暮之年的老者，这里是它们生命的最后一程。燕鸥的寿命不短，大约为30年。30年里，一只燕鸥穿行在南半球和北极之间累计飞行多远？足有百万公里。死在我面前的这些衰老的燕鸥，都是曾经在苍茫大海上飞过百万公里的精灵啊！如今，它们老了，累了，便以此种方式，静静地告别子女，告别世界，告别同伴和大海……

这些燕鸥，死在最后一次完成繁衍后代之后。对子女的抚育，成为它们的终极之旅。从某种意义上说，人类也是如此啊！为了子女的成长和未来，父母们殚精竭虑、倾其所有，甚至不惜自己的生命！我曾经看过一幅著名的油画：茫茫雪地上，一只母羊用力伸出双蹄，紧紧护着一只小羊羔的尸体，

楔子
Preface

仰头向天，流泪哀鸣，四周已被团团墨黑的乌鸦群包围，群鸦们个个瞪圆了眼睛，伸喙以待。

在澳大利亚，我接触过一些同胞和来这里求学的孩子。一旦经济上有了能力，让孩子受到更好的教育，是每个家长的愿望。但深入接触下来，一些现象又让人万分担忧。我曾去一所私立中学采访，国内来的孩子不在少数。在这里就读，每年仅学费就高达人民币百万元！孩子们学得如何？往往家境越优越的，学业越差。那不是一般的差，甚至根本就不学，成寄生虫了。高中，一个十八九岁的孩子，有的一年内除了百万学费外还要肆意挥霍几十万元，还逃学，甚至混迹于赌场、酒吧，连作业都是花钱买。一次，一个孩子触犯了法律，和同学一起欺辱了一个女孩，身陷囹圄。这位孩子的父亲从国内赶来处理儿子惹的祸事。这位父亲只说了两句话，一句是："他妈妈要是知道了他在这里的实情，还不哭死啊！"另一句是："这点事儿，要是在国内算什么？不就是花点钱的事吗？"

这样的孩子，并不少。这样的家长，更不少。

人间的悲哀，让人无法不想起燕鸥！倘若是燕鸥抚育的雏燕，只知道躺缩在窝里吃父母、喝父母、挥霍父母的财富，却不随父母学习生存和练习飞行的话，会是什么后果呢？

那将是一个种群的灭绝！这绝不是危言耸听。

人类，有时真的不如鸟儿。

我们扪心自问过该如何做父母吗？

我们留给后代的，除了金钱和物质财富之外，还应该有什么？

我们生活的物质条件越来越好，为何真诚、激情、淳朴、友谊和善良却越来越稀缺？

面对孩子身上存在的种种问题，父辈与社会的责任在哪里？

理想、信念的树立，崇高、圣洁、真诚的心灵建设，都关系到民族的生存与发展。文化建设的宗旨，是构筑先进文化与崇高文明的人文生态。而一部人类的历史，也是一部人类的心灵史。

勤劳、智慧、淳朴、善良，才会培养出勇敢、顽强不屈地走向未来的精神，这始终是我们民族生生不息的巨大精神财富。这精神如同搏击大海的燕鸥，那勇敢者的精魂。

这样的勇敢者，就在我们身边，他们是——中国的登山者。

一代又一代人都在寻找这个世界上最珍贵的东西，人生就是一个寻找的过程。我曾在许多个黄昏站在珠穆朗玛峰脚下的登山者墓地，面对那一个个石头垒成的空冢，再仰望他们真正的墓地——圣洁珠峰的冰峰雪谷，浮想联翩。安息在珠峰中的登山者，已经有近200人了，他们为何而来？他们寻找到自己所要寻找的东西了吗？既然所有奔向这里的人都知道很可能要付出生命的代价，为何后来者却越来越多呢？

楔子
Preface

　　人生艰难，如同登山。我便是带着很多人生的困惑迷上登山的。我和中国登山队的许多登山者成了朋友，甚至成了他们队伍中的一员，随他们一起奔向祖国的秀丽雪山。一旦进入他们的行列，在南迦巴瓦峰，在珠穆朗玛峰，在风暴喧嚣的雪山之怀，我的心灵便受到了强烈的震撼。我觉得自己似乎明白了多年来一直苦苦寻找的东西是什么，可一时又说不清。1991年初，因云南梅里雪山雪崩遇难的17位勇士的追悼会在八宝山革命公墓举行。我望着

▲ 行进路上的登山者

没有骨灰、只有17位中日登山勇士遗像的灵堂，立誓要跟登山者进山，于是随中日联合登山队去了南迦巴瓦峰。1992年，又一个噩耗传来——我的朋友、中央电视台体育部的青年记者曹玉春不幸病逝。他曾在1988年随队去珠峰采访过中日尼三国联合横跨珠穆朗玛登山活动，回来后，血液出了毛病，又染上了肝炎，最终不治身亡。他留下遗言，要穿着1988年在珠峰穿过的那身登山服装到另一个世界去。站在他的遗体前，看着身着登山服装的他，我明白他和登山者所结成的血肉之情。即便到了另一个世界，他还要去采访登山。他生前曾编过一部关于登山的纪实电视片《山魂》，因几个他曾采访过的中国登山者在梅里雪山遇难，他是一边哭着一边编出此片的。此片还有几集未编完，可他带着未完成的遗憾永远地走了。我暗下决心，要继承他的遗愿，用笔去完成。于是，我随海峡两岸登山队去了珠穆朗玛峰。

这两次旅程，对登山者，是勇敢冲击极限的征战；对我，是穿越灵魂的旅程。

登山者对人生的热爱，对自然的不屈挑战，暗示着一种充塞天地之间的生命之英气。他们在茫茫风雪中走出前人没有走出的路，称登山是"向自己挑战的事业"，展示的却是人类九死不悔的一种不屈精神。寂寞、孤独，每一步的严酷和凶险，没有鲜花和掌声，更谈不上名与利……但他们在风雪中迈出的步子是那样坚毅和豪壮！谁最热爱生命？正是那些勇敢向艰难和未知领域探索的前行者。因为，一部人类的历史，也是惊心动魄的探险史。他们艰难或并不艰难地摆脱世俗的种种诱惑，悲壮地以自己的生命为代价取来生

楔子 Preface

命之火，为我们照亮这苍茫的人生之途。

生活的含义绝不仅仅是金钱加享受，假如仅由它们支撑人生，收获的也一定会是残缺、空虚甚至不幸。像生命中不能缺少水和空气一样，人的生活应该有神圣和崇高的魂灵。一位登山者说："我盼望雪山的神圣和崇高走进我的人生。"他们在冰峰雪谷中为祖国和人类创造的登山精神，将价值永存。尽管，今天不少人可能还没有认识到这一点。

人类需要登山精神。

尽管二十多年过去了，但绽放在中国登山者身上的那束精神光芒，却依然照耀在我人生道路的前方，给予我温暖，赋予我勇气，赐予我胸怀，并映入现实生活中出现的各类人、各种事中，成为各具意义的人生标尺，烁烁发光。

今天，我愿以笔化火，并以《巅峰》的名义，尽力还原那两次跨越心灵极限的旅程，以点燃更多人内心深处或已沉睡的勇气与热诚、信念与理想，从而走向属于我们自己的人生巅峰！

若如此，则将是我最大的欣慰。

但愿《巅峰》带给你的明天，从此与众不同。

上卷：南迦巴瓦之梦

  德国著名诗人及思想家诺瓦里斯说："哲学，原本就是怀着一种乡愁的冲动到处去寻找家园。"

  登山者也是怀着这种乡愁的冲动，认定大自然和雪山就是自己的故乡与家园。那圣洁的、白色的家园，那一个个温馨美丽的辉煌之梦，那一曲曲儿女以生命唱给她的恋歌……

——题记

巅峰

在17位勇士的遗像前

面对英魂，我仰起头来，第一次从"悲壮"这两个字中感受到一种对生活的渴望和信心。是，他们倒下了，倒在了他们最钟爱的自然之怀里。登山这项事业，才更显出她的悲壮与价值。他们的生命，延续到了无数的后来者身上。

1991年，是我国登山史上损失最大、最惨痛的一年。

在滇西北迪庆州的梅里雪山，发生了特大山难。

此次山难，在世界登山史上是罕见和惨烈的——17名登山者，一夜之间永远消逝了，出事的确切时间、地点无人知晓，遗体、遗物等无影无踪。

举世震惊。尤其在国内外登山界，这次山难形成一个巨大的冲击波！

很多人对登山的恐惧，对登山运动的不理解，就是听说了梅里山难所致。

还有，一些传说，使这次山难显得格外神秘。有人说，梅里雪山是神山，被称为"太子雪山"，"梅里"就是"埋你"，谁想登太子的肩头，就埋谁；梅里雪山的主峰卡格博常年隐在云雾中，有一年，一位大师来了，他向雪山祈祷，将一

梅里雪山

瓶圣水往空中一洒，卡格博峰尖的云雾似幕布一样拉开，金光普照，令所有在场的人都拜倒在神山脚下……

神话也好，传说也好，这里面有人们对雪山的崇敬。但假如因此就认为此山绝不该登，那么长眠在冰峰中的17名登山者，将永难瞑目。

还是该真实地了解这次山难的悲壮。

梅里雪山处于喜马拉雅山脉和横断山脉相交的顶点上，在我国云南省与西藏自治区交界处。极其特殊的自然环境，使它的地形和气候也极为特殊。海拔3400米处还是一片绿色的世界，鸟语花香；而再往上，便是常年冰封雪裹。山体陡险，四处都是冰缝、滚石，流雪和冰崩雪崩频频不断，一天多达四五十次。更大的难处在于，这里的气候太差，独特的地形极易产生强烈的上升气流，任何一片云彩飘过，都会形成雪和大雾。1987年以来，中、日、美三国的登山家已四次攀登梅里，均因气候条件太差无法行动而失败。很多不了解登山的人总认为：人类曾若干次登上过世界最高的珠峰，还有比珠峰更难登的山吗？就说梅里雪山，海拔仅6740米，怎么就这样艰难呢？

1990年11月27日，中日联合登山队29人开进梅里雪山脚下的云南省迪庆藏族自治州德钦县。中方队长为中国登协的宋志义和孙维琦，日方队长为京都大学学士山岳会的气象专家井上治郎教授。云南登协也有五人参加了这次登山活动。应当说，这是一支实力较强、经验较丰富的队伍。12月2日，联合登山队进入大本营，13日，建成位于5300米处的2号营地。17日又建成3号营地。25日，再次取得重大突破，在5900米的高度跨越一道直立达10米的冰壁，建好了4号营地。整个过程意想不到地顺利。

这里是梅里雪山的肩头。这个高度，已是先前四次攀登从未达到的。消息传到了昆明，有关方面兴奋地开始准备庆功会了。

成功在即。

12月28日清晨，中日两国队员宋志义、孙维琦、近藤裕史等五人组成第一突击队，自4号营地向顶峰发起了冲击。当天13时许，突击队到达6470米高度，仍是意想不到地顺利。于是，山下的力量开始集中向3号营地集结，连事先定好没有登山任务的日方秘书长佐佐木哲男也按捺不住，当日从大本营出发向上攀登。

后方应急力量空虚了。

对于登山者，登顶的诱惑太大了！

——第一突击队，此时距顶峰仅有几十米。

最初，任何人都没有注意到晴空中那仅有的一片乌云。这片乌云在瞬间急速扩大，黑压压地涌了上来，很快卷成了猛烈的暴风雪。高空风裹着漫天大雪撕扯着每一个队员，人连站都站不稳了，更别说继续攀登。能见度急速下降到只有一二米。撤退的道路，也已被死死封锁。五个人避在一岩体处，被困了三个小时后，宋志义和孙维琦冒着生命危险在前方搜索道路下撤。在

这种条件下下撤，一步探不准便将葬身冰谷。八年前，宋志义在南迦巴瓦峰遇到暴风雪，也是这样下撤的，结果脚下的雪檐断裂，他一头栽下了深渊。幸亏他和仁青平措结了组（结组，即两人或几人连在同一根绳子上，好处是遇险时可互相营救，但另一方若无准备则将同归于尽。1957年攀登贡嘎山时，师秀等三人就是这样同时滑下万丈悬崖的），仁青平措把绕着结组绳的冰镐死命地插入雪中，整个身子扑上去压住，才救了他的命。

近午夜，第一突击队才终于下撤到4号营地，这600多米的落差用了十多个小时。这已是个极危险的信号了，谁能预料到几天后的灭顶之灾？

这次突击失败了，使他们不得不重新回到海拔5100米的3号营地。人们在期待天气转好，然后继续突顶。

29日，大部分人在3号营地休整，三名日方队员在4号营地整理物资。

◆ 梅里雪山高山营地

31日，队员们从大本营往3号营地运输物资。

1991年1月1日，登山队制定出后两天的突顶计划。

2日，大雪。

3日，特大雪。据云南省气象部门说，这是30年未遇的特大雪。

3日夜，营地人员按惯例与大本营通话。此时，3号营地驻扎了这支队伍的全部中坚力量——17位勇士。17人，有16部报话机。可以说，几乎任何人只要一打开报话机，就可躺在睡袋里与大本营通话。通话内容除必要的情况通报外，便是和山下的队友轻松地开开玩笑。

大本营报话机里，宋志义的声音出现了："没什么情况，正常，正常！大本营，放心，放心！明天给我们准备好荷包蛋，为我们庆功吧！"

22时15分，云南队员李之云的声音出现了："大本营，大本营，这里积雪厚度已达一米多，睡一会儿，就得到外面去铲铲帐篷上的积雪。放心！就是冷，撒泡尿都挂成冰帘子啦！……"

这是3号营地与大本营的最后一次通话。

——就在这3日夜到4日凌晨之间，几点几分？不知道。

卡格博主峰的冰谷里，传来一声巨响，有些沉闷的一声巨响。山下有的村民被震醒。而离卡格博峰最近的雪崩以西的大本营里，12人却都没有注意到这一声响——山上雪崩的轰隆声不断，大家都已习以为常了。

4日，从清晨一直到傍晚，大本营都在声嘶力竭地呼叫：

"宋志义！宋志义！大本营呼叫！……"

"孙维琦！孙维琦！大本营呼叫！……"

"李之云！李之云！……"

没有回答。山上16台报话机一片死寂……

3号营地。这次登山的所有日本队员(11名),还有中方的宋志义、孙维琦、李之云、王建华、斯那次里、林之生,永远不会和大本营通话了。

大本营里,只有12人,12人中,无一人上过3号营地,它的准确位置在哪里?

6日,时任德钦县委书记的和阿寿率人赶到大本营,他流着泪阻止住已急红了眼要往山上冲的人们。他知道,此时连大本营都不安全。当知青时,他曾在大本营一带亲眼目击过一场雪崩,几十亩粗壮的核桃树被拔葱似地瞬间毁灭……

6日,中国登协出动全部中坚力量赶往云南。

9日,有关方面派出侦察机飞赴梅里上空搜索。

12日,西藏优秀登山家仁青平措率五名队员日夜兼程赶往德钦。

19日,日方首批救援队八人到达梅里。

中国登山史上,一次惊心动魄、规模最大的冰峰抢险救援活动,从陆上空中两面拉开战幕。

但是,救援队与暴怒的雪崩和暴风雪抗争十几天后,由于天气意想不到的恶劣,终未到达出事地点。从航空照片上看到的雪崩覆盖面积达25万平方米,完全是一次突发性的百万吨巨大雪崩,造成了这17位勇士没有生还希望的那一场大灾难。

25日,中日双方句新闻界沉痛宣告:这次救援暂时中

救援队员在挖梅里雪山2号高山营地

止，取证有限，17位勇士全部遇难。

1991年2月7日，17位勇士的追悼会，在北京八宝山革命公墓礼堂举行。

在八宝山追悼会的灵堂上，我哭了。记忆中，我成年后只哭过三次。一次，是为我们报社收发室一位辛劳一生、一贫如洗的张师傅。他的工作，是为我们这个几百人的新闻出版大楼收发信报。近60岁的老人了，每天忙得连口水都来不及喝，信报从未出过差错，可突然患脑溢血去世了。那天，我们这个大楼里去的人很多，去为这位平凡而可敬的老工人送行。另一次，是为一位被人迫害患病致死的才20几岁的小弟，这是一个在弥留之际都关心着祖国的青年。这两次，使我感到人世间的沧桑和悲凉，那是人间尚有的不公平的悲凉。这样的时刻，使我们活着的人不能不感到生活下去的勇气受到重重地挫伤。

再有，就是这一次了……

追悼会上，我望着17位勇士的遗像，泪眼模糊。遗像中的孙维琦仍含笑望着我，那么亲切的面孔。我去过登山基地和中国登协多次，定然见过他，只是没有交往。听说这次临行前，他还答应回来后给我们《山野》杂志写一篇《四进梅里》。没想到只能由我们来赶写悼念他和他的难友的文章了。他年轻的妻子赵小欣，带着一对双胞胎儿子站在丈夫的遗像前，儿子才三岁。两个可爱的孩子头上缠着白布条，睁着大眼睛望着周围陌生而奇怪的一切，在妈妈和阿姨的怀里那么安静。以他们的年龄，还不知道爸爸永远不会归来。孙维琦夫妇婚后在一起生活仅仅四年，两人给孩子起了同一个名字——"岩"。大胖叫孙岩，二胖叫赵岩。这个"岩"字，凝聚着孙维琦对登山事业九死不悔的信念和热爱。我望着孩子，悲伤之外一种猛烈的冲击在血管中奔突……

面对英魂，我仰起头来，第一次从"悲壮"这两个字中感受到一种对生

活的渴望和信心。是的,他们倒下了,倒在了他们最钟爱的自然之怀里。登山这项事业,才更显出她的悲壮与价值。他们的生命,也延续到了无数的后来者身上。

我想起一部外国影片中的两句台词。父亲领着年幼的小儿子来到烈士们的石雕像前——

儿子说:"爸爸,他们睡着了。"

父亲答:"不,孩子,他们永远醒着。"

永远醒着的人,在这个世界上永不会消逝。生命在这里不是终结,而是永存。珠穆朗玛峰下,有许多长眠的勇士。他们来自世界上的多个国家,或素昧平生,或匆匆相识,为了一个目的,他们静静地永远聚在了那里。这长眠,是醒着的,醒着的双眼微笑着注望峰顶。后来者每次来到他们的墓地前,都要为他们点燃起一盏又一盏酥油灯。这灯,是他们永不熄灭的生命之火的象征。

死去的他们,谱写了壮丽的生命之歌。

活着的我们呢?

一部人类的历史,就是一部惊心动魄的探险史。登山者身上,最鲜明地体现着这一点。他们以生命的代价丰富着人类的物质、精神、科学和文化生活,他们高扬起人类的不屈和尊严之旗,给我们以生活的勇气和力量。

正对着这灵堂的前方,烈士陵园里有贡嘎山四位登山者的墓碑。我曾不止一次地默立在碑前。很久以前,我就有一种愿望,盼着有一天,我能走进登山者的生活。我渴望能走入他们心中,从他们那儿"盗火"。

如今,这念头更急切了。

我深信,西藏,雪山,会给我的生命注入很多很多东西。

到自然当中去!到那些举起生命之火照亮苍茫人生的登山者中间去!

去悟一悟人生,在人生里,升起一轮金色的太阳。

决定了!我要进藏,我要进山!

天路进藏

愿你们在梅里雪山这美丽、纯洁的怀抱里安息。我们虽然就要离开你们了,但我们的心,永远伴随着你们!……我坚信,总有一天,你们的后继者会来到你们的身边,完成你们的遗愿!

梅里山难的阴影,挡不住登山者的脚步。

追悼会之后仅两个月,中国登协和日方再次组成搜索队,前往梅里雪山。同时,要在德钦县西南侧的飞来寺,遥对梅里格博达峰的地方,为17位勇士建一座纪念碑。遇难者家属们将一同前往,在碑的周围栽下17棵长青的松柏。

然而,梅里雪山绝不给搜索队到达3号营地的机会,每天50多次冰崩、雪崩……使人无法靠近。在海拔4700米处,救援人员在雪崩前几乎无法撤回。整整20多天的攀登和搜索,不得不再次受阻。

撤营仪式上,所有的队员望着头顶的雪山都在痛哭——那是一个个七尺男儿!舍不得,舍不得就这样离开埋在雪中的难友。有的人跪在地上,额头顶着雪地，朝着战友们遇难的方向。中方总队长、中国登山协会副主席曾曙生流着泪面对着巍峨的雪山说："17位遇难的战友们，由于不可抗拒的天气、地形等原因，我们没能到达你们身边……作为中方队长，这是我终生的遗憾。愿你们在梅里雪山这美丽、纯洁的怀抱里安息。我们虽然就要离开你们了，但我们的心，永远伴随着你们！……我坚信，总有一天，你们的后继者会来到你们的身边，完成你们的遗愿！"

我总不愿相信这17位勇士就如此消逝，总觉得有一天他们会突然自冰雪中走出，笑着归来。或者，我们将来终有一天能找到他们，用那时先进的科学手段将他们救活……

自梅里归来后不久，中国登协与日本山岳会计划秋天攀登西藏南迦巴瓦峰的准备工作，开始紧锣密鼓地进行起来。

南迦巴瓦峰，是当时世界上唯一的一座海拔7500米以上的处女峰。

这是一座比梅里雪山更危险、攀登更艰难的山峰。

1984年，中国登山队的第一次失败，就在此山。

梅里山难之后，马上决定攀登此山，这就是祖国的登山者。

我要去南迦巴瓦！

当时，我正帮助中国登协办《山野》杂志，也算个编委。常来常往，和登山界的朋友越来越熟。登协的人都透着一股清新的"山气"，这里与任何机关都不太一样。他们中绝大多数进过山。

他们告诉我，在海拔特高的山峰上遇到雷电，浑身上下摸哪儿哪儿便呼呼冒蓝火。他们给我的正是这种感觉：说话，坦诚率真；做事，风风火火；决策，当机立断。人与人之间的那种豁达、友爱和尊重直贯心怀。山的襟怀、山的气魄，山的刚直和透明晶洁，铸造了这样的一群人，真正的男人女人。

我最喜欢听他们常说一句话："喂，什么时候，跟我们到山里去野一野！"

现在！眼下这个时候！机会来了。

遗憾的是，《山野》已决定派去一个随队记者小谢。我仍不死心，一有工夫我便泡在登协。7月，我还给登协副主席王凤桐写下一份"请战书"。

答复非常痛快："可去，除有关的采访外，将山上的一批资料带回北京，并为本刊写一篇山上的生活散记。"

有这种"特批待遇"，我已很满足了。与我一起被特批而同行的，还有《新体育》杂志社的记者陈群。他曾跟随中美长江漂流队全程报道，更是个"野种"。

我所有的朋友几乎都不同意我进藏，担心我的体质适应不了高山反应。按说我的体质一般，但有个十分奇怪的毛病——一旦出差在外，肯定生病。

听说，在西藏最怕的就是感冒发烧，一感冒不是脑水肿就是肺水肿，重症者很快就见"上帝"去了。高山反应也很吓人，我们报社有个记者，刚下了飞机就输上氧被担架抬走了。还有人说，去一次白血球就会丢失多少，弄

❤ 在梅里雪山遇难登山勇士纪念碑前

不好还患白血病。人们口口相传，说得很悬。

我想，上苍会助我的。

果然。天遂人愿。

中日南迦巴瓦登山队的大部队于9月下旬出发了。我们迟走几天。

1991年10月2日，我们飞抵成都。

四川登协的朋友来接我们，准备4日转机进藏。我们刚上车，这位朋友就报告了几个刚收到的坏消息：一支日本登山队在接近希夏邦马峰顶时遇险，两死两伤；登南迦巴瓦峰的一名队员因病下撤；一位游客到拉萨后患脑水肿，生命危在旦夕……

我仍嘴硬，但心里不免有点儿发怵。

4日凌晨4时30分，我们赶到成都双流机场。飞机预定6时50分飞往拉萨贡嘎机场。不到5时，安检已毕，我们在候机楼候机。飞西藏的人不算多，三四十人中大部分是军人，面色红里透黑。其他的人，即便像做生意的，也毫无都市款爷的味儿，反而很"土"。这使得这班飞机候机厅的乘客和其他航班的乘客都不一样。在这里，我已悄然感受到雪域西藏的气息了。这是一种亲切的、朴实的感觉。

一位在拉萨工作的汉族女孩和我聊起了天。她看我只穿一件厚毛衣和牛仔外套，又知道我是首次进藏，便摇着头说："你这身衣服不行。到西藏，8点多天刚亮不久，很冷，早上和中午温差太大。进藏最怕感冒，一感冒弄个肺水肿就不是玩儿的。不是吓你，还死过人呢！成都海拔仅400多米，拉萨海拔是3700多米，感冒再加上高山反应，不得了！你不比我们，连我提包里都带着羽绒服。你得加衣服。"

坏了，把我吓着了。我的羽绒服已办行李托运了，怎么办？我决定去行

李房取回来，又怕它已经被装上了飞机，于是飞也似地跑出候机厅，冲出安检门。一位安检人员也飞也似地追上我，一把抓住盘问再三。我掏出记者证说明再三，他才相信我不是歹人。等我冲到行李房一问，晚了，行李刚上飞机。回来后我很不安，转了几个候机厅里的商品处，想买件毛衣都没有。回到候机厅，一位军人安慰我说："不要紧，到了那儿实在不行我给你想想办法。"我道了谢，心里终归不稳。就在这时，广播响了，我们的班机因故障迟飞三个小时。那个女孩望着我笑道："行了，你得救了！下飞机时你这一身也会热得难受。注意别跑就行，否则心脏会受不了的。"

10时整，飞机终于起飞了。从成都到拉萨，其实只需要两个小时的航程。

两个小时后，就到这神奇的雪域之乡了！

建议朋友们感受一次这段航程，哪怕你别出机场马上再飞回来，都会觉得太值太值了！

成都在四川盆地的西部，飞机似乎刚飞升到万米高空，舷窗下便可看见青藏高原了。天气很好，起初机翼下的云很少，稀疏而淡薄。我贴着舷窗向下望去，吃惊地发现这景观和我在中国登山协会看到的一幅青藏高原的凸形地图非常相似。那地图像个沙盘，飞机下面，就像放大了的沙盘，连各种层次的颜色都差不多。这使我猛然产生了一种亲切感，亲切得就像我又回到了小学地理课上……

天空湛蓝湛蓝的，很有层次。蓝天之下便是山的世界了。所有的山尖，都像那沙盘上凸出的小尖尖。山一会儿呈暗绿色，一会儿又呈一片一片的玫瑰红色，不知那是什么高原植物。也能看到森林，绿绒绒的。还有曲曲绕绕的一根"细线"，那是公路了。发着亮光的"线"呢，曲曲折折，勾连回环，一会儿粗点儿，一会儿又细得看不见了，这是江河。那是长江上游的支流吧？

半山顶的夹窝里，还有一团一团白亮的小池塘，是天然的水库，那是山的眼睛！

11时，我吃了一点儿东西。就这么一会儿，再往外一看，顿时觉得整个宇宙突然明亮了起来，云海一片通明，使我陡然升起一种神圣的感觉。果然，雪山！雪山出现了！开始是一些山的峰脊北侧有着白色的积雪，后来，就见到整体洁白而透明的雪峰了。透明的部分，该是冰川。云海也顿显苍茫恢弘，一会儿像轻柔飘浮的棉垛，一会儿似威严的古炮台和城堡；而擦着机翼掠过的云朵则像一群群白骏马。远处的云却又那么宁静，好似浮在一池静静的水边，而远处的雪山，就是这水中白色的仙岛了。待低头几乎垂直往下看去，雪山的山脉越来越清晰，峰顶离我越来越近，似乎我只要往外伸出一只脚，轻轻一迈就可以飘然立在峰顶；盘腿一坐，就能做一回华山论道的神仙。我又觉得我已消逝了，灵魂早已出了机舱，走进了外面无边浩瀚的圣洁与辉煌，化了风，化了云，化了雪山，化入大自然母亲之体……羽化而登仙！

灵魂，何时这样美丽，这样自由过？

灵魂，本当如此美丽，自由。

她，该是你的。

……

11时40分，飞机开始缓缓下降，沿着雅鲁藏布江的大河谷滑翔。河谷其实是个峡谷，河床里有的地段看不见多少水，却非常宽阔。机身一会儿侧起的度数很大，不适的感觉强烈；一会儿顺河床回绕一个急弯，令人惊心动魄。空中小姐却开始轻松地整理衣装各就各位，机舱广播响了："飞机马上抵达贡嘎机场，地面温度为9摄氏度……"

一出机舱，风不小，但日光强得令人睁不开眼。西藏登山协会的老姚竟然举着一张纸在飞机跑道边等着我们。我记得那个女孩的话，不敢跑动，感觉却没有什么不适。

脚下，就是西藏的大地了。

一个多小时后，我们进入拉萨市区。一到下榻的喜马拉雅宾馆，可能是搬行李猛了些，我感到太阳穴开始一跳一跳地疼，头脑昏沉，气不够使，胸闷，憋得直张嘴喘大气。我明白高山反应来了。这东西很怪，看来身体不错的人，可能真受不了；而身体不怎么好的人却可能反应很小。对我的反应，老姚说是正常的，几天后就可以适应。几天？我怎么能等几天呢？进南迦巴瓦的值班司机群央多吉来找我，指着我的脸说："不行！你明天进不了山！你的嘴唇都是紫的，脸色蜡黄，路上出事我上哪儿去找医院？路过的松多山口海拔5000多米哪，比拉萨高多了！按常规，进山前都要在拉萨先适应几天。明天你别走了，走我也不敢拉你！"走不走，我心里正犹豫时，宾馆靠大门的走廊里突然迎面走过来一个年轻人，他的两只手缠裹着厚厚的绷带，走路也得举着，脸上黑黑的，破了两块皮。老姚指着他对我说："就是他，刚从希夏邦马峰下来，救了好几个日本人，看把手冻的，差一点儿被截掉！真是好样的！"

"别听老姚的，那有什么好说的？只是想起两个死在山上的……"小伙子有些腼腆，一边说，一边往里走。

"那更是救！要不那一个也得死！"老姚回头望着他说。

我上前拦住他，又找来了这支登山队的日方队长、队员、翻译，就在这走廊的沙发上开始了采访。

那是令人惊心动魄的一幕……

跨越生死线

我越来越意识到,登山,是一种寻找世界上最美好东西的过程,也是寻找人类自身弱点和悲剧的过程。

他叫张志坚。

张志坚不太爱说话,但沉稳、刚毅,显得很成熟。其实,他只有28岁。

他是中国地质大学的讲师,获硕士学位。23岁那年,他还在上大学时,由于这个专业的需要,就爱上了登山。学地质的,不爱山,那就等于不爱自己的事业。但是,也没有他这么个爱法的——正准备结婚呢,突然接到日本长野山岳会向他及同事马欣祥发来的邀请函,请他们9月去中国西藏攀登海拔8012米的希夏邦马峰。世界上海拔在8000米以上的高峰才有几座?他高兴极了,连想也没想就答应了。

后来,出事之后他才感到自己做得不对。他感到太对不住自己新婚的妻子了。

希夏邦马峰

4月,他接到日方的邀请;6月,他结了婚;8月,他就进藏了。他要趁此机会,做一些早有计划的科学考察。国内经费有限,有限到令人无奈。这一切,新婚的妻子都不知道,他瞒得死死的,因为妻子在外地。他怕和妻子一说,妻子不同意,那就更难受了。他打算回来后再和她说。这一次,假如真的"长眠"在希峰,那么,躺在冰雪中的他也会闭不上眼,自己怎么对得起妻子呢?

只差一点点,极小的一点点,他就再也见不到她了。连懊悔,都没有权利了。

8月8日,在拉萨,他与日本长野登山队会合。21日进山。9月18日,他和第一突击队的日方队员山岸、五味、宫下、松泽自5号营地出发,准备突击登顶。

海拔7350米的5号营地，是最后一个营地。顺利的话，当日就可登顶。所有的人都认为，成功在即。

早晨7时，登山队自5号营地出发。下午2时，日方队长山岸果断下令全队轻装前进。这明显是想尽快突击顶峰，但张志坚觉得有些冒险。因轻装后，水、食品、睡袋都扔了，有两个日本队员甚至把羽绒服都扔了。要是途中遇到意外情况，可怎么办？这担心不幸应验了。下午近5点时，他们已攀登到7850米，离顶峰只有162米了。太阳已西沉，气温骤降。是毕其功于一役，尽快突击顶峰后下撤，还是立刻就下撤，明日再冲击顶峰？看来只有这两条路了！所有的队员都望着队长山岸。张志坚和日方队员做梦也没有想到，固执的山岸一挥手，就作了"就地挖雪洞，在这儿过夜，明天突击顶峰"的决定。这么高的山上，物资几乎全扔在路上了，怎么防寒，今晚吃什么？

这是极其艰难的一夜。

五个人，只能挤在一个一平方米的雪洞里。躺是不可能的，坐都无法坐稳。几个人几乎是堆在一起熬着。没有食品，更没有防寒的用具，不敢睡，也无法睡。吃了点儿巧克力，喝了几口壶里冰凉的水，每个人便都不语了。这样熬一夜，明天能有突击顶峰的体力吗？

张志坚明白这个决策的失误。但毕竟自己是和日本队员一起登山的，现在又能说什么呢！若说苦，再大的苦也不怕，可明天会不会影响登顶，他也很担心。还没到早上，宫下已呕吐不止，这是冷与饿带来的反应。脖子处和身下，冰雪已被自己身体那点儿宝贵的体温融化了，更觉出全身那种刻骨铭心的冰冷。透过雪洞顶上已淡淡发白的雪光，他知道天开始亮了。从雪洞里扒开一个口子，他看到了雪山之上的朝晖。这体验，自己也是平生第一次经历。不久，朝霞出现了，那么明艳！那么辉煌！在海拔近8000米的雪山上看朝霞，

他深切地感受到人生有多么美好，生活有多么美好。他想到了妻子，想到了自己人生中遇到的很多好人……他想他们。

一场灭顶之灾，也在等待着他……

这已是9月19日。早上9点多钟，天已大亮（那里天亮得比内地晚）。五个人出了雪洞，这才发现由于一夜寒风的狂吹，山体表面的积雪已被冻成了一层近五厘米厚的硬壳。地面太滑，这给攀登带来相当大的难度。10点左右，大家穿好冰爪，开始向顶峰冲击。五味在最前面开路，后面是山岸、松泽、张志坚、宫下。张志坚走了几步，感到脚上的冰爪有些松，便弯下腰想系一下冰爪的带子。谁知，他刚弯下腰摘掉手套，忽然听到下面的宫下惊叫了一声。他猛一抬头，只见上面一块30多厘米大小的硬雪团砸了下来。他还没有来得及反应，便觉得脚下一软，整个身子腾飞起来，随即向后下方翻滚，顿觉天旋地转。潜意识里，他先拼命以双手抱头，觉出雪流压过来几乎要将他吞没时，又游泳似地两手扒着雪急速向外挣扎。隐约中，他感到了两次重重的撞击，之后，大脑出现了空白，紧接着就失去了知觉……

过了多长时间，他不知道。他们摔下去的落差有近500米。而百余米外就是悬崖绝壁。他从昏迷中醒来，从雪中抬了一下头，看见了东面的摩拉门青峰。在那一刻里，他知道自己还活着。但是，周身麻木得像被什么紧紧捆着，整个下身还埋在雪里。他挣扎了一会儿，怎么也无法爬出。这时，他看见了坐在远处雪里的山岸。他向山岸喊了几声，对方不应，依然在那里瘫坐着，嘴里不知在喊着些什么。张志坚明白，山岸是被摔晕了，现在只能靠自己把自己从雪中救出了。手上早已没了手套，但不错，手还可以活动。他先把大腿上的雪扒开，再把脚也拉出来，这才终于从雪中脱险了。刚从雪里爬出来，他吃惊地看到，就在离山岸不远的前边，下半身也被埋在雪里的松泽正在那儿苦苦挣扎。而山岸呢，则好像什么也没看见，仍垂着头喊叫。张志坚艰难地爬过去，请山岸帮助，连扒带拉，费了很大的劲儿才扒出了松泽。

松泽会英语，是唯一可以和张志坚通话的日方队员。

"松泽！宫下和五味呢！赶快救他们，赶快！"

但是，松泽已经神智不清了，一句话也说不出来。他受到了严重的创伤和冻伤，站不起来了，只在雪地上不住地翻跟头。他见不得雪，一见雪就翻个不停。

怎么办？张志坚抓住松泽晃个不停，又轻轻踢了他两脚，都没有用，只要一松手，他就又开始翻跟头了……

张志坚急得直想哭！可还有两个人没有下落，十万火急！

山岸仍傻坐在雪里，垂着头叫个不停，再怎么叫他，他也不动。

张志坚明白，只能靠自己一个人了。他焦急地四处寻找，突然看见了前面雪堆中的一只手。他艰难地爬过去，顺着这只手急忙用力扒，终于看清了这是宫下。趴到胸口听了听，宫下喉咙里尚能发出点儿声音，嘴里也还有一丝微弱的热气。但扒着扒着，宫下的瞳孔放大了，脉搏也摸不着了。他马上做人工呼吸抢救，在宫下胸口处压了20多下，却一点反应都没有。看来，救宫下已无望了。张志坚又急忙去找五味，好容易才在雪地上发现一点儿发黑的东西。他跟跟跄跄地过去定睛一看，有了，这是五味的背包！他抓紧背包带用尽全身的力气猛地一拉，背包带断了，但也带出了五味的一只手。五味是趴在雪里的，时间太长了，早已停止了呼吸……

张志坚这才感到全身瘫软，一丝力气也没有了。歪倒在雪地上，他昏昏沉沉地望着前方的两具尸体，不相信刚刚还活蹦乱跳的两个人，一下子就死了！死，难道真的就这么容易？

山岸和松泽渐渐开始清醒了，但已不能动了。张志坚一下子想到：这样下去，救援人员若再不上来，他们都将必死无疑！他爬过去，大声问山岸："报话机呢？报话机呢？赶快和山下通话！请求救援！救援！……"山岸呆呆地望着他，只是摇摇头。张志坚翻遍了他的背包，除了一台傻瓜相机外，什么也没有了。

对于活着的三个人，这才是最可怕的。山下，谁能知道他们在哪里？谁能知道他们遇到了这场大难？山岸反应了过来，带着哭腔朝着天上绝望地嚎叫："Help! Help!（救命！救命！）……"

三个人，只得用尽最后一丝力气，呼喊着求救信号："S-O-S！S-O-S！……"

风，狂野的山风，将这微弱的声音卷没在雪谷中。

只能听天由命了！

过了多长时间？不知道。他们早已喊不出什么了。沉沉的昏迷中，张志坚猛然用力睁开了眼，山下，一个红色的身影出现了，越来越近。看清了，是日方的另一位攀登队长若尾。若尾走近他，从口袋中摸出一副太阳镜给他戴上，听他用英语诉说遇难经过。若尾不懂英语，但明白了发生的一切，便向山岸和松泽走去。不久，张志坚的同行战友马欣祥上来了。小马一见张志坚的手，泪水就流了出来。志坚由于没戴手套，又连着从雪中扒出了三个人，手的皮肤已发黑……小马一把抓过张志坚的两只手，轻轻揉搓起来。他从背包里掏出水壶，递给了张志坚。张志坚没有喝，望着雪中五味和宫下的遗体，泪水潸潸流了下来，一滴滴落在洁白的冰雪地上……

这时，张志坚才发现他们随着那块崩下来的浮雪跌下了近500米的落差，脚下的海拔高度大约为7300多米。

双手，越来越黑。不痛，麻木，肿胀，不像是自己的手了。

能保住它们吗？小马在想。回到大本营，小马为张志坚的手挤出了一股又一股黑血……

经历了这场雪中生死，他对山，是种什么感觉呢？

"依旧还是恋人。"张志坚说，神色仍然那么执著，"和山的情感，就像同恋人一样，吸引与排斥共存。在雪山面前，人永远是渺小的，但渺小却并不等于失去自己。我们走向雪山，就是为了证明这个。活着，就应该有一种活着的勇气，有一种敢于面对任何挑战的精神。经历这场生死变故，我觉得是值得的，起码证实我有这种勇气。另外，也使我体会到活着太美好了，要珍惜生活和生命！"

上面的叙述，是我后来整理出来的。

它是绝对真实的吗？是的，可它带着一种遗憾。

有遗憾的真实，不是完整的真实。作为一个作者和记者，如今再次整理这一部分文字，我心中依然很沉重。

因为张志坚对我要求过，自己所谈的部分内容，千万不要写出来，至少离事件太近时不要写。我理解，也答应了他。

如今，离事件发生的时间已有多年，我该写出来了，为后来的登山者，也为在异国死去的宫下和五味。宫下和五味的遗体，当时无法处理，只能剪下点儿头发带走，尸体埋在雪中后，队伍就下撤了。如今，可能仍在那里。

9月18日，出事的前一天，还有一支队伍也从突击营地出发向顶峰冲击，那就是中国台湾的"溯源登山队"。台湾队比山岸、张志坚所在的突击队晚出发两个小时，到下午4时许，两支队伍会合。此时，两队都想尽快冲击顶峰后下撤，因为当天的时间不多了。论实力和经验，日方要强一些。中

国台湾队因前一段体力消耗太大,力量明显不如日本队。这时,两支队伍又走在同一条线路上——这就出现了一个问题:谁先走在前面开路?地上的雪很厚,前行开路者,体力消耗和危险都比后行者大,这是自不待言的。日方开始走在前面,走着走着,攀登队长山岸感到吃了亏,下令停止前进,要求双方轮流在前面开路。台湾队长没有反对,但速度明显太慢。就这样,我停下看你先走,你停下看我先走。又向上拱了一个小时后,台湾队实在难以再在前方开路了。于是,就出现了你看我、我看你的局面,谁也不愿在前面走了。

其实,假如双方都不考虑其他,尤其是日本队,一鼓作气向上冲的话,是完全可能当天登顶的。那么,就不会有次日的惨剧发生了。

登山,作为一项世界性体育运动,其宗旨也应是"重在参与"。人多,队伍大,是多好的事啊!打破任何界限团结在一起,成功的可能性必然更大。与此相反呢?次日的结局,是有必然因素的。

张志坚说,在这支队伍中,五味和宫下是非常有修养的日本朋友,给过别人很多帮助,行军时总走在最前面开路。这样好的人,转瞬间就这样离开了人世,太让人痛心!

张志坚只是受日方邀请的一名队员,在这个问题上,没有任何的决策权。他只能为眼前的局面感到遗憾甚至悲哀。他跟我说:"抛开后来的遇难,这是一次心情很不好的登山。"中国登协有明确规定,因为在中国登山,如果外国登山者在顶峰要亮国旗的话,也必须亮中国的国旗。在这支队伍中,何况还有中国队员呢。但日方队员劝说张志坚:"你当看不见不就行了?"张志坚坚决不同意,上山前,他在怀里装上了国旗和中国地质大学的校旗。

在登山途中,所检验的也是一个民族成员的素质。它折射出的东西,绝不仅仅是登山。自私、狭隘、刚愎自用、不讲人情味,在许多民族里都有市场,它带给自己和人类的痛苦太多了。

后来，我越来越意识到，登山，是一种寻找世界上最美好东西的过程，也是寻找人类自身弱点和悲剧的过程。

我绝不是在此评说哪个民族优劣，我们民族中某些劣根性也是存在的。我只想站在一个完整人格的角度就此事谈一点儿思索。

——于是，山岸下令就地挖雪洞宿营；于是，台湾队只得下撤回突击营地，两支队伍最终都没有在当天登顶成功。需要说明的是，次日日方山难发生后，台湾队也参与了救援，并提供了物资和药品援助。

在拉萨的喜马拉雅饭店，我采访时问日方一位队长，请他谈一谈对中国队员、对张志坚雪中救人的行动有何感想。他支吾着避开了这个问题，谈了一些别的。望着他，我再一次就这一问题发问，他也只回答了"合作愉快"几个字。我很失望。

晚上，我敲开张志坚的房门，再次和他及小马长谈起来。我太喜欢这两个文静而刚强的小伙子了，这是祖国知识界的登山者代表。我想，祖国母亲会感谢他们在山上的尊严和行为。

志坚劝我说："你们司机的话有道理，我也建议你在拉萨停两天再进山。毕竟，你是第一次来西藏。"

我起身和他告别，却无法握一握他的手。我说："谢谢你，我会记着你，还有你的这两只手。回去给我来信，说说手的情况……"

回到房间后，我对陈群说："决定了，我们明天凌晨进山！"

多谢你，志坚！

南迦巴瓦，我要立刻见到你！

唱给雅鲁藏布江

登山是只属于勇敢者的事业。勇敢,是人类生活的一种勇气和自信,缺少了它,这也怕那也怕,人不就成了软骨动物了?怎么去讲开创人类自己的明天?

出拉萨了。

穿越拉萨河大桥了。

向东,向东,此程千里!

我一次次探出越野车的车窗,把手伸进这高原的风里。

太阳还没有出来,天已蓝得令人心醉。鹰!高原的蓝天下见到的第一只鹰!那是这片土地上的神鸟。

兴奋,期待,未知的神秘感,以及第一次进山对于喜马拉雅自然萌生的恐惧,一下子全融化了。取而代之的是一种什么感觉呢?——飞!你自由自在地飞翔在浩瀚的蓝天里,心,一下子变得也像蓝天那么阔大深远了。鹰,你就是那只鹰!

飞翔在世界屋脊上的鹰!

脚下,头顶,身边,是喜马拉雅,是喜马拉雅!我们,正穿行在她的怀里。这就是她吗?她从才旦卓玛的歌声里,从电影《农奴》中强巴的身边,甚至从我童年的地图册上,忽的一下子就飘来了,悄无声息地静静地落在了我的眼前。我甚至还未准备好,就迎来了这个心慕已久的恋人。

车走着走着,前面的路边有人在晃动着什么,好像在拦车。那人手中的东西很怪,毛茸茸的,呈柱形。司机群央向他摇了摇手,没有停车就走了。我问群央:

"他手里拿的是什么?是不是要搭车?"

"不是搭车,是要卖他手里的雪莲。"

雪莲?这就是雪莲?使人难以置信!这么难看的东西,竟会是雪莲?

印象中的雪莲有洁白如玉的大花瓣,闪着一种圣洁的美丽之光。而这个棒槌形的东西,竟也是雪莲?原来,看似美丽的那种,是新疆的天山雪莲;而这种,就是喜马拉雅雪莲。喜马拉雅雪莲看上去并不大好看,却有很高的药用价值,是西藏的一宝。

有意味的是,所有靠近雪山居住的藏民,都从来不动雪莲,认为那是山上的圣花。

一位山边的藏民告诉我,因为雪莲生长在终年不化的冰山上(一般生长在海拔4000米左右的雪线上),所以,采到它往往要冒生命危险,它是一种生死花。它的圣洁,不在表面,而在内心……

生死花。有些哲理的意味。悟的是生?还是死?

人,支撑着生死的,就是爱情。这爱情的内涵当然是宽泛的。

登山者,必是这"情种"。

登山运动起源于欧洲的阿尔卑斯山。谁也想不到这项运动最初的起源会与爱情有关。法国、意大利等国境内的阿尔卑斯山上,生长着一种非常漂亮而奇特的野花。它的花、叶、茎都是黄绿色的,当地人叫它"埃德莱华斯",也叫高山玫瑰。因为它只生长在海拔3000米以上的山上,扎根在向阳的岩石缝里,所以很难得到它。姑娘们都十分喜爱这种花,每当小伙子来求婚时,姑娘就说:"你要是真心的,就去给我采一朵高山玫瑰来看看。"这是一种考验,考验小伙子的胆量和勇气。山太高,花又长在悬崖绝壁上,要登上山去仅有胆量不行,还要有登山的技能。于是,那里的小伙子都成了登山的能手。他们将冒着生命危险采来的花献给心上的姑娘,如果姑娘接受了,就算应下了婚事。这种花,就成了"幸福和爱情之花"。

多有诗意的来历啊!登山,是为了爱,为了生活的幸福和美好。

登山这项事业,是人类热爱生活、追求生活的事业。当然,它需要付出代价。

世界的登山运动发展至今已有100多年的历史了。我国的登山运动起步较晚,约在二十世纪五十年代中期。1957年,刚刚诞生不久的我国第一支登山队攀登四川境内海拔7556米的贡嘎山。队长史占春带领五名队员成功登顶后,下山途中遇到了可怕的暴风雪。挖雪洞过夜已不可能了,那将冻死在雪中。于是,全队决定三人一组强行下撤。这时暴风雪呼啸弥天,而且雷电交加,卷起的飞沙走石使人睁不开眼。再加上冰坡陡峭,行路倍加艰难和危险。史占春所带的结组走在前边,突然,一位队员脚下一滑,向冰坡下的峭壁滚去。老史和另一位队员也被带着翻下了山去。这是最危险的滑坠,如果险情得不到遏止,三人都将坠入2000多米深的悬崖。老史在向下翻滚时,突然发现胸口下是一块裸露的岩石,便不顾一切地奋力死死抱住。岩石划破了他的前胸，但三人终于停止了下滑。而这时，最先滑下的那位队员已经吊在了悬崖下。两人刚刚把这个队员救上来，猛一抬头，只见师秀等另一结组的三人也从山顶飞快滚落下来，就在一瞬间，便从岩石的缺口处坠入了悬崖。那是约有600多层楼房深的山下。三位战友，壮烈牺牲。登上贡嘎山，是我国登山队第一次取得的较大成功，也是第一次遭受这么巨大的损失。登山队归来后，当时在国家体委内外，都有一些人认为这项运动太危险，而且劳民伤财，得不偿失。而当时的国家体委主任贺龙却提出："先开庆功会，再开追悼会。"要开创一项事业，必须要有牺牲精神。登山会面临种种危险，正像人类面临各种艰难和危险一样，但如果因为危险而放弃了这项事业，是不足取的。

  其实，登山运动从诞生的那一天起，就宣告了这是一项属于勇敢者的事业。无数优秀的登山家以自己的胆魄和勇气，甚至冒着生命的危险，就是要向人们呼唤这种勇敢的精神。我国一位老登山家说得好："一提起登山，不少人认为这仅仅是冒险。哪里最危险？你躺的那个床最危险！信不信，死人最多的是在床上！登山是只属于勇敢者的事业。勇敢，是人类生活的一种勇气和自信，缺少了它，这也怕那也怕，人不就成了软骨动物了？怎么去讲开创人类自己的明天？"我们不会忘记，1960年，在祖国最困难的日子里，中国登山队登上世界最高峰珠穆朗玛，给全国人民带来了多么大的鼓舞！

  车到松多山口。这就是群央所说的担心我受不了的地方，海拔5000多米。我们要在此吃午饭，因为前面很远的一段路程将没有人烟。其实这个山口也没有什么人烟，道路两侧只有几个很小很破的饭馆。我迈下车，猛然感到一种彻骨的寒冷。路边，一位藏族老人不停地摇着转经轮，木然地看着我们。陈群走过去，刚对着他举起相机，他就直摆手，很不高兴，起身走了。我裹紧了羽绒服，怕不小心感冒了。还好，只是感到头昏昏沉沉的，太阳穴有点

儿痛。我知道,短时间从这儿经过是不会有问题的,假如住在这里,一两天之后高山反应便会厉害起来。只要一个周期,五六天能咬牙扛过去,也就适应了。《中国体育报》的朋友王延郁,告诉过我他对高山反应的感觉:"1985年去木孜塔格峰采访,大本营海拔5400米。第一天还没什么反应,第二天一早起床后发现,坏了,头疼,从后脖梗子沿着两条大筋向上,延伸到头顶,一跳一跳地疼。我这算轻的,有人那两条痛线从后脖梗子一直延长到前额。中午,心慌得喘不上气了,原先70/110毫米汞柱的血压,一查已到110/150毫米汞柱的血压了,脉搏每分钟跳120次。医生说如果能坚持,最好不要吸氧,我咬牙坚持了下来。当晚我难受得交代别人,天亮后别忘了摸摸我凉了没有,凉了,就死了。行,没凉,四天后一切反应消失。"

高山反应并不那么可怕,一般人都可以熬过来。

这时,我除了脑袋鼓胀得有些昏沉外,没有什么其他不适的感觉。而过了松多山口,海拔就低了。

一群四川来的民工,衣衫有些脏破,在此拦车返乡。他们是随一个包工头来的,包了一项很简单的建筑活儿。我和他们谈了一会儿。西藏到处可以听见四川口音。这儿的条件太差,但钱比内地好挣,西藏人很实在,不算计人。看样子他们很满意。这,也算一群西行的打工者。几家小饭店的老板也是内地来的,看中了这里可赚司机的钱。小店简陋得两脚就能踹倒,看来都是临时性的建筑。我们刚进了一家小店坐稳,就走进来一位穿警服的老兵。他手里拎着一个军用水壶,先笑着抡起壶把一只狗打跑,然后朝我们友好地点点头坐下。一个半大孩子马上追进来,向老兵举起手中的一只雪兔。孩子要了价,老兵笑着说贵,一边说贵,一边却马上掏出钱给了那孩子,接过兔子,看也没看就扔给了灶上正忙着的老板。我问他,他说是劳改局的,一口江苏口音。

"您进藏几年了?""哈哈,有年头了,回去都不习惯啦……"

面条里的油不少,辣椒多,不贵。

除了那位转经轮的藏族老人,我们所见到的都是外地人。

途中,真正的藏民也见到几个,在远远的山坡上,黑色的毡房旁。那是牧民了。

下了松多山口,路两旁出现了绿树。这是我们在喜马拉雅走了近200公里后,所能见到的唯一的森林,它给苍野的山谷带来一丝柔情与生机。谷坡的绿草地上,一座座黑色的帐篷旁,放牧着的牦牛在缓缓移动。穿出森林不久,路旁出现了一片石堡。石堡是残破的,被人遗弃的,定是当年的一个军事要塞了。路旁的玛尼堆,河边每一个渡口那呼啦啦飘动的经幡,都给人一种奇特的神秘感。玛尼堆上,有的留有刻着六字真言的经石,更多的只是普通的石头。每一个过路者,翻过一座山或越过一个渡口,都会在玛尼堆放上一块石头,系上一条经幡。这是藏民们的一种具有原始意味的感激,感激神灵保佑自己安全走过了这一段路。奇特的土地,必然有奇特的人群。知恩必报。山的胸怀和特质,渗融在这智慧而淳朴的民族身上。

刚才这里定然下过一场雨,突然,前方出现了一弯巨大的彩虹。它的巨大,令人格外吃惊。平原上的彩虹,离人非常遥远,可望而不可即。而这道彩虹,就悬在我们的车前,好像下车走几步就能抱住它,一拉一卷就可以收起来带走。七色的彩虹每一色都那么鲜亮,美得惊人。它一头挽着我们头顶的雪峰,一头就伸到我们的车前。"下车怎么样?下车能不能摸着它?"我在车上嚷了起来。

"摸不着。你追,它就走;你停,它也停。太美好的东西,是不允许人摸的!你们的运气好,能遇见这么美这么近的彩虹。老张,你放心吧,这一次在西藏,你会一切平安的。来,我来帮你们追彩虹,追彩虹是最吉祥的。"

群央很有意思，刚刚告诉我彩虹是不可能靠近的，却又要帮我们去追它。这个人不简单，有难得的浪漫情怀，那是活泼心灵才会有的一种生机。我感到和他一下子靠近了。

于是，我们便在这神奇而巍峨的喜马拉雅之上追起彩虹来了。这一追，就是百十里。百十里，彩虹引着我们前行！心，飞起来，披着那七彩的灵光，也像这道彩虹，撑天依地。

群央叫群央多吉，藏族，40岁出头。他当过兵，后来又开车。他说他在部队就是个体育爱好者，一上篮球场非打到天黑看不见球了才回家。他为长江漂流探险队和十几个登山队开过车，一出车就是几千公里，累得两条腿经常迈不下车来。经历过的艰难奇险，更不用说了。他说，人，应该什么困难都不怕，实在不行了，你就唱歌！说着就放开歌喉唱了起来。唱喜马拉雅山，唱雅鲁藏布江，唱高原的鹰和白云，唱羊群边的鲜花和姑娘……他所唱的一切，就都在他身边。他走进了他唱的歌，他的歌化作一幅幅真实的画面，在他的头顶移动，向他的身边飘来，在他的脚下哗哗流淌……

当晚我们住在米林的八一镇。第二天早晨，一出招待所我就愣住了！就在外面这冰冷刺骨的水泥台上，三对年轻的藏民身下铺一块小毡子，身上盖着一片氆氇，如此过了一夜。三个女人一看见我，慌忙起来，到一边的地上支起几块石头，放上一个黑黑的罐头盒烧茶去了。三个小伙子却不起来，望着我只是笑笑。老天爷，这要是我，身子还不冻僵啦！他们的身体太适应这片土地了……我把群央车里的一包蛋糕给了三个女人，她们接过，笑一笑，点点头。群央上了车还找他的蛋糕呢，这回轮到我笑了。

车出八一镇之后，路越来越难走，很多地方已不像是路了。800多里，已在我们身后，再有二三百里就到达南峰了。雅鲁藏布江，这条西藏的母亲河，

▲ 南迦巴瓦峰脚下的雅鲁藏布江

我们现在就在它的河滩上穿行。清冽的河水漫漫泛出河床,顺着几公里宽的鹅卵石哗哗流过我们脚下。来到一片稍干一些的鹅卵石滩上,群央建议,就在这儿吃点儿东西。我高兴极了,跳下车便躺在鹅卵石河滩上,打了几个滚儿,就势把手伸进清凉的河水中。头上的天,蓝得也像被这清澈的河水洗过,几团白云那么悠闲自得地飘过……

我们席地而坐,打开罐头和食品。人说"秀色可餐",我们还偏得了"秀水可就",就着食品吃下的,也有耳边哗哗的流水声。在这样野而美的自然之怀,人当无形,兴奋得想发狂又想撒野。我吃完后,举起一瓶剩了一半的罐头就想痛痛快快地扔出去。群央笑着说:"不行不行,不许这么乱扔!严重违犯《自然保护法》。"他把吃光的罐头和食品盒等一样一样捡起,装进一个塑料袋,放到远处的一堆枯枝后,然后又把吃剩的罐头等整整齐齐地放在一堆醒目的鹅卵石上,盖严盖子。我很奇怪。他说:"只要是从这儿路过的人,看到这些,就知道是能吃的东西,饿了,可以坐下来就吃,这是规矩。人在

外面，什么难处都有可能遇到，所以人不能只为自己着想，也要为他人着想。"

对此我有些吃惊，也很有些感动。

越过河床，有了稀少的村落。我发现，群央一见到路边有人，哪怕人家在很远的田里，他也要探出头去，热情地挥手，无论是老人、放牧者，还是农妇或孩子。而所有的人，也是立刻挥着帽子甚至蹦跳着、高兴地呼喊着向我们致意。这里不通汽车，难得见到远方来的客人。群央一再说，要有一辆非常大的汽车就好了，把所有想坐车的同胞都拉上。我们脚下这一段所谓的"路"，就是这儿的人们接到上级领导的通知后，专为这次登山抢修的。正说着，前方出现了正在修路的一个藏民老阿爸，他的耳朵有些聋，我们的车到他身边了他也没发现。群央开得很慢，更没有鸣喇叭。老人转身时发现了，慌忙往路边让。群央赶紧下车，笑着迎上前去，和老人聊了几句，又恭恭敬敬地给老人递上一支烟。老人谢过，将烟夹在耳后。

我发现，群央一边开车，一边总注意身旁的一个小包，不时用手去摸一摸。我问他里面是什么，他让我摸一摸。我拿过包，很轻，一捏，有几盒烟，十几颗糖果，还有……像是几封信。

"给山上藏族队员带的？是他们的家属托你带的？"

群央点头。

我不再问什么了，托着这个小小的包，觉得它是那么地沉。我把头探出车窗，望着头顶的雪山。一只鹰，正骄傲地盘旋在山上的冰谷之中。

神奇的南迦巴瓦

善恶交织,作恶后天良又未全然泯灭。这种千古的忏悔,是一支撕心裂胆的凄凉号角,提醒着后人:邪恶所毁灭的不只是受害者,还有害人者本身。

到格嘎了,这是此行的最后一站。格嘎是个靠南峰很近的小村庄。从这里到登山队大本营,要盘山穿林,沿着大峡谷攀走十多里路。骑马很艰难,只有步行了。

村里的人们好像早已知道了我们的到来,汽车刚一停稳,便出来了几十个乡民,争先为我们背物资和行李。这里的乡民是门巴族和珞巴族。村口,是一个气势很宏大的玛尼堆,密密的经幡旗飘荡在高高的经柱上。下车后,我们绕着玛尼堆转了一圈,然后把手中的那个小包打开,向着玛尼堆,把烟、糖、信件摆好……

这是为山上的藏族队员祈福。

南迦巴瓦峰雄姿

我抬起头来，望着面前的南迦巴瓦峰；再低下头去，望着峰下举世闻名的雅鲁藏布江大峡谷。

雪山、峡谷、大江、森林，浩然惊天的一派巍然大气，充塞在天地之间。

南迦巴瓦，似一柄倚天的银剑，寒光凛凛，白灿灿的净雪披在剑身之上，是在等一位天神般的武士吗？

走出格嘎不远，翻过一座林坡，就听到前边传来了哗哗的水声。那是从山上的雪岭大峡谷里倾泻而下的雪水。清澈的雪水湍急而下，击在山石上似喷珠溅玉，又像一条急不可耐的白龙，一头扑进雅鲁藏布江。越过这条深涧，再拐过一道林弯，浩浩荡荡的雅鲁藏布江就在脚下了。这里的海拔最低，不到2000米，侧身仰起头，再次望着此时似乎已悬在天上的南迦巴瓦峰，不知为什么，我的泪水一下子就流了下来！是欣喜？是激动？是惊愕？是，又都不是，那是一种实在无法说清道明的感觉和冲动。只觉得，猛然找到了很久以来都在苦苦寻找的东西……

这一刻，是我43年人生历程中从未有过的震撼。它为何一下子照亮了我的一生，我所走过的每一行脚步？一生有此，足矣！尽管，一下子我还解不开它施给我的点化，但它融进我的生命中了。我将永世与它相契相合。它注定是我一生的财富。

我将珍藏这一刻，还有这一刻里悟出的人、人生和生命的辉煌与悲怆。

从我的身边一直插上山的经幡，正哗啦啦地飘动着。

经幡每翻飘一次，便是风在默念一遍经文……

关于南迦巴瓦，当地藏民中有两个截然相悖的传说，这两个传说我都很喜欢。一个传说是，她是神山，天上的众神常常来此聚会。虔诚的人到这儿来朝拜和祈祷时，能见到山顶的神宫仙阙。所以，南峰在米林地区乃至整个

藏区人民的心目中，是无比神圣的，是一座雄鹰也要顶礼膜拜的守护神式的神山。另一个传说是，南迦巴瓦是一个无比邪恶的神。他和同胞弟弟加拉白垒一起长大，看到善良的弟弟才华出众，深受人们爱戴，他妒火中烧。一天，这妒火再次煎熬着南迦巴瓦的心，他忍无可忍，便亲手杀死了弟弟，把尸体扔进了雅鲁藏布江。可剑一落地，他后悔了，这世上，再也不会有这个唯一的亲人了。神惩罚了他，他甘愿接受这惩罚，就化作了南迦巴瓦峰，永远站在弟弟葬身的雅鲁藏布江边，终日悔雾蒙面，泪雨绵绵地做着千古忏悔。

我望着江对面的加拉白垒峰，果然就看出了它的默然之冤，冤中含着一种痛心和气度，头是仰着的；再回首南峰，南峰此时显出的却是撑天依地的悲苦，探出的头，是乞求和悔恨……

这两个传说，呈现的才是一个立体的活生生的人类的悲剧。善恶交织，作恶后天良又未全然泯灭。这种千古的忏悔，是一支撕心裂胆的凄凉号角，提醒着后人：邪恶所毁灭的不只是受害者，还有害人者本身。

这片神奇的西部雪域，时时都在向我们暗示人生的真谛。有人说雪山是一片净土，那"净"，也正在这里。"净"的根基是"自然"，不虚伪，不粉饰，不装模作样，更不会泯灭了天良。

俯在自然之怀里，人类应该有这种辉煌的悲怆，更应该领悟这种辉煌的悲怆。

"南迦巴瓦"是藏语，意思是"天上掉下来的石头"。著名的藏族史诗《格萨尔王》的"门岭之战"中，就提到了南迦巴瓦的名字。后来归降格萨尔的姜国少主拉玉在他的《山颂》中，把南峰描绘成"一支闪闪的长矛直刺云天"。南峰位于藏东南部米林、墨脱、波密三县交界地，在喜马拉雅山脉的最东端与横断山脉的衔接处，地质构造十分特殊。它处在印度板块向欧亚板块碰撞、结合的东北端，形成异常险峻的复杂地形。南侧是海拔 7043 米的乃彭峰，西坡至乃彭峰西侧形成陡峭的断壁，布满大大小小的雪崩槽。南峰峰体被断层分割成的块状强烈隆起，西南坡坡度在 50 度以上，上下相对高差达 1100 米。东南坡是一个断崖三角面，覆盖着厚厚的积雪，构成三条大的峡谷冰川。是频繁不断的雪崩养育着这三大冰川。举世闻名、幽深陡峭的雅鲁藏布江大拐弯峡谷紧依南峰脚下，印度洋的暖湿水汽顺江而上，使得这里雨量大，气候多变，给雪崩的形成创造了极有利的条件。大的雪崩浪涛过后，带动大量的积雪从陡崖上跌落，又形成大雪瀑和流雪。而这"白色死神"恰恰是登山者的天敌。这里还是地震多发区，一年内仅有感地震就有数次之多。最值得一提的是，1950 年 8 月 15 日，这里发生了 8.5 级的察隅大地震，南峰雅鲁藏布江大拐弯峡谷周围的村庄全部被毁，有的村庄竟被直接抛入江中。地震引发的山崩、滑坡，曾造成河谷阻塞，江水断流。在墨脱、亚让等地，雅鲁藏布江下游的山地上，至今能看到山崩滑坡形成的断崖和数米高差的地裂缝。所以，无论从地质、冰川、气候、动植物等学科看，还是从登山方面看，南峰已成为世界科学界与登山界关注的热点。

　　南迦巴瓦峰的高度是海拔 7782 米，列世界第十五位。人类在相继登上 14 座 8000 米以上的高峰后，此峰就成为世界最高的处女峰了，也成为世界高山探险中的空白点。

　　世界上所有的登山者都瞩望着它。那是多么强烈的渴望！

　　世界第一处女峰的诱惑。

　　其实，在二十世纪初和 1940 年，英国人就曾两次非法越境算计过这座奇山了。他们失望地认定这是一座无法攀登的雪山，只好在南峰东南侧和西南侧拍了一些照片，采了一些动植物标本，依依不舍，匆匆而去。

1960年，我国登山队首次攀登珠峰成功之后，顺着那股热情，西藏登山队马上想到了南峰。然而，年底，侦察队在侦察了西山脊和乃彭峰路线后，在乃彭峰只登达海拔5000米处，因地形太险，雪崩不断，只好放弃了攀登计划。一直到1982年，国家体委和中国科学院联合报请国务院批准，计划在两到三年内攀登和考察南峰。当年，侦察队再次做了侦察。次年，仍是侦察，但这次取得了重大突破。4月21日，仁青平措、宋志义等七人登达了乃彭峰！于是，1984年3月，由33人组成的南迦巴瓦登山队进驻大本营，向南峰发起了人类历史上的第一次正式攀登。

这支队伍集中了中国登协和西藏登山队最精干的力量，珠峰都不在话下，不信南峰就不可攀登！4月13日，突击队陈建军、次仁多吉、仁青平措等七人登上乃彭峰后，前方出现了300多米深的冰谷，那里一切都是未知数。雪厚冰陡，雪崩随时都会发生。队长王振华通过报话机让七个人开个小会，然后和每个人通话。所有的人都表示："是很危险，但坚决执行前进的命令！"仁青平措说："队长，我先下去。假如我回不来，就是'光荣'了。别人，就不要再下去啦！"很明显，上次侦察时路线没有摸清，这样贸然闯下去，打的就是无准备之仗，损失难测。王振华握着报话机的手直抖，果断下令："你们的任务仍是侦察攀登，你们已胜利完成了任务，即刻下撤！"说完"下撤"这两个字，他的泪水就流了下来。山上的队员，泪水也流了下来。

这是屡战屡胜的中国登山队第一次失败。

是的，珠峰，我们已成功过，自1953年人类第一次踏上这座地球之巅算起，至今攀上珠峰的已有600多人。但是，有谁知道几十倍于此数的登山者在它的身下饮恨而归呢？

1990年，日中友好协会会长宇都宫德马先生致函国家副主席王震，提议中日联合攀登南峰。11月,中日联合组成侦察队,对西山脊路线和乃彭峰路线再次进行了侦察。与此同时,中日双方又乘飞机在南迦巴瓦上空进行了空中摄影和路线侦察,仍确定乃彭峰路线为攀登路线。1991年4月30日,中日双方在东京签订联合攀登协议书。9月,联合登山队进山。

南迦巴瓦,世界第一处女峰的诱惑。

多少登山健儿魂牵梦绕的诱惑。

这诱惑,也诱惑着我兴奋欣喜地赶来了。

听说到海拔3520米的大本营只有十几里路,我没太在乎。群央要给我找匹马,我谢绝了。我是空着身走,只背着一架相机。我不相信自己还走不过背着三四十斤东西的藏族女孩子(给我背行李的小女孩才14岁)。不料,还没走出半里地,刚刚开始上山,我就领教了什么叫累得要死的滋味了:两条腿酸软得像灌了铅,心跳得几乎要蹦出来,气憋得喘不上来,像得了肺病似地大口大口地咳着吐气。走几步,就再也迈不动了,站在那儿喘半天的气,再挪几步。而那些民工们,轻松得竟还唱起了山歌。群央只好帮我背着相机,笑着让我"咬咬牙"。前面的一个小女孩看着我的狼狈相也笑了,朝我喊了一声。我听不懂,群央翻译说:"她是让你别在后面走,小心喂了熊。这山上熊可不少。"我说:"喂就喂吧,熊到我眼皮底下我也走不动了。"一番话,说得大家都笑了起来,原来他们也懂一点儿汉语。

扭回头看,脚下就是汹涌的雅鲁藏布江;而头顶,南峰已被陡峭的山林所遮。山林很静,顺着大峡谷冲下来的雪水激流哗哗作响,这更使我对面前的山道增添了一种莫名的恐怖感。我已被甩在了最后面,实在无法跟上队伍了。好容易穿出一片灌木丛,心里正在打鼓,后面突然窸窸窣窣作响。我很紧张,那窸窣声却停住了。我不敢走了,扒开树丛一看,这才松了口大气:

下面，离我十几米外，一老一小两个民工背着东西站在那里等我。他们看着我，笑了笑，仍站着不动。男孩光着上身，老人右手紧握着长长的藏刀。我走，他们才走；我停，他们也停，总和我保持着十几米的距离。我突然明白了，他们是专门在等我、保护我的，可他们背上，压着那么重的物资！

这次登山活动，运到格嘎的几十吨物资，就是由他们背上山的。

男孩脖子上吊着一个小书包，一边走，一边从中掏出核桃咬着吃。他追上几步，抓出一大把给我，指一指嘴。我实在没有这种闲情了，累得气都出不来，哪还顾得上吃核桃？他看我不要，瞪了我一眼，又停下，等我走出十几米再走。后面那位老人却不时地望着我笑笑，示意我不必着急，慢慢走。

最前面的民工开始休息了，我们才赶了上去。我请群央给我和那个男孩照了张相。我和他们语言不通，无法交谈，但我认识这个淳朴而善良的民族了。

这里的老乡，是门巴族人。

我眼前的人们，大都是老老少少。青壮年的民工正在山上，负责从大本营到1号和2号营地的物资运输。

运送物资上营地，更是靠肩扛人背。路太险，连牦牛和马匹都用不上。

穿过一片碧绿的竹林，前面阴湿的地上出现了一大片瓣儿很大的花，花朵也有点发绿，十分独特。我采了一朵，问他们："这是一种雪莲吗？"

又是一阵笑声。一个会说汉语的藏民笑着朝我点头："是，是雪莲。"所有的女孩子都笑弯了腰……

于是我知道，这不是雪莲。在见到它后不久，大本营遥遥在望了。迎接我们的战友，正挥着手走下来，那一身红红如火的衣装，像绽开在这绿色山谷里的花……

玉洁冰晶的南峰越来越近，恰似一朵硕大无朋的雪莲。

冰雪般洁净的灵魂

真正的登山者，都不是那种苛求他人爱自己、而自己从不愿为他人付出一点点爱的人。

南迦巴瓦峰下的乡民说，土地上生长的一切都有魂灵。他们收割青稞前，要先招回青稞的"魂"。祭祀完保护农田的那块石头后，一位老人便对着田地吟唱，请"青稞之魂"躲开镰刀。然后，老人从三个方向割下一把青稞，把搓下的颗粒撒向天空、大地、江河，祭祀和感谢所有神祇。

我们大本营山下的谷坳里，就有个叫杰地当嘎的仅有四户人家的小村庄。他们养牛，也种一些青稞。我到的时候，秋已深，青稞早已收完，遗落在田间的，也已被牦牛吃尽了。我转了半天，才拾到两穗。芒似大麦，粒儿比小麦粒儿大，短圆鼓胀，呈暗绿色。这就是维系着南峰下人们生命的食粮了。我们来，不也是为寻找一种生命的食粮吗？面对南峰山腰那呼啦啦飘动的经幡，我将青稞热热地握在手心，合掌为十，祈祷拜谢这座神山……

大本营是一座帐篷之城。

二十多顶绿色、黄色的帐篷，扎在南峰脚下偏西南的一处平台上。背后，是森林峡谷。下到这谷底，就紧贴着南峰了。但它几乎直上直下，陡得令人不敢抬头看，所以队员们上山不走这条路，而绕向南去，穿过原始森林再向东北接近峰体。这，就是乃彭峰路线。

这支中日登山队一共近70人，由大本营工作人员、A组和B组两支攀登突击队（各六人，中日各半）、高山协作和低山协作人员（运输人员）组成。

我们的大本营，这块绿色的平台，有个极美的名字——美珠拉。"拉"，是山口的意思。美珠拉这个名字的来历是：天上有颗美丽的星星，当它出现的时候，一个女孩子降生了，就在这个山口。美珠拉，我们的大本营！夜晚，我寻找天上的那颗星星。那颗星星，也在望着我们吧。

明丽而纯净，南迦巴瓦的夜空。

我知道，我们整支登山队，包括日方，都不仅仅是来登山的，而是来寻找一种极美极美的东西。

人们寻找的是什么呢？

夜，幽深。帐篷里，纸箱上的瓦斯灯在滋滋作响。我拥睡袋而坐，却睡不着，眼前出现了副总队长王凤桐的那双手——那是一个登山者的手，被截下了多节手指……我到大本营后，他急忙迎出来，伸出他的手握着我的手。我一握他的手，就感到一种奇特的力量。

这双手，和面前的雪山，那么紧密地连在一起……

他时任中国登协常务副主席，高级教练。1958年他于北京大学生物系毕业后，便参加了我国第一次攀登珠峰的准备工作，从此，一下子和山离不开了。

1960年，他和史占春在珠峰完成了侦察"第二台阶"的任务。那高度是海拔8700米。当天两人想突击登顶，但时间不够了，后援又没上来，下撤又撤不成，只好就地挖雪洞过夜。就是这一夜，他的冻伤达三度，结果他将鼻子、脚趾、多节手指"回赠"给了心爱的珠穆朗玛峰。但是，当他悠闲地走在街上，你除了能看到他额部的一块伤疤（取此皮植于鼻部）外，绝对看不到他身上缺少任何东西。相反，你会觉得他身上比别人多的东西很多。这次临行前几个月，南迦巴瓦的侦察组离京进藏前，他和中国登协的几位战友同日方有关人员商谈登山事宜。那天，我也以《山野》编辑部代表的名义在座。商谈结束后，我们应约来到昆仑饭店的卡拉OK歌厅。前来的外国人很多，所点唱的几乎全是外文歌，我也只有听的份儿了。老王西装革履，潇潇洒洒地迈上歌台，一曲曲日语歌曲令全场中外宾客击掌叫绝。那首《北方的来客》悠扬婉转，我从中听出了一种东西，那是经历过人生磨难之后的豁达和温情，依恋和宽容。也是登山者对生活和人生的体味，这是金子一样宝贵的东西了。

我请他谈过一次山。他说：

现在很多人讲究享受了。其实真正的享受，是立体的、多面的，更是精神追求的。登山者享受的东西，一般人享受不到。我给你讲一点儿从山峰上下来的感觉：看到一芽绿草，一滴水珠，一只小甲虫，会像看到天上明丽的月亮那么美好。一到西藏，哪怕望着残壁断垣，都会使人产生一种肃然起敬的历史感。祖先千万年是怎么走过来的？那种顽强的生存意识，在漫长而无尽的暴风狂雪、天灾人祸、生生死死中，又是如何传承给今天的我们的？生活、大自然、人类，多么不易，又多么美好！感悟这些，难道不是一种享受？

还有一种享受，那就是每当战胜自我之后的自豪感。登山探险，是把自身投入到恶劣的自然条件中，去自觉测试心理、生理的极限。有的外国朋友

问我，为什么爱上登山？我说，看看"地狱"是什么样子，为的是更加珍爱我们生存着的"天堂"。

我是学生物的，"出家"爱上了登山。山在我的眼中，也是一个活的生命，更别说她身旁盛开的花、头顶飞过的鸟、山腰缠绕的云、山头皑皑的雪！1983年，我在珠峰下的大本营和一群野鸽子交上了朋友。每天早上我还没醒，它们就悄悄飞落到帐篷顶上咕咕咕地呼唤着我们。我和它们在一起，给它们喂食，同它们对话，目送它们在蓝天里自由欢唱，迎接它们在晚霞里飘然归来。它们透出的是冰峰山野的一股生灵之气。大自然和人应该如此和谐，人类才不会寂寞，生活才绚丽多姿。爱上山30多年了，登山给了我许多本事，我永远热爱着它。我失去了鼻子、手指和脚趾，但收获更多。最大的收获是战胜困难的勇气和对生命、对人生的热爱。

登山这个项目，最能给人注入一种"爱心"，你时时被别人爱着，你强烈地更想去爱别人。那次我在珠峰冻伤后，感受到了人间最伟大的战友之爱，永世难忘。队友们冒着生命危险背我下山，飞机将我送回北京治疗。在友谊医院截肢后，一位护士长三天给我洗一次澡，感动得我泪水在眼眶里转。再大的伤，我不会掉泪，但这种同志式的情谊和关心，使我掉了泪。这种爱，我不仅忘不了，还"长"到身上了，也变成自己的了。在日常生活的点点滴滴中，我都善于感受这一点。比如一次我去一家饭店会客，到洗手间时，一位老服务员为我拧开热水，还为我擦了皮鞋，亲亲热热地道一声"您好"。我感动极了，从心里感激他，尊重他，他给我的是人生的美好和温暖。这股热流，是人间不可缺少的，相连的是双方的心。这是件小事，但假如你认为人家就是干这个的，应该的，那你的人生里就缺少一种最重要的东西了。真正的登山者，都不是那种苛求他人爱自己、而自己从不愿为他人付出一点点爱的人。

这就是山给人类的财富,一种看不见的、极美的财富。

中方的攀登队长是被称为"五虎"之一的陈建军。我到大本营后,却见不到他,他正在3号营地带领队员准备建4号营地。

我很担心陈建军,他在山上往4号营地运物资时,被滚石砸伤。若不是他经验多反应快,那冲着他头部砸来的滚石也就要了他的命了。幸好他躲得及时,只砸伤了大腿。

我们日夜都在为山上的队员悬着一颗心。无论白天还是黑夜,山上的雪崩不断,有成千上万吨的雪自山顶飞扑下来,把整个南峰都吞没了。

作为登山者,这些险情却是"家常便饭"。就说建军,他从雪中死里逃生,就不止一次。

那是1984年9月,他随中国登协副主席曾曙生等人一起,与一支日本登山队在青海的阿尼玛卿第二峰进行登山训练。一场罕见的大雪崩,把他和战友"活埋"了……

他记得那个日子,是9月11日。

那天,中日双方共11人。其中中方八人两个结组,日方三人一个结组。陈建军和老曾及另外两个队员为一个结组。阿尼玛卿不算高,海拔6268米,但地形险要,又是雪崩的多发区。他们从5200米处出发,准备建一个接近顶峰的攀登营地。下午4时左右,他们已到达5800米高度的一个大雪谷的谷底中心。再有200米就要上坡了,队里决定在此休息十分钟。——幸亏这十分钟,否则后果更加不堪设想。休息后,刚走出不到20米,轰然一声巨响,前面200多米高的山峰像被拦腰截断,滚滚的雪浪铺天盖地直压下来。要跑吧,几个人在一根结组绳上,脚下又是深雪。老曾刚跑出几步,齐腰高的雪浪已把他埋住。"快拉我!……"建军一听,扑上前拼命用力一拉,总算把

他从雪中拉了出来。但紧接着,建军感到脚下天摇地动,站都站不稳了。又一股雪浪扑卷过来,浪头高得足有两米多。这一次,谁都来不及做出任何反应,就被雪吞没了。开始,老曾感觉脚下发软,猛然间便被一面白色的大网罩住,然后像陷进了一个深深的洞里。天地一片混沌,最初还下意识地去挣扎着扒雪,后来就全身发软,想动也动不了了。只有头觉得发涨、发晕。再往后就什么也不知道了……

所有遇险的人中,他被埋得最深。这样被埋着,生命最多能维持七分钟。一过这个时间,便会窒息而死。

幸亏另一个结组的四人没有被雪崩埋住。突然之间,他们发现前边的人都没有了。同伴们都急疯了,四处乱刨雪找人。他们都知道,人就在身边的雪下。而每一分钟的耽搁,都威胁着四位战友的生命。终于,他们发现了一点儿绳子。拉出了两位队员后,怎么也拉不出建军——他被埋得太深了。几位战友只好在雪中飞快地扒,扒了半天才扒到建军。建军的脸已憋得青紫,浑身不住地颤抖,半天才吐出了气来……

老曾在雪中挣扎了足有五分钟。他在被埋的一刹那间,用尽最后一丝力气把红色的太阳帽扔到了上面的雪外,并拼命扒雪,使自己的周围还能有一点点空间。最后,由于氧气太少,全身也渐渐不能动了。营救的伙伴看到帽子,才很快地找到了他。

他们被埋的时间,已接近了那可怕的七分钟。再晚一点儿,他们或许就永远"长眠"在阿尼玛卿了。

就是这个大难不死的建军,此刻,又攀登在南迦巴瓦的冰峰雪谷之中。是的,他说过:"一遇到雪崩等险情,急得直想骂天骂地,但是一离开险区,马上又想上去,你说怪不怪?"

57

南迦巴瓦大本营之夜

巅峰

这就是登山者。这就是山的魅力使然。我想起了雪莲——那冰山上的生死之花了。

求生，应当说是人生中最基础的智慧，失去了生命，人眼前生存的整个可爱的世界便不复存在了。但生命得以存在之后，人该怎么活着？这是人类一个古老而又新鲜的课题。人之所以是人，就在于那不息的追寻和勇敢面对生活的魄力。登山探险，也可以说是在死神面前高扬起人类不屈的、顽强的、无比热爱生命的旗帜。它向世间宣告并召唤一种"活着，但要顶天立地像个大写的'人'一样勇敢地活着"的人之伟力。一句话，为了美好的人生和价值，为了生活得更加美好，需珍惜并固守这种勇敢！

这才是人类真正的、反思之后产生的智慧。

每一代人，为获取这极美的智慧，甘愿付出代价，甚至不惜自己的生命。

每一代人，都盼望后来者不要丢失它。

有一部前苏联影片，叫《培养勇敢的精神》。

人类的这种精神在物质高度发达的现代社会中，愈发稀有了。尤其对于我们的后代，那些蜜罐里长大的孩子们，他们亟需这种可贵的精神。

深夜，已近零点，我在睡袋里仍无法入睡。

纸箱上的瓦斯灯嘶嘶作响。山上，不时响起雪崩的轰鸣声。建军等一批攀登队员，就在我头顶的山上……

整个大本营的中心，就是设在中部一个帐篷里的话务台。白天，报话机终日开着，有专人监听山上的任何一点儿消息，定时、定点要和山上通话。山上的队员一有行动，报话机便打开，这样，大本营可随时和山上的任何人通话。电台台长杨世涛、报务员王玉勤大姐、日方人员、所有的记者，常在这儿和山上通话。中方总队长洛桑达瓦更是整日坐在话务桌前，指挥着山上的行动。对于整个登山队，这里是时刻牵动人心的一条生命线。

但是，山上山下，那通话都是轻松而风趣的。

我拿起话机呼陈建军，达瓦队长笑着说："这话机认人，你呼不通我一呼就通。"果然……原来我按错了开关。

就在这时，山上轰隆隆一阵滚雷般的巨响，南峰的西南侧发生了雪崩。我眼见着那积雪一片山似地崩然瓦解，汇成雪浪飞瀑般急泻而下。而跃冲下的积雪击起的雪雾升腾而起，很快就吞没了南峰主峰。听我的上级于良璞说，大雪崩时，会有成千上万吨的雪铺天盖地而下，雪雾将淹没整个南峰……这是我第一次亲眼见到雪崩，这白色死神的凛然之威，是那么狂傲而不可战胜。而这，仅是一次极平常的雪崩……

对讲机对面的帐篷里，是真正的电台了。话务员王姐定时呼叫拉萨台，拉萨再与北京联系。所有的记者写出的稿子，都是王姐一个字一个字报到拉萨的自治区登协电台，那边整理出来后再传向北京。这通讯设备有些原始，但省钱。日方的设备比我们先进，但又过了头，通过卫星接传，跟电传一样方便。远在日本的那边组好了版的稿样可马上传到眼前，审校完后又可马上传过去。当然费用太贵，一分钟要十美元。这次活动日方从国内组织到出资，

主要是日本的《读卖新闻》社，他们来了好几个记者。《读卖新闻》社在日本的新闻社中也是财大气粗的，他们甚至有自己的飞机和机场。

大本营负责全盘后勤工作的是中国登协的干部张江援。他是我们美珠拉村的"村长"。在这里，我们自诩的这个可爱的临时小村，亲切又自然。江援的工作格外繁忙，后裤腰上，这边是刀，那边是枪，野趣盎然。他本是搞气象的，可和山的缘分比和天的缘分近了百倍。在山上，后勤工作是一个很忙很乱的大摊子。大到安排民工上山运输，小到亲自拔枪杀牛，或挥刀宰羊（山上的藏族队员有的要吃生肉）。这个硬汉身上的故事又奇又多，大胆而心细，豪爽又耿直。当然，他也闯过祸。

男人，当是心地透明似水的人，痛痛快快，无遮无掩，想说则说；要骂咱就骂，说打咱就打，错了咱心服口服！但让咱憋在心里使"弯弯绕"，不会！在南峰大本营，有一次，也是唯一的一次，张江援的顶头上司王凤桐为和藏族队员联络感情，在帐篷里打了一次扑克牌。老王这是有意为之，休息时和队员打成一片，一起轻松轻松，是件好事，也很正常。再说，山上的文化生活本来就单调，一张一个月以前带来的报纸往往要看上几十遍。此事被张江援看见了。晚上，帐篷里还有记者，他对着老王狠狠地批评道："你是登协副主席，又是这支登山队的副总队长，咱们若登上了顶峰，你和大家爱怎么玩就怎么玩。可现在不行，今后，队员玩玩可以，但决不许你打扑克！……"老王一听直点头："对，江援。你说得对！我不打啦。"老王后来和我谈起此事时说："这才是我的好兵！说明他关心我，真正把我当领导，又是知己。"老王也是好样的，要是碰上个心地狭隘的头儿呢？

还有一次，是几年前，江援在珠峰大本营。那一次驻地周围也有一些外国登山队。一天，两个欧洲人疲惫地走进江援的帐篷，江援马上递过热咖啡招待，这两个老外频频感谢。江援说："你们到我们国家来登山，是我们的客人，我们每一个中国人都会这样，不必感谢！"几天后，江援有急事开车下山，见路中央有两个老外站着不动。江援向他们解释车上没地方了，坐不下了。没用，一个老外搬起一块大石头就压在了车上。江援一眼认出，这两个人，就是前几天他招待过的那两个老外！江援气坏了，让他们搬下石头，他们蛮横起来，就是不搬！江援跳下车，挽起袖子就和他们痛痛快快地打了起来！这里是中国，你老外要在这里当天之骄子横行，没门儿！另一个老外拿出相机对他拍照，他一把夺过相机扯出胶卷，回身对车上的两个藏民说："下来！揍！"两个藏民冲下车，把老外吓得举起双手："Sorry, I am wrong!Sorry,I am wrong!……（对不起，我错了！对不起，我错了！）"江援只扔给他们一句话："Don't forget,this is China!（请别忘了，这是中国！）"

男人，这才是男人！

日本队的队员山本笃过生日，江援亲自安排做了长寿面，又亲自送去。

陈建军的父亲患肺癌正在北京住院，最后的时光里，想儿子。江援在山上仍惦念此事，千方百计和北京联系，尽力减少建军的后顾之忧。

我的伙伴陈群在山上也正巧过生日，江援和台长世涛抱着罐头和啤酒来向他祝贺。我想，这是陈群最难忘的一个生日了。

这也是我们山上的男人。

第二天，突击队的桑珠和罗申，还有日方队员木本哲等人要上山了。大本营所有的人都来相送。

这才叫送行！握握手，拍拍肩，一种信任与祝福的微笑，以这平静的微笑相送战友。就这么简单。

　　队员们也只回身摇了摇手,笑着,扭过了身去便不再回头,渐渐融进绿树林的山道上,像越来越小的一簇红火苗,一跳一闪,便慢慢不见了。

　　这便是登山者的送行,几乎连一句"保重"都不必说。是的,任何话都不必说,只让战友带走无言的微笑。

　　一回身,我愣住了!只见于良璞面向已近消逝的战友身影,久久站在那里,闭眼,双手合十……

　　在山上,每时每刻,我都能感受到这种人与人之间最难得的真情深意。登山者中,流传着太多舍生相救、生死相助的故事。这也是大山给予他们的财富。这患难之中结下的情谊,是用多少金钱也买不来的。所以,世界上许多优秀的登山家,讲起在山里的感觉时,最突出的也是这一点。前苏联登山家库吉明说:"攀登的总体是一种独立的人生——把自然残酷的一面与人生合成一体,这,就是创造。我在这伟大的残酷考验之下,保留着人类的特性。我要实现想做的事,我自觉与山共存,心灵更崇高。这种感慨是登山的朋友们共有的骄傲。而友情,是成功的唯一保证。"

　　友情,是善良结出的果实。善良的人,才真正重视友情。

　　登山者,善者之尊。

　　邪恶,进不了山。

　　夜幕,又飘降在南迦巴瓦,飘降在我们的美珠拉。帐篷外,先是几声远远的狗叫,声音冲撞着山谷。然后,是牦牛的吼叫了,可叫声怎么那么凄哀苍凉呢?伙伴们曾开玩笑说,那是有冤的牛,死了老伴的牛,失恋的牛,离婚的牛,不被人理解的牛,没钱的牛,孤独的牛……

　　在大自然的怀抱里,有时,分外孤独的是人。

　　人世的冷雨沧桑,人间的无常无奈……

大自然之怀

西藏是雪域高原,人们对雪山顶礼膜拜,在它的身上披挂经幡,也是对自己生存之地的崇敬。这崇敬,本身就是一种大度和顽强生存信念的不屈之光。

我明白南峰地区和它脚下的雅鲁藏布江大拐弯峡谷,为什么是世界瞩目之处了。

整个地球上,能找到这样一个地方吗?

就说在我到来的深秋之季吧,它,囊括了浓缩着的一年四季,囊括着热带、温带和寒带。这本身,就是大自然用神奇的推天运地之笔所绘就的一幅绝世之作!

南迦巴瓦,美丽绝伦,雄奇绝伦,神秘绝伦!

山下,是蓬勃的一片葱绿,树上开着山桃花。开山桃花的季节,自是春天了。山中,却绿得浓烈,尤其在湿度大的原始森林里,枝繁叶茂,古藤虬盘,翠竹绕山,清泉长泻,甚至还有温泉!在林中所见所闻到的那种浓浓的潮湿气和菌类植物

的气味（各种蘑菇很多，白、黄、红、紫色都有，有的像小脸盆那么大。我们采了不少，有的可吃，而且好吃之极），使我又好像闻到了北大荒夏天林中的气味，倍感亲切；而林边，或北坡的林带，都努力在为秋天正名，那霜染的红叶，地面干枯的大片大片蕨类植物，还有树上的累累果实，对秋天秉然可证；冬季，自不用说，望一望头顶南峰那经年不化的积雪便可。就是在同一棵树上，也是春秋并存——一边悄悄地开着山桃花，一边早已结出了累累的山桃。这还不是奇的，奇的在于山南面靠近印度一侧，竟有大片大片的蕉林、木棉树、荔枝、龙眼，还有腰果和柠檬。这，是只有热带才有的植物呀！大本营下着蒙蒙细雨，而山中雨雪交加，山上却是鹅毛大雪漫天飘飞！在同一季节、同一时间里，这不是"世界之绝之最"吗？

一有时间，我便悄悄来到林边或林中，一坐就是几个小时。我把自己化了，化给眼前这神奇美丽的一切。我知道这美丽早就在等我盼我，就像我早已对她梦牵魂绕一样。一见才发现，她比我梦中的美丽数倍，我倾尽浑身解数也写不出它来了……写不出来好，遗憾，是更绝的动人魂魄的一种美了。

我住的帐篷，南边紧贴着民工们住的帐篷。用登山者的行话来说，他们算"低山协作人员"。他们的任务，是将攀登队员所用的物资背上海拔4850米的2号营地。从2号营地再往上背的物资，归高山协作人员负责（高山协作人员基本上是登山队员，也全是藏族队员）。所以说，"协作人员"基本上是整个登山活动的关键和保证者。没有他们，也不会有登山。

从大本营到1号营地，一般要走四五个小时；再上2号营地，又要走四五个小时。在高山上，地形陡峭险要，又背着那么重的物资，其艰难是可想而知的。4000米以上已到了雪线，气温有时达摄氏零下十几度。在雪线以下，满身大汗；到了雪线以上，又冻得手脚麻木。按规定，他们一次背的物资在 20 公斤以内。

这天，几乎下了一天的雨。大本营雨水哗哗，而山上飞雪飘飘。上午，民工们仍顶着雨上路了。雨很急，等把物资背到背架上，身上已湿透了，背上的羽绒服显出一根根鸭毛的黑印。山路这样泥泞，他们怎么走？这么大的雪，山上很容易发生雪崩。大雪崩，一次会滚下来成百上千吨的雪。跌落下的积雪雷鸣般升腾而起，几乎将整个南迦巴瓦吞没……下午，山上通过报话机传下话来，说上了山的民工全病了，感冒发烧。假如是刚进藏的人，小小的感冒就可能会引起肺水肿、脑水肿，弄不好会死人！而他们呢，只吃了几片药，就没事一样地下山了。

他们的帐篷很简陋，里面几乎没有睡袋。我很奇怪，他们怎么睡觉呢？夜里，我钻进了他们的帐篷，发现他们团团一坐，围着一棵圆白菜，白菜上是一盏罐头盒做成的油灯。他们高高兴兴地喝酒、谈天、唱歌。酒是青稞酒，整碗整碗地喝，喝醉了贴着帐篷一歪就睡着了，根本用不着钻睡袋。酒不够，他们会到我们的帐篷里来要。一见我，他们高兴极了，亲热又豪爽地请我喝酒。语言不通，只能笑着比划。他们喝的酥油茶更简单，地上架起个黑黑的铁桶把茶煮好，放上酥油，抓上一把盐一搅即可。主食是吃糌粑、青稞饼、牛肉。肉是生着吃，生生的牛肉用刀割一块，往辣椒酱里一蘸，吃得很香。

世界屋脊地处边远，生活条件比较落后。然而，毕竟外面世界的风也已吹到了这里。民工们带来了一台录音机，里面反复播放的是藏族女歌手达珍的歌。很有意思的是，录音机一开，他们也跟着唱，唱的却是自己的歌。各唱各的，互不干扰，又相融而和谐。他们要的是一种气氛。可他们的歌声，能让人听出一种格外的认真。欢快，是认认真真极度放松的欢快，如醉如痴地晃着头闭着眼；悲凉与哀怨，也是认认真真的，敞开胸膛倾诉着内心的伤

感和无奈;虔诚,更是认真得令你惊心动魄。这是这个勇敢而淳朴的民族的一种民族风格,它表达出一种真实生活的勇气和信心。

我请一位当地的干部(也是为协助登山而来的)为我做翻译,在一个傍晚采访了他们。他们的羽绒服上,结着一层层白白的汗渍,有的人手上腿上有伤。他们很兴奋,说:"没有想到,你能和我们谈谈……"

没有想到的,该是我们。

帮我们伙房背水烧水的,是一个十几岁的男孩。按藏语的发音,大家叫他"弥猫"。弥猫很可爱,烧水吹火,趴在地上鼓着腮使劲吹,脸蛋和鼻子上留下道道烟灰。他和我们一起吃饭,托着一个挺大的罐头筒,头几乎要拱到罐头筒里去了。有一次,炊事员老王给他盛上面条之后,他扒了几口,一扭身飞跑到民工的帐篷里去了。他举着罐头筒,笑着请这个扒几口,又请那个扒几口,罐头筒便在帐篷里传来递去。

他们更看重友谊。

我问他们:"这次登南迦巴瓦,你们关心吗?"

他们笑了笑,没说什么。

我又问:"假如这次成功了,你们高兴吗?要是失败了呢?你们是不是心里也很难受?"

他们摇摇头。

那位给我当翻译的干部面露为难之色,我请他如实翻译。他只好翻译,只是盯着我手里的笔,心中有些不安。

他们说:"这和我们关系不大。我们都无所谓。我们不太关心这个。没登上去再来的话,上面的领导一派,我们还会来当协作人员;登上去了,我们的收入也不会多。我们要是给人往墨脱运一趟东西,钱太多了,比在这里收入高出不知多少倍。"

我认为他们说的很实在，要是我，心里也会这么想，嘴里却不一定会这么说。这是一个真实得不会说假话的民族。我感谢并佩服他们的直率和纯真。这一切，都像这里的大自然一样，本色，朴实。

从人格上说，这也是一种美。

我的采访经历也不算短了，听到的假话、虚话、吞吞吐吐似是而非的话也不少了，被采访者多是"我说可以，但你千万别写"。多少次，我握起笔

◆ 南迦巴瓦峰附近的藏族居民

来的时候,心里很不是滋味,于是,我也不得不下笔含糊其辞,甚至胡说空话。今天,写圣洁的南峰下的人,我若再这样,便对不起他们和自己,更对不起读者。我不是为寻美寻真而来的吗?

我喜欢他们这样,就像我喜欢这片美丽而神奇的土地一样。

愿我的这一段实话不要使他们不快(我想他们不会)!愿我这样如实地写不要给他们带来麻烦!

翻开世界登山史,登山运动从诞生的那一天起,就不仅仅是少数登山家的事业。当地民工作为向导、运输者,对登山事业所付出的代价是惊人的!可以这么说,没有他们,绝对不会有"登山"这两个字。一次登山活动,要用民工几十人甚至几百人。这是默默无闻的一批无名英雄。

由于世界的高峰几乎全在喜马拉雅地区,所以,生活在这一地区的人们理所当然地成为一支登山事业的生力军。尼泊尔的登山者和我国藏族的登山者,都是世界上实力最强的队伍。同时,作为民工,尼泊尔的夏尔巴人和我国的藏族同胞,几乎把所有登山活动,都默默地扛在肩上。

但是,很少有人在登顶成功之后提到他们。更多的人一提到登山,想到的就仅仅是几位登顶者。

西藏海拔6000米以上的高山,有5000多座,在世界登山者的眼中,这是多么诱人的圣地,更是祖国值得骄傲的财富。每年,世界各地和我国的登山活动在这儿就有百十次,那需要多少为此默默做出贡献的民工呢?

不要,不要忘记他们,也不应该忘记他们。

正像一提雪莲花,我们总希望那是外形美丽的天山雪莲一样,真正的喜马拉雅雪莲出现了,我们仍不相信。

在南迦巴瓦峰,我知道山上海拔4000米以上就有喜马拉雅雪莲。那是一种名贵的中药,治各种风湿症有奇效。这雪莲不用到内地或拉萨,只要到南峰山下不远的林芝县,就能卖很贵的价钱。但是,非常奇怪的是,我没有在民工的帐篷内看见过一株雪莲。他们几乎天天在雪线上下来回,为什么想不到采它卖钱呢?

我问一位很年轻的民工,他叫多吉。

"在山上,你见过雪莲吗?"

"多得很,有时能遇到这儿一片,那儿一片。"他说。

"你知道它很有用吗?"

"是。"他点点头,"那是药,能卖钱的。"

"那你们为什么不采一些?又不重,带下山来就是了。"

他使劲地摇起头来:"那是山上的东西,不是我的。不是自己的东西,不能动。"

一刹那间,我的眼前,浮现出那喜马拉雅雪莲,她那么圣洁……

南峰西侧的一个山包上,挂着一大片哗啦啦飘动的经幡,那是藏民们朝拜南迦巴瓦的地方。每到藏历年或节日,周围很远的村民,甚至从百里千里之外而来,顶礼膜拜这座神山。他们认为,神与佛都是从圣洁的山上走下来的。对于他们,这是一种山文化,不仅具有神秘的色彩,更是伟大的。它是这片土地上的人民对生命与人生的一种热爱方式和理解方式。在这样严酷的自然条件下,生存失去了精神支柱,能活得下去吗?

经幡也叫"风幡"或"神幡",在西藏,有山、河、树、人的地方,都能见到五彩缤纷、规格各异的经幡。我一看到它,心里便受到一种抚慰而宁静安详起来。我们的大本营旁,藏族队员面对南峰也挂起了经幡。经幡上印有经文或神像图案,有蓝、白、红、黄、绿五色。蓝代表天空,白代表祥云,

红代表火焰,黄代表大地,绿代表河水。它包容了整个人生的空间。挂幡之意,可简单解释为期望消灾求福、好运常随。风吹动它,犹如代表挂幡者念了一遍又一遍真经。风把幡吹散,有丝飘到哪里,吉祥也会来到哪里。西藏是雪山之域,人们对雪山崇敬,在它的身上披挂经幡,也是对自己生存之地的崇敬。这崇敬,本身就是一种大度和顽强生存信念的不屈之光。

藏传佛教给人们的绝不仅仅是抚慰,还包含着丰富的人生哲理和智慧。就在我脚下这片雅鲁藏布江大峡谷的神奇土地上,顺江而下不远处就是墨脱。这里是当年全国唯一一个没有通公路的县。墨脱意为"花的世界"。相传公元八世纪,佛教大师莲花生预示众人:当世界末日来临时,墨脱诸山将向众人打开,以避种种劫难。从此,这里便成为不幸者寻求幸福之所。据说,曾有上百名来自四川等地的藏民在活佛香珠古的带领下,翻山涉水,历经数不尽的磨难,来到墨脱寻找这方神秘的乐土。路遇一活佛,他说:"去吧,去吧,

鸟瞰南迦巴瓦峰

穿过两个峡口，翻过一座雪山，就会到白玛协热。4月15日山就会打开，那里的糌粑山、牛奶湖……去吧，别留恋这苦难的人间。"人们扶老携幼，惊喜地跋山涉水前往。原始森林里的旱蚂蝗、毒蛇、毒蜂和瘟疫夺去了不少人的生命，但夺不去人们前行的信念。走了七天之后，白玛协热山终于展现在虔诚的人们面前。活佛念起咒语，摇响所有法器，不停地扔出供果，人们顶礼膜拜，手脚磨出了茧，额上磕出的血结成一层层痂，又磕出了殷红的血，但石山依然不开。人们叫天不灵、呼地不应，又无退路，便开始忍受漫漫无尽的煎熬。人，一批批死了，埋下同伴的人很快又被别人埋葬……但是，依然有人活了下来，他们成了这片土地的主人。

我被这批朝圣者和寻找幸福者深深打动了。这世上，虚幻的幸福本不存在，因为它不会有生活的价值，幸福，是与痛苦紧紧相伴的。活下去，顽强地生存，才是人生一支不屈不死之歌。这一点，多么像我们无数前赴后继的登山者！

我在想，我们所追求的一切中，有多少欲哭无泪的困惑和徒劳呢？又有多少人被时代、传统观念和自身的性格弱点牢牢地左右着，写下多少人生悲怆之歌呢？在名利的诱惑下，让自己蒙上面罩，将良知与良心抛弃，去毁掉别人又毁掉自己；金子般最圣洁的爱情和友情被拍卖了；世界、祖国、民族的命运还不如自己掌心的一丝蝇头小利……我相信，每一个在磨难人生中醒悟后的失误者，面对幼年的儿女，心中都是懊悔而悲凉的。

这才是真正的悲怆人生。

大自然会抚平你滴血的伤口。

大自然讴歌的，我们可能不会全然听懂，但我们作为人类的一员，感悟到的就是，人类应当举起圣洁的人道主义之旗。

面对这片智者之地,我也怅然感悟到自我的忏悔和反思。压在心底的一切卑琐甚至无耻之念全都赤裸裸地浮了上来,亮相在这雪域高原的光天化日之下。该将它抛进这峡谷,镇在南峰之下!

但我知道,人生,是不能仅靠忏悔而逃脱其责的,如那样,便是更大的罪恶——虚伪了。勇敢者应当扛起这一切前行,哪怕过于沉重。

该让一切回归真实和自然。在真实和自然的基础之上,我们的天空中,自会有属于我们的太阳。

那,仍需要民族的脊梁。

记录下来吧!登山者,在茫茫呼啸的风雪中,于世界上从未留下过印迹的深雪里,默默迈出第一行脚印……

雪域高原之子

我们沿着昨天的失败之路走来,迈向的目标是成功;即便会再次失败,我们的脚步也不会停留,目标,将永不会改变。从这个意义上说,明天的失败,等于后天的成功。有志气的登山者,就是甘愿去寻找为了成功的失败。

南迦巴瓦峰的海拔高度为7782米,大本营所在的海拔高度为3600米。从大本营到顶峰的相对高差是4182米。而赫赫有名的世界第一峰珠穆朗玛峰呢?大本营的高度为海拔5100米,距8844.13米的顶峰,相对高差仅为3744.13米。没有接触过登山的人,总爱拿所有的山峰去和珠峰的高度相比,这是错误的。其他不说,仅南峰的相对攀登高度,就超出了珠峰437.87米!

何况,这是一座隐藏着无数未知与风险的处女峰。那峰顶,亘古以来,从未有过人类的足迹。

在山上,豁达的登山者们却又不同意我的这种比较法。他们说:"一般来说,山与山之间都有其独特的难点和个性,就像我们人。你这样机械地相比,也并

不科学。梅里雪山的高度还不到海拔 7000 米，相对攀登高差也不大，但仍是处女峰，在人类付出了惨重的代价之后，不得不承认它的难度。当然，评价一座山，只从高度去看，是一叶障目，地形、气候等等更是主要的。但在我们眼里，所有的山峰都是可爱的。"

作为登山者来说，南峰的诱惑力，并不仅仅因为它是目前世界上最高的处女峰，更重要的一点是它的难度。

此次确定的攀登路线，仍是南脊路线，即乃彭峰路线。乃彭峰是紧伴南峰的卫峰，海拔 7043 米。站在山下仰望，南迦巴瓦像一柄插入云天的利剑，而这利剑旁伏着一只并没有睡着的雄狮，就是乃彭峰。它们似在苦苦等待着自己的主人——天神中最骁勇的武士。等了多久？几十万年了吧。1984 年 4 月，中国登山协会的七位勇士登上乃彭峰，跃上了这只雄狮脊背之后，抬头望着这么清晰的南迦巴瓦顶峰，感到这支利剑就在面前，几乎伸手可触，但是，在乃彭峰顶焦急地转了两个多小时，就是找不到翻下险峭的绝壁冰谷接近南峰坳部的路线。下，下不去；下去了，也无法返回。于是，攀登宣告失败。乃彭峰到南迦巴瓦南山脊的坳部为海拔 6700 米，乃彭峰顶到此的高度差达 300 米，平均坡度达 80 度！几乎是直上直下。但是，这儿已是此条路线决定攀登成败的关键。1990 年，中日双方在空中侦察时，终于发现在乃彭峰西南侧海拔 6900 米处，唯有一条冰雪裂缝可以到达南峰坳部，也就是说，只能冒险顺着这条冰雪裂缝走。如果雪大盖住了裂缝，那危险就更大了。

这仅是攀登中的一道险关。还有，海拔 5000 米到 5400 米的喇叭口上宽下窄，是冰雪崩和流雪的通道。1984 年登山时统计，最多的一天有 60 多次雪崩。可怕的雪崩把拉在攀登路线上拉力达 3000 千克的尼龙绳全部冲断。此外，海拔 5600 米的 3 号营地到 6900 米的 5 号营地之间，有一条宽 50 米的冰雪大裂缝，深不见底。绕行它，得四个多小时。还有，再往上，到7200米的6号营地，是南峰东南侧的主冰川补给区，冰雪时常塌陷，攀登者须横切冰雪地形前行，而头顶是峭岩冰壁，冰雪崩很多。6号营地向上，到7400米处，是最危险的雪崩区。况且越向上攀登，越是未知数了，在飞机上侦察时见不到的险处，定会重重出现。

注定的，是一场恶战。

有别于以往登山，这次将采用快速登山法。两国队员，对可能遇到的危险和艰难，都从技术、战术及思想上做了极充分的准备。

中方的攀登队员是陈建军、边巴扎西、加布、桑珠、次仁多吉、罗申（后又加入洛泽）；日方的攀登队员是高见和成、大西宏、大本哲、重广恒夫、山本笃、广濑学，共12人。这12人，都具有攀登海拔8000米以上高山的实力和水平，攀登过珠穆朗玛峰并登顶的就有六人。应当说，这支队伍的实力，在世界上也是最出色的。

12人分为A组和B组两支突击队，每组中、日方各三人。每组人员按上面的名单顺序，前三名为A组，后三名为B组。中方的攀登队长是陈建军（陈在修路时被滚石砸伤后，加布接任）；日方的队长是重广恒夫，攀登队长为高见和成。

请记住这个日子：1991年10月2日。中日联合登山队向南迦巴瓦的攀登正式揭幕。队员们和高、低山协作人员开始了紧张的修路、运输、建营工作，1号、2号、3号、4号……营地，一个接着一个地挺立在了南峰的怀里。

这支队伍中，实力最强的当属西藏登山队的藏族队员。他们这批骁勇的喜马拉雅之子，是我国登山队的一支主力军，在世界登山界也是一支令人惊服的队伍。西藏登山队于1960年成立，多年来已走向成熟，显示出了强大

的威力。仅珠峰，历年来他们就有 20 名队员成功登顶。

如今，进军南迦巴瓦峰，他们派出的又是最强的阵容。西藏自治区体委主任洛桑达瓦亲自带队坐阵指挥，四名主力队员次仁多吉、加布、桑珠、洛泽和高山协作人员仁青平措，都曾在攀登珠峰时登顶。由此，也能看出西藏登协的决心。

自 1960 年起，他们动了攀登南峰的想法之后，不少队员参加过中国登协组织的对南峰的侦察和攀登，前后 30 年了，30 年之愿未了……

就在这里，中国登协、西藏登协，都尝到了唯一的一次失败之味。不少队员多次提出申请，甚至想自己组织人员来攀登，就因为心中憋着一口气。登山者，失败越大，山对他的诱惑也就越大。

如今，31 年过去了。

这次是跟技术装备较强的日方合作，能成功吗？

我们沿着昨天的失败之路走来，迈向的目标是成功；即便会再次失败，我们的脚步也不会停留，目标，将永不会改变。从这个意义上说，明天的失败等于后天的成功。有志气的登山者，就是甘愿去寻找为了成功的失败。

因为我们成功过。成功后，昨日的一切在我们面前不再停留。我们的目光，会遥望新的山峰，去迎接新的失败。

细细想来，我们的目标并不是最重要的。成功也罢，失败也罢，最重要的还是过程。一切人生之味和真正的收获全含在这过程里，因为它靠的是我们一步一步去走过，走过磨难和痛苦，走过艰辛和迷茫。而这一切，定然会结出明天的幸福之果。

是的，最重要的是过程。

1983年，次仁多吉23岁。他跟着老队员进了南迦巴瓦峰侦察攀登。从当高山协作人员接触山开始，也有三年了，他感到山并不可怕。但是，在南峰的这次侦察途中，他吓坏了。队伍迷了路，在冰壁悬崖里怎么也走不出来。头上若落下滚石，还设法可躲；就是来了雪崩，还有活着的一线希望可拼吧。但在这绝境之处迷路，就等于眼睁睁地看着死亡一步步逼来，那是一种太可怕的恐怖了。他看着同伴的神态，知道坏了，难以走出来了，便吓得几乎要哭了。他才23岁，在老大哥面前还是个孩子。老队员们说："别怕，并不是只有你一个人，我们这么几个人呢，还是个集体。靠集体的力量和智慧，我们一定能走出去。"终于，路找到了。迷路的恐惧悄然逝去，"集体"这两个字悄然留在了他心中。1988年，中、日、尼三国完成横跨珠峰的那举世闻名的大壮举时，他自北侧第一个登顶，完成了南北跨越。就在摄氏零下40度的峰顶，为了等待战友会师，他挺立在顶峰达99分钟！手，被冻得渐渐发黑，到顶峰20分钟后氧气瓶就空了。那漫长的70分钟，他是在无氧条件下坚持的。大本营的指挥曾曙生通过报话机对他喊道："李致新已上去了，他背着两瓶氧气！给你一瓶，立即向南跨越！"他顶着强大的高空风喊道："我可以坚持！可以坚持！留下那瓶氧气给南侧上来的同志们吧！放心！放心！……"

99分钟，他辉煌地站在自己人生的珠穆朗玛峰顶。

山，战友，集体，赋予他在世界之顶挺立起来的力量。

在世界面前挺立的，是人。

年近半百的仁青平措从南峰山上下来联系物资的运输。他站在我的面前，我望着他的手——被冻伤而截掉了六根手指的手。他憨笑着朝我摇摇手，表示这点儿老伤无所谓。这是1975年登珠峰时，在海拔8600米的高度，他从

冰壁上滑坠了近200米，差一点儿葬身冰谷而留下的永久纪念。右手的四根手指、左手的两根手指被截去了，他成了三等残废。在此后的登山过程中，一到艰险地段，他必须用牙咬住保护绳向上攀登。而他那辉煌的战绩，也恰恰是在他成了三等残废之后创下的！——他骄傲地成为中国当时唯一登上三座海拔8000米以上高峰的人！

1981年，希夏邦马峰（8012米）。

1985年，卓奥友峰（8201米）。

1988年，珠穆朗玛峰（8844.13米）。

……

在多次登山活动中，他都任攀登队长。在梅里山难发生后，又是年近半百的他率队员自西藏星夜赶往云南协助救援搜寻。他的出现，会给无数登山者带来信心和希望。他似乎只是为山而存在的。他是喜马拉雅的骄子，更是祖国和藏族人民的骄子！

他数次侦察、攀登过南迦巴瓦峰。1984年正式攀登南峰时，他曾准备把生命交给南迦巴瓦。乃彭峰上，至今鸣响着他请战的回声——"我下去。下去上不来了，就是我'光荣'了，这也算指出这是条绝路，队友们就别下去了……"七年后，他已48岁，又来了，当高山协作队员，为战友们运输物资。

他心中的滋味，是不屈而又怅然的，年龄在那里，注定他不能成为南峰的第一批登顶者。一个登山者，心中隐忍的痛苦，能有比这更大的吗？可他一句话也没有说，默默地背起物资，为战友扑进茫茫的风雪之中。

仁青平措的人生之路，浓缩着很多藏胞自农奴时代迈向新生活的光明之路。他1943年出生于一个贫苦农奴之家，从小就给领主放牛羊，他和他心爱的牛羊爬过多少座山？数不清了。数不清的，还有茫茫人世的苦难。西藏和平解放之后，他才有权利选择了登山这个毕生的事业。山，给他的太多了，带给他的是一个全新的人生和世界。第一次到北京来集训，他才知道，山外还有这样一个花花绿绿又真真实实的世界！再站到山上的时候，他觉得自己看到了过去看不到的地方。他饱尝过人生的苦难，怀里才有一个永远明亮的今天和明天。所以，雪崩、滑坠、生死线，他出没往返，从不回头。

山的儿子，应是骄子。

登山界的朋友们都称他为"小愚公"。我听到这个称呼的时候，已是二十世纪八十年代了。1988年，我在北京登山基地的宾馆里，参加一次全国体育报告文学评选。一个黄昏，我在水边散步时遇到了他。我上去紧紧握住他的手，第一次端详着这位英雄。看着他被截去六根手指的手，一种强烈的愿望在心中升起——我要为他写一篇报告文学！

一直到这次登山之后，我才认识了一个真正的仁青平措。他丝毫不"愚"，相反却固守和珍存着一个最崇高的登山者的情怀。1981年，他作为高山协作人员，协助一支中日联合女队攀登希夏邦马峰。协作人员的任务，就是运输等协作，不允许登顶。但他被接近顶峰的日方女队员田部井淳子的不屈精神打动了，甘愿违犯规定，拉起田部井淳子，攀向顶峰……在顶峰，田部井淳子强拉他合影，仁青平措却谢绝了，这意味着田部井淳子单独登顶成功。田部井淳子感动得一边流着泪，一边掏出了中国的国旗。峰顶，那飘扬着的祖国国旗，分明显示着整个中国的阔大胸怀和对世界人民的深情厚意……1985年，他任攀登队长，带着队员向世界第六高峰卓奥友峰冲击。这是中国第一次向该峰进军。在山上，按规定，每一个行动都必须无条件听从大本营的指挥，否则，一切后果将由下令者负责。仁青平措当然懂得这一点意味着什么，但是，他未向大本营请示，就率领着八名队员突击顶峰，终于成功……

事后，他受到了严厉的批评。

山的儿子，必是骄子。

还是听听他的几句话吧——

登山回来，和别人一聊起，自己也真有些害怕。家里人哭，我也哭。算是高兴地哭吧。我这人没有文化，只有一个愿望，就是希望我的孩子将来能到内地上大学。如果他们愿意的话，将来干登山也行。不过，不能再像我这样没有文化。

他没有文化，他对明天只有这个小小的祈愿，祝他如愿，也一定能如愿！我想对他说的却是："不，平措。你有文化。你在无数座你所攀登的高峰上，在那登山途中的狂风暴雪里，已为我们的后代创造了一种文化，那是珍贵的山文化，她给予人们的东西远远超出了登山，人们会记住你的名字……"

加布从山上的营地撤下来了，他在喇叭口修路时伤了脚。队里为了保存突顶力量，让他下山医伤，休整后再上去。

司机群央背上一支枪穿过原始森林去迎接他。下午，我正在食堂的帐篷里采访老炊事员瑞师傅时，远方突然传来了一阵歌声。我一听就是群央，赶快跑出帐篷，见群央一边扶着加布从林中走出来，一边高声唱着歌。加布一瘸一拐，看来脚伤得不轻。大本营里的战友都跑上去迎接他们，大家都惦念着加布的伤。群央帮他脱下鞋，见他的脚踝肿得像发面馒头，大家赶紧打热水的打热水，取药的取药。加布笑着说："不要紧，过两天就又能往山上跑了。"大家这才放了心。

加布正当而立之年，曾于1990年5月，在中美苏和平登山队攀登珠峰时登顶。

我挂念着山上，便和加布聊起天来。

加布说：

建军这次不容易，父亲得了癌症在北京住院，母亲在新疆。谁知他父亲还能活几天？连在身边照顾一下都不可能。干我们登山这行的，都对不起家里人。1984年我在北京集训，准备一年后攀登那木纳尼峰。我母亲为我们受了一辈子苦，我长大了才明白母亲带我们有多难。我一去登山，进了山就想她。她更想我，为我夜夜睡不着觉。母亲有个愿望，就是要到拉萨去朝拜。1983年，我带她去了，这是我唯一感到安慰的，要不然我会后悔得哭死。那一次是我和她见的最后一面，早知道，我一定会多陪她几天。就在我到北京集训时，她病了，不久就去世了，死前最后还叫着"加布，加布……"。直到登山结束后，我和次仁多吉、大齐米等撤下来到了拉孜县，那天，我还去庙里给母亲请愿，愿菩萨保佑她老人家。晚上，我们围在一起喝酒，大家都不说话。我很奇怪，看到队友们喝得比往日都多，眼都红了。我没喝多少，但心里不知为什么不好受，就回房睡了。谁知，次仁多吉摇摇晃晃地进了我的房间，发呆发了半天才说："加布，有件事，不知怎么对你说。"我呼地爬起来："说吧，怎么说都行！"我感到不好了。"你母亲去世了。"我不信。大齐米也说："是的。加布，你别难过。"这时我才知道，母亲死了都快一年了……那几天，我不吃不睡，也流不出眼泪了，只拼命抽烟，一根又一根，一包又一包。我再去寺庙，花了很多钱，不能祝母亲身体健康和平安了，只求她原谅我，求菩萨早日超度母亲，在西天不再受苦。当天我赶到拉萨，进门就问舅舅，为什么当时不告诉我？舅舅哭着说："你母亲也不让告诉你，怕你登山时心里着急出事……"我放声大哭……我去大昭寺请回酥油，在母亲死时的床前，点上长明的酥油灯……

这,也是一个山的儿子。

为了山,他永生都感到对不起母亲。慈母之恩,今生今世无法报还了。

不仅是一个加布。

加布讲到的陈建军,父亲在癌症晚期时,千里迢迢从新疆赶到儿子工作的北京住院,却见不到儿子。我因为回京给日方《读卖新闻》社送资料而提前下山了,便带着从大本营的话筒里录下的他给父亲的话,来到老人住的肿瘤医院。我握着老人的手,打开了录音机:

爸爸,您那么远到北京看病,我又不能在床前伺候您……您要多多保重,等着我!等着我回去……

老人曾是一位军人,是他把儿子送进登山这个行业的。他那慈祥的脸上,泛起了欣慰的微笑。但是,他的双手在抖……

老人对我说:"请告诉他,我很好,就说我的病快好了。叫他和同志们紧密团结,完成好登山任务。"

还不到一年,老人就去世了,带着他对儿子的爱和对登山这项事业的理解。愿他在另一个世界安息!愿我们任何时候提起山来,都不要忘记这些登山者坚强的父辈及所有的亲人!

建军及所有的汉族队员们,也完全可以骄傲地说——我,是喜马拉雅的儿子!

喜马拉雅。祖国所有的雪山。雪山之子。

从富士山到喜马拉雅

正是许许多多观念不同的登山者，谱写了世界上这些同样悲壮，但又各具风采的登山史。数不尽的登山者一代又一代向一座又一座高山走去，也如同历史一个环节一个环节在向明天走去。真正的登山者，是那些具备着反思和忧患意识的登山者。

在山上的大本营，近在咫尺，天天相见，但最陌生的还是日方队员和工作人员。

A组的几名队员已上山去建营地了。B组的山本笃等人还在，他们的帐篷紧靠着我住的帐篷。由于语言不通，相互见面也只是点点头，算是打个招呼。我发现大本营所有的人，除翻译和联络人员之外，都不怎么去日方的帐篷，而日方的人员也不怎么来我们的帐篷。

这似乎和山、和自然的和谐不太协调。

想一想也是必然的。双方的文化、观念、生活习惯等都不太一样，再加上语言障碍，双方接触的难度自然较大。

可两个国度，两个不同民族的登山者，还是走到一起来了。自1980年我国喜马拉雅等地的部分高山对外开放以来，日本的登山者来得最多。这一点，对于因日军侵华战争而造成的一段难忘历史、两个国家的人民都受到伤害的双方促进和平，增进了解，加深友谊，都是十分有益的。日本许许多多的登山者，都和中国登山者成了患难与共的好朋友。

这也是两种文化在悄悄地碰撞和相交。

尽管，双方都属于东方文化，具有东方民族的共性，但各自的个性也十分突出。

我感到，我们双方由近似的传统文化带来一个共同点：对功利的追求有些过分。功利是体现人生价值的一个方面，但过分了，就是一种不幸的缺憾了。这苦涩的滋味，我们都品足了。

登山是一种文化，文化的碰撞说到底还是观念的碰撞。

对于登山的理解，各国登山者有共同的东西，更有差异很大的认识，这才显出了"世界"这两个字。正是许许多多观念不同的登山者，谱写了世界上这些同样悲壮，但又各具风采的登山史。数不尽的登山者一代又一代向一座又一座高山走去，也如同历史一个环节一个环节在向明天走去。真正的登山者，是那些具备着反思和忧患意识的登山者。是的，我们曾经傲然挺立在世界的肩头，当全球所有8000米以上的高峰来到我们脚下的时候，人的自豪和光辉是多么的耀眼。但是，由于自身观念的偏颇，我们又留下过多少谬误和遗憾？对山和大自然，我们真正地认识了吗？许多登山者，正是基于这样的思考，向雪山，向自己，更是向自身的观念挑战。

一部登山史，是辉煌的，也是遗憾的。

认识这一点，正是为着人类不尽的辉煌。

在攀登南迦巴瓦峰之前，我代表《山野》编辑部和中国登协的领导一起，同日本《读卖新闻》社及日方有关人员开了一个小型会议，商讨有关这次登山活动的事宜。商讨中，在一个不容忽视的细节上出现了争论。那是关于南峰地形图的绘制问题。日方想坚持按国外的地图绘制，我方坚决不同意。这一点，我方认为涉及到我国的主权问题，根本不容考虑。他们只好作罢。

其实，几乎所有日方真正的登山者，都是优秀的。这在于他们突破了自身的很多束缚。

在南峰大本营，我采访了日方年轻的队员山本笃。

"你为什么这样喜欢登山？"

"在山里，能寻找到童年的梦。"

"你想到过危险，甚至死亡吗？"

▼ 中日队长在突击前

"我不去想。我认为有危险,但我能闯过去。"

"请原谅我这样问!并不是所有的人都能闯过去,如果那悲剧真的来了,你认为值得吗?"

"我相信自己,那一刻不属于我。如果真那样,我最大的遗憾是还有很多山不能去登了。"

"谢谢你这样回答我!谢谢。"

"童年的梦",多么超然而又深深地渗进真正的登山之中。

日方队长重广恒夫,坚韧、固执、刻板,甚至过于刚愎自用。他的每一句话几乎都是命令式的,你若提出的意见和他相悖,他便会连珠炮一样问你:"为什么?""依据呢?""拿出计划来!""如果就按我的计划办为什么不行?"……但是,当你真的说服了他,他就会严格执行,并对你佩服不已。他已43岁,登上过三座海拔8000米以上的山峰。1984年,他登上了海拔8586米的干城章嘉峰,并沿着山脊从南峰走到北峰,实现了人类第一次在8000米以上的山脊纵走。他的登山条件不好,速度很慢。但是,他只要有一口气,便不会停步。途中不管他用了多长时间,你总会惊奇地发现他竟然到达了目的地。1988年,中日尼三国横跨珠峰时,他是日方的攀登队长。就在几个月前,他因为在一次三角翼滑翔时摔断了右腿,竟临时在腿里打上钢板,拄着拐杖来到珠峰。他就这样一瘸一拐地亲自登上了珠峰海拔7000米的北坳,在那里指挥突击……

一个真正的、山一样坚强的男人。

大西宏,和山本笃一样年轻,仅29岁。他自幼便迷上了登山,后来在大学成为山岳会的第一主力。一进了山,他便高兴得无拘无束,连训练时也是在山上边跑边喊。藏族队员都佩服他的实力和热情,亲切地称他"牦牛"。

他的精力过于旺盛，人又极勤奋。一到营地，他就整理物资，搬搬运运，没有闲着的时候。再苦再累，他也不用别人帮忙，完全靠自己。

山一般的活力，一个可爱的青年。

还有许许多多世界一流的日本优秀登山家。

被称为"亚洲人的骄傲"的山田升，是我们很熟悉的日本登山家。1988年中日尼三国横跨珠峰时，他是完成此壮举的唯一的日方队员。但是，我国很少有人知道他是亚洲第一个向全球 14 座最高峰挑战的人。他立下宏愿，要登上海拔 8000 米以上的所有 14 座山峰，并在冬季登完世界五大洲的最高峰。结果，8000 米以上的高峰，他登完了九座，在 1989 年 2 月攀登北美的麦金利峰时，遇到摄氏零下 40 多度的严寒和暴风雪，不幸和同伴一起遇难。日本山岳会发誓要找回这个优秀的儿子，派出的搜索队顶着暴风雪找了一个多月，才终于找到了他的遗体。他遇难的地方，与五年前另一名最优秀的日本探险家植村直已遇难的地点竟基本相同。

斋藤淳生，60 岁，登上了 8012 米的希夏邦马峰。

田部井淳子，1975 年从南坡登上了珠穆朗玛峰，成为世界上第一个站在珠峰上的女性。那年，她已 35 岁。在海拔 6700 米处，雪崩将她活埋了六分钟。她后来说："在雪里，我一点儿也不敢动。突然，三岁的女儿出现在眼前。那一刻我想，如果我死了她怎么办？我必须活着！为女儿，为自己，为所有的人！"她的目标，是登上 169 个国家的最高峰。

1991 年秋天，就在我们攀登南迦巴瓦的时候，日本又一著名的登山家、被称为"欧洲北壁三冠王"的长谷川恒男，在巴基斯坦攀登乌尔塔峰时遇雪崩蒙难，年仅 43 岁。他也来中国攀登过珠峰。这个开玩笑说过"老婆可以换，登山的伙伴永远不能换"的勇士，留给人们的登山体会是独特而有价值的："讲

▲ 中日队员在2号高山营地

登山，我最不喜欢'征服'二字。进山，是去感谢自然，崇拜高山。登山呢，是去向自然学习，去发现连自己都不太了解的自己。我的座右铭是'二人登山，多人喝酒'。山是有波长的，我喜欢它，因为我发现我的波长和山一样。不应是想登山了就去登，而应在山的情绪好的时候才去登。我喜欢登山已27年了，我的朋友之中，已有25人在山上遇难。人总是要死的，重要的是以什么方式去死，死前你做了些什么。登山者在山里死去，是最好的归宿了……"他的妻子也是个登山爱好者，两人是"以山为媒"的。夫妻两人还有一个约定：无论两人谁先遇难，都不要去找遗体。因为那会给不少人带来危险。这一点，妻子违约了，她找回了他。使妻子难以置信的是，他遇雪崩滑坠了足有1300米，遗体竟全然完好……

我非常喜欢长谷川的这一段话。这是一个早已融进山的智者之精灵。

世界上几乎所有的国家都没有专业的登山队，大都是业余的登山爱好者，但他们的文化素质又相对很高。这一点，是需要我们深思的。日本每年有无数人到喜马拉雅山，大多数人是靠辛勤劳动积攒下的经费，倾其所有来登山。不少人登完山一回国，便被原公司辞退了。好在再找一家公司不是难事，等攒足了钱又进山了。

我国呢？

腰缠万贯的人越来越多起来，而真正走向山野的有多少？登山探险，对不少人来说是不屑一顾的，他们宁愿累死在灯红酒绿之处或麻将桌上。我们有热爱自然的传统，但那多是田园生活式的牧歌，交织着我国文明长期延续的家族观念。其本质，勤劳俭朴，又封闭保守避世。人类秉性里的随遇而安、知足长乐与可怕的停滞和退化，一直困扰着我们。那么，祖先从原始森林中走出来，曾给过我们的那些开拓生活的勇气和魄力，那种豪爽、雄心、参与意识和英雄胆略，到今天，我们已丢失了多少呢？

改革开放后的这么多年里，又一个机会到来了。

北京大学、清华大学、中国地质大学……出现了一支支代表着崭新希望的登山队。

云南，出现了中国第一个由业余爱好者组成的"山野之友协会"……

全国无数的民间登山组织，如雨后春笋般诞生。越来越多的人走向大自然和雪山。

大西宏之死

谁没有过童年？谁没有过学生时代？那是人生最绚丽的花季，那是永世留驻在人生里的最美最真最善良的理想的朝霞，那是像生命一样珍贵的青春之火。这花，这霞光，这火，又有多少人能够举着她迈入成年之后的人生之途，不丢失，不遗憾，不悔恨呢？

南迦巴瓦雪山下，有一大片极美的原始森林，这森林对着世界著名的雅鲁藏布江大峡谷。印度洋的暖湿气流顺雅鲁藏布江而上，使这里的地理、气候、自然环境有若干奇特之谜。令我大为震惊的是，南峰下这片原始森林有一绝世之景观——所有高过林顶面的大树，全被劈断了！那真是拦腰劈断的！齐刷刷像被什么巨掌一挥扫断的。整个林中，便耸立着一根又一根、一片又一片高高的、光秃秃的粗木桩。

那成因，有人说是山火，也有人猜测是雷击。不对，我在原始丛林中转了半天，细看着一棵又一棵"受害者"，从根部到断顶，看不见一丝火烧过的碳迹。而地下躺倒的上半截躯干与树冠，连干枯的树梢都完好如初。那是什么造成的呢？

神秘的大自然又给人类留下了一个谜。

这些树，不管生长得多么茂盛，多么信心十足，都逃不脱这瞬间之死。自然孕育了生命，又如此无情地戕害着生命。而生命的珍贵和价值，也正是在这无法抵御的戕害中显得如此悲壮。断木旁，多少幼树，在茂盛地生长，哪怕再循前辈的归宿。大自然，是这样的不可抗拒；生命，又是这样的不可扼止！

这就是生命的辉煌之歌！

山上的队员，正向南峰不屈地挺进着。

喇叭口终于被打通了，但付出的代价是惊人的。陈建军、次仁多吉、高山协作人员嘎亚腿部均被滚石砸伤。而这又是上山的必经之路，只能从这里通过这片时时处于滚石和雪崩威胁下的险区。它的高差近300米，难度是巨大的。

再向上，岩石冰雪槽、冰崩区、明暗裂缝、断层……险情历数不尽。山上，又频频飞下滚石和流雪。越往上，山体被切割得越厉害，冰雪壁的坡度在50度以上，队员们必须用脚、两手三点固定住才能向上攀登，但是，他们的脚步绝不会停下，于是，2号、3号营地一个又一个地挺立在了风雪之中，还有4号、5号、6号营地。

6号营地，即为突击营地，将建在海拔6700米处。它是突顶最关键的、也是最后一个营地。

打通道路，建立4号、5号营地！

日方队员显得更加急切。因为，已越来越接近顶峰了。

顶峰，看上去并不遥远，那么近了。

1991年10月16日，南峰在几个连阴的雪天之后，终于放晴。A组队员

大西宏、高见和成、木本哲、陈建军、边巴扎西、洛泽早已按捺不住，8时许，开始了从海拔5640米的3号营地往4号营地的运输。他们要在去年侦察时的老营地址上，建起新的4号营地。

大西宏背上物资，和队友走在了前面。他知道，从3号到4号营地这一段路坡度不算太大，比喇叭口好走，是相对比较安全的。他过于相信自己的实力和登山经验，一出发就走得很快。也难怪，他太年轻，又到中国多次登山，曾登上过珠穆朗玛峰、马卡鲁峰两座8000米以上的高峰。

可他犯了一个大忌，就是雪后有些鲁莽地行军。

一般情况下，雪后是万不可行军的，因为新雪太软，与山体没有固合，雪崩和流雪最易发生。即使地形较好，要走的话，也应格外小心。他没有在意这一点，就是感到地形较好。他太大意了。

大本营也再三强调，千万注意安全，并命令所有队员攀登时都必须打开对话机。

10时45分，因腿伤走在队伍后边的攀登队长陈建军，通过对讲机向大本营报告："我们正在走向C4的途中，新雪很松，不少地方踩下去没过膝盖达十厘米。行走很难，走十几步就要歇一下。"

山上会有这么深的雪，是人们料想不到的。

"大本营明白。山上雪厚，注意，千万小心！请所有队员注意！"

12时50分，陈建军的声音又出现了，报话机里都能听到他在呼呼地喘着粗气："现在我们正在继续行军，离去年侦察时的C4营地还有90米。"

"请报一下高度。"

"6150米。"

4号营地很快就要到了。到了营地，就意味着今天上午的行军顺利结束。

大本营里，人们绷紧的心开始稍稍缓和。

突然，走在陈建军前面的边巴扎西急促报告："大本营大本营，大西不见了！前面的大西突然不见了！"

边巴扎西拐上一个坡弯后，突然吃惊地发现一直走在前边的大西宏骤然消失了！

"流雪！上面发生了大面积的流雪！"

流雪不是雪崩，是高处的积雪向山下滑动。只要有人横切破坏了雪面，便极易发生。可怕的不仅在这里，更在于流雪将会带来雪崩。

大本营里，总队长洛桑达瓦几乎要把报话机握碎了，下令道："不要惊慌！注意观察，注意观察！防止雪崩，设法营救！"

陈建军此时也上来了，流雪还在继续，缓缓下移。这里坡度为70度，流雪区高达70米，宽近300米。上方仍有大量积雪，随时有下塌而形成雪崩的危险。大西呢？所有的队员都在着急地四处寻找大西。

他们在茫茫的雪中，这里扒一下，那里扒一下。

没有。

"大西！大西！……"

没有回答。

三分钟，五分钟，七分钟……

人被埋在雪中最长的极限是七分钟。

没有。

11分钟过去了，A组队员终于找到了大西的一只手。他的那一只手露在雪堆外。

大西被急速地从一米多深的雪中扒出。

大本营里,日方队至小岛指挥山上的队员做人工呼吸等紧急抢救。

13时51分,边巴扎西绝望地带着哭声喊道:"他死了!大西死了!……"

大本营不相信!谁都不相信。

"没有!他没死!抢救!再抢救!……"

抢救已无效。

"脉搏!"

"没有了。"

"摸颈动脉!"

"没有了。"

"看瞳孔!"

"散了。"

"再用手指按一按瞳孔!"

"没有反应了……"

小岛手中的报话机无力地滑落到地上。

14时15分,日方代理总队长重广恒夫和医生小岛确认大西宏遇难。

29岁的大西宏真的去了,带着他童年的梦,带着他登上南迦巴瓦峰顶的愿望,带着他明年还要准备去南极探险的愿望……这愿望,仅11分钟,就成了遗愿。

中日双方共同决定:A组迅速撤离流雪危险区,下撤到安全地带。

攀登不得不暂时终止。队友们将大西宏的遗体送到了3号、2号营地。

这消息,马上便由大本营的电传机传到日本大西宏的家中。大西宏的父亲大西俊章回电说:即去中国南迦巴瓦峰。同行的,还有大西的母亲和姐姐。

八天后,大西宏的父母亲和姐姐赶到了大本营。

中日队员告别遇难队员大西宏

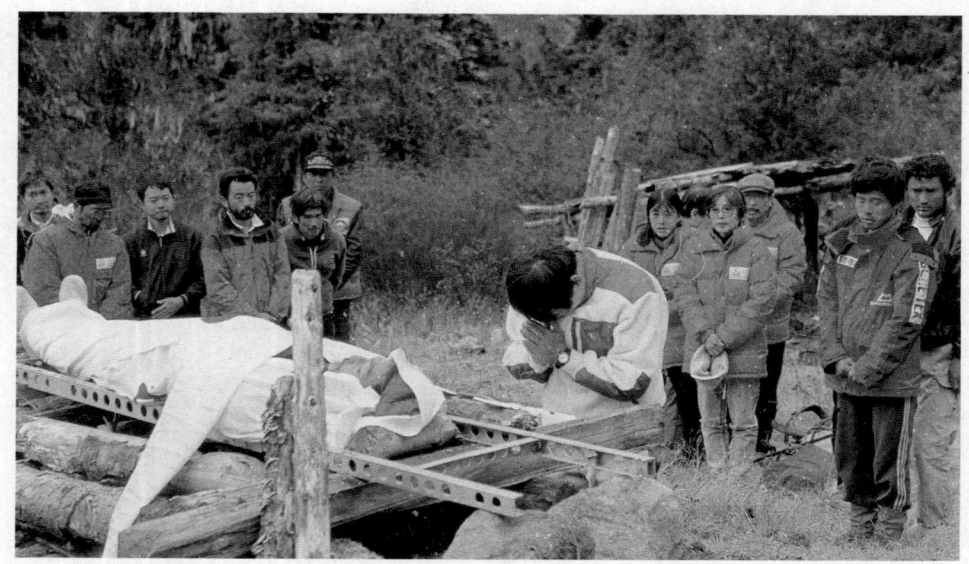

大西俊章是一位诗人,是一位坚强的父亲和诗人。他一见到所有的登山队员,并没有提出马上要见儿子,而是流着泪说:"我的儿子走了,他跟大家一起登山的日子里,承蒙大家的许多关照。他遇难后,大家冒着生命危险尽全力抢救他……谢谢了,谢谢大家。他走了,可登山还应当继续下去,希望大家继续努力,这也会是大西的遗愿。拜托大家了,完成他的愿望……"

大西的母亲和姐姐忍着悲痛,也向大家深深致谢。

10月26日,中日联合登山队为大西宏举行了葬礼。

随队的新华社记者多吉占堆和《西藏日报》记者屠小华发出的题为《南迦巴瓦峰脚下的葬礼》一文中写道:

一缕缕青烟升腾在天空。

10月26日中午,中日南迦巴瓦峰联合登山队在神秘的南迦巴瓦峰脚下举行日方遇难队员大西宏的遗体告别和火葬仪式。

10天前,29岁的大西宏不幸被残酷的流雪夺去了年轻的生命。噩耗传来,

大西宏的父母亲和姐姐悲痛欲绝。他们专程从日本赶来,与大西宏诀别。

今天,中方九名队员用两个小时,把大西宏的遗体从2号营地上方的冰洞中抬到海拔约4000米的一个平台上。又从当地请来了喇嘛诵经祈祷,为异国的勇士超度。

这是一个独特的葬礼。南迦巴瓦峰脚下肃静的原始森林和哗哗而泻的溪流,更增添了中日登山运动员和大西宏亲属的悲思。

告别遗体时,大西宏年迈的父母,久久深情地抚摸着儿子那熟悉的面庞,抑制不住悲痛的心情,再次失声痛哭。在场的人无不痛心垂泪。和大西宏同在A组的中方藏族登山运动员边巴扎西显得更加悲痛。他说:"大西宏是我亲密的伙伴,我真希望我们携手登上南迦巴瓦峰,共同享受胜利的喜悦。"

在葬礼仪式上,中日南迦巴瓦峰联合登山队中方总队长洛桑达瓦代表中方全体队员,把一条洁白的哈达献在大西宏的遗体上。这时天空中飘起了片片白雪,藏族队友素有慰藉一说,葬礼上见到白雪,按照藏族的说法,对于死者是最为吉祥的。

我们看到,大西宏的遗容带着往常一样的微笑,仿佛他在安详地做着一个梦——登上南迦巴瓦峰峰顶。对于他的中日队友来说,需要做的正是去实现大西宏的这个梦。

举行葬礼的这个小平台,在1号营地的上方,海拔4000多米处。从大本营走到这里,要五个多小时。大西宏的父亲因半身不遂,骑在马上都要有人照料。穿出原始森林后,地形越来越陡,一边是峭壁,路只有几十厘米宽,骑马已太危险,张江援和罗申等几个队员便开始轮流背着大西俊章走。

高山协作队员、著名藏族登山家仁青平措等人在小平台上挖出了一个圆形的地方,用石头垒起几个石垛。石垛上,安放着躺在金属梯上的大西宏。

梯下堆满了木柴。木柴堆已倒上了煤油。大西宏的遗体裹盖着日本山岳会会旗。旗为白色，会徽为枣红色。

专门从山下请来的喇嘛，70多岁，身披枣红色袈裟，背倚森林和雪山，面向大西宏的遗体静然盘坐，眼前置一册经文，手摇法铃，口中诵起超度之经。

向大西宏默哀。

中日双方各致悼词。

所有人员缓缓绕大西宏一圈，向这位勇士做最后的告别。

大西宏的母亲最后一个走上前来，最后一次亲抚了儿子。她的手中是一柄燃着的火把。火把在颤抖。

天上，洁白的雪花片片飞来，静静地飞落在大西的脸上。

那是素洁的吉祥之花，来接引大西宏悄然西去。

母亲将举着的火把缓缓落下，引燃大西宏身下的柴堆……

火，轰然而起。歌声，也轰然而起——大西宏在明治大学的同学山本笃和日方队员，唱起了明治大学校歌：

白云浮动在骏河台的上空，

英武的青年们倾听着那撞击时代的晓钟。

在文化大潮的引导下，

我享受着开拓的荣耀。

明治，我们的母校，

明治，我们的母校……

又唱起了明治大学山岳会会歌《炉边的儿女》：

迷恋着山峰,

心上飘着白云,

山,给了我们人生的光辉。

啊,山的儿女,

这炉边优秀的子孙……

这一幕,我没有见到。我奉命下山返回北京,给日本《读卖新闻》社传递山上的资料。在我申请进山时,就已限定我在山上不能超过十天。我离开山上的那一天,也恰恰是大西宏遇难的那一天,10月16日。登山者们回京后,向我详述了我走后山上的一切。大西宏葬礼上日方队员唱的两首歌令我感到心灵震撼。

我一直在寻找这两首歌的歌词。直到前几天,意外地在张江援那儿找到了。大西俊章回到日本后不久便为儿子写了一本书,叫《安魂曲》。其中,《葬礼》一章中便记载了这两首歌。中国登协副主席王凤桐为我翻译了歌词。

看着这两首歌,我便听到大西宏葬礼上的歌声了。这悲壮的歌声,将留给南迦巴瓦的雪山、峡谷和森林。

童年的梦,金子一般的学生时代,在这样悲壮的时刻竟和雪山骨肉相连,一下子和我们如此相亲相近。谁没有过童年?谁没有过学生时代?那是人生最绚丽的花季,那是永世留驻在人生里的最美最真最善良的理想的朝霞,那是像生命一样珍贵的青春之火。这花,这霞光,这火,又有多少人能够举着她迈入成年之后的人生之途,不丢失,不遗憾,不悔恨呢?

登山者可以。无数像登山者这样的人可以。

让人惊奇的是,"梦"的提法,在无数登山和探险者心中完全相同。大西宏说过,"登上南迦巴瓦是我美丽的梦"。山本笃说,"登山是去寻找童年的梦"。我的朋友陈群曾随中美长江漂流队采访,他也告诉过我,别人一问为什么漂流长江,很多美国朋友也答"那是实现一个梦"。美国那位不屈的江河探险家肯·沃伦说:"长江漂流是地球上人类历史中最后一个伟大的征服,一个举世辉煌的大梦。大自然中的山、河,像父亲,又像母亲,还像多情的情人。她们有令人魂牵梦绕的迷人一面,也有反复无常残酷的一面。更多的,像女人的天性。我们来,就是和她亲近,使她成为我们真正的情人。"长漂时,美国那位年轻的摄影家大卫说:"我用镜头记录下的是人类共同的梦幻。"他高山反应很厉害,按说是绝对不能跟队的。但是,他感觉稍好一点儿,便截了汽车追赶队伍。最终,他安息在了长江的岸边。这"梦",究竟是什么呢?每个登山探险者的解释不会一样,但有一点是共同的,那便是对自然与人生的痴情之爱。在大自然的怀里,人生各种经历留下的一切都会发酵,酿成一种纯真的伟大情感。这,也是对生命的一种深层理解。

生命,的确有活着的和死去的。但活着的,不一定真活着;死去的,不一定真死去。

"童年、学生时代的梦","南峰的梦","人类共同的梦幻",恰恰是一曲曲热爱生命、珍惜生命的壮歌。登山和探险,是去体会活着的意义和价值,是去向自己挑战,是去向自己的活法挑战。到山河中去,换一种活法,体验一种真正的英雄主义精神。这种体验留给

火化大西宏

 巅峰

人的东西，可生长在生命中，足以抵御人世间的任何灾难，抵御自己面前各种雪崩似的可怕的诱惑。

登山，是为了更好地展示生命之光，是为了更好地活着。

为了她，我们不惜付出一切。

我不能不想起南峰下那片被拦腰劈断后仍不屈站立着的断木，和它身边那蓬勃向上生长着的幼树。

一个登山者倒下了，倒在了他的梦里，倒在了他最钟爱的大自然的怀中。由此更显示了登山事业的悲壮和价值。倒下的勇士的生命，活在无数后来者身上。

男人们的哭声

谁最热爱生命?是那些勇敢无畏敢于向死亡挑战的人,向一切未知领域探索的前行者。他们之所以能走出前人没有走出的路,就因为他们太热爱这人生。他们称登山是"向自己挑战的事业",展示的却是人类一种九死不悔的不屈精神。

大西宏葬礼之后的第二天,队员们揩去泪水,向着南峰再次踏上征程。

山本笃的身上,带着昨日火化的大西宏的骨灰。

艰难的攀登继续进行着。

11月3日,登山队多次反复后终于建好了4号营地。正准备次日突击建5号营地时,铺天盖地的大雪下来了。队员们被封在帐篷里,当夜,一会儿就得出去铲雪,否则将被"活埋"在雪里。4日,只好下撤到3号营地。5日,攀上4号营地一看,帐篷和营地的全部物资都没了,全埋在了深雪里,不露一点儿痕迹。

6日,大雪。

7日,在摄氏零下20多度的严寒中,登山队建起海拔6850米处的5号营地。

陈建军的腿部再次被滚石严重砸伤,不得不下撤。到山下最近的医院看过之后,医生说,他无法再继续登山了。中方攀登队长由加布接任。

11日,经过14天的拉锯战,队员们已回到2号营地休整,准备突击建6号营地后快速突击顶峰。这天清晨,喇叭口上方千余吨的积雪在不时发生着局部雪崩。隆隆的巨响早已听得麻木了。就在雪崩的轰隆声中,藏族队员宁静地面对着新搭起的飘着五色经幡的祭台,在做出发前的祭天。所有队员都聚拢过来,日方队员更是显得无比虔诚。每个人都不说话,都抬头望天。

藏族传统中,将这仪式叫"煨桑"。点燃洁净的松枝,往火中和空中不停地撒着糌粑。火,熊熊燃烧起来,烤融了近旁皑皑的白雪,青黑色坚硬的岩石裸露出来。晨风中,飘来了一股股清香,弥漫着整个山谷。风不大,青烟徐徐而上,向天界升腾。

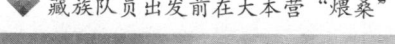
藏族队员出发前在大本营"煨桑"

升起的是登山者的祈祷：吉祥、平安、顺利。

所有的人，将一只右手高举起来，指向天空。

这是对神秘之山的一种崇敬。只有在西藏，我才感到它的合理和自然，甚至是一种必须和必然。只有对大自然崇敬的人，才会理解这一点。日方《读卖新闻》社的梶田君，从日本出发前还到浅草寺去求过一签，签为"第九十九大吉"，签文是"鸡逐凤先飞，高林整羽仪，棹舟须济岸，宝货满船归"。他也是为所有的登山者寄托一种心中的祈望。神本无有，祈祷是一种自慰之愿。

他们是这样和山交谈吧，崇敬而和谐地交谈。山与人营造出的，是一种亲密，一种友爱，一种化入无我之境的亲密和友爱。

祭天之后，日本队员在副总队长村木和登山队长重广恒夫的带领下，选了一块重达400千克的条石，作为队友大西宏的纪念墓碑。坚毅的重广恒夫不说一句话，只默默地挥着铁锤一锤一锤地在石上深深地凿刻下"大西宏之墓"几个大字。这碑，将立在这里，留给大西迷恋的南迦巴瓦。地质学家村木说，这块石头，距今大约已有7000万年的历史，它象征着登山者勇敢精神的永恒。

当晚，对每一个人来说，都是难眠之夜。

每一个人都知道，这将是最后的突击攀登。因为大雪季节就要来临，南峰最好的登山季节即将过去。

12日，凌晨。队员们出发了。

13日，A组到达C4（即4号营地）。高空风9级。14日晨，高山帐篷外罩全被狂风撕碎，瓦斯炉都无法点燃，队员们只能在帐篷里熬着坚守。

15日，A组到达C5。B组到达C4。

16日,出击。风仍太大,越冰裂缝太险,大本营下令暂撤。

17日,风仍不止。

18日,风稍缓。B组到达C5。A组在海拔6700米的鞍部选定了C6营址,加布、罗申、洛泽左脸冻伤。

19日。加布、高见和成、边巴扎西在风雪中整整奋战了十个小时,终于在海拔6700米处建成突击营地C6,并修通了到达7200米处的前进之路。山脊上裂缝重重,岩壁陡峭,上方仍有一个断层,上面挂满新雪和白冰。

这一战绩,已是辉煌的。这是人类首次踏上南峰的主体。

◆ 中日队员在2号营地为大西宏刻墓碑

前方的每一步，每一厘米，都是人类未曾涉足的辉煌。

托起这辉煌的是什么？——奇艰绝险！

20日，凌晨3时，南峰还沉睡在一片漆黑的夜幕中。大本营几乎所有的人都聚集在报话机旁，谁也不敢发出一丝响动，凝神倾听山上每一秒传下的消息。山上队员们所有的对讲机也开着。

山上的队员们早已起来，正紧张地做着出发前的一切准备。

A组，队员加布、边巴扎西、洛泽、高见和成、山本笃、木本哲六人，于凌晨4时30分，自6号营地钻出帐篷。

风不大，难得的。晶亮的月光映在雪地上，依稀能辨出前面的路。所有的人不约而同地望着头顶的天空，星星显得格外的大，似乎用力一跃就可以够着。脚下，是海拔6700米处。不敢再看星星，它太大，太异样，闪着冰寒的光。是，不敢看它，却敢于向着峰顶迈出坚毅的脚步。

出发！

8时45分，走在最前面的边巴扎西和洛泽，已攀达昨日的最后高度——海拔7200米。但是，前面呢，一切未知的前面呢？只能一边修路拉绳，一边攀登前行。高空风起来了，天上，又开始飘起了大朵大朵的雪花。四个小时的风雪搏斗之后，又向上挺进了150米。可是，面前近70度的岩石坡上，布满了尖锐的碎石和坚冰。穿冰爪，在岩石上无法行走；不穿，刚下的薄雪使冰面滑得人站不住脚。

加布，实力最强的加布，攀在岩壁上脚下一滑，摔伤了腿。

高空风越刮越大，每秒20多米，超过9级了……

大本营下令：立即下撤到突击营地。

第一次突击受阻。

加布伤势严重,他仍想咬着牙坚持不撤下山。但是,他明白,这样强忍,必然会连累其他队友。他只好含泪一痛一拐地二次下山。

大本营果断决定:将 B 组国际运动健将、曾挺立在珠峰峰顶 99 分钟的次仁多吉调入 A 组。

22 日,又是凌晨 4 时 30 分,第二次突击开始。

又攀到了前日受阻处,那个高差约 50 米的冰岩陡坡。四个小时,整整四个小时,边选路线,边"之"字形上攀。原计划在此处拉一根绳子,如今不得不拉上了三根!谁都明白,只有在危险处,才不得不拉绳子。一根绳,长 50 米。

12 时 35 分,终于攀上了冰岩顶部。

次仁多吉站在岩顶向上一看,坏了,头顶正是一个喇叭形成的流雪槽,上面的积雪都从此而下。而这个喇叭口上方的面积太宽,多股流雪将汇在一起,冲入下边这个极窄的槽中。坡上全是没膝深的松雪,而又只能挖雪,才可以往岩石上打进岩锥拉绳。此地形,是选择登山路线时的大忌之地。它太险。沿"之"字形上去修路,脚一踩,必然破坏雪面。而流雪如果下来,后果将不堪设想。

可是,这是攀向顶峰的唯一通道。

次仁多吉在最前面,攀上了一段,在一处雪少的地方扒开积雪,打入岩锥。这样,他就可以甩下绳子,保护下面的五位队友了。可绳子刚拉上,流雪,流雪终于下来了!

边巴扎西急促地对着对讲机喊:"不好!流雪!流雪像流水一样从山尖下来了!危险!非常危险!……"

次仁多吉就在上面的雪中,经验告诉他,现在一动也不能动。只要他脚下一动，脚边的雪就会合着流雪整体下滑，下面的五位队友谁也跑不了。他侧过身体，一手死死紧握住插在雪中的冰镐，一手拉住绳子，用身体顶住上面的流雪。流雪自他腰部而过下滑，卷起来的，无情地抽打着他的脸，击碎了他的防风镜。

一个多小时，他冒着巨大的危险，挺立了一个多小时，一直到队友们安全下撤。

峰顶下来的流雪再大一些呢？假如下面五个人全在流雪区里呢？假如流雪引发了雪崩呢？

流雪仍不止。

12时55分，大本营再次下令撤回6号营地。

次仁多吉的脚严重冻伤，双脚大脚趾已发黑。洛泽的脚也冻伤了。边巴扎西患了感冒。日方47岁的修路最出色的老将高见和成冻伤了双手……

两次突击失败，队员体力消耗极大。更严峻的是，突击营地和下方营地的高山食品、燃料殆尽……

这次流雪，队员们如果全在流雪区的中心，必将全军覆没。而即便越过这个雪槽，上面是一个更险的断层，处处悬垂着冰岩积雪，还有看不到的裂缝等暗藏的险区。

可是，毕竟已登达7460米。

距峰顶，仅剩300多米了。

每一个人都在哀求大本营，不能撤退！

次仁多吉："命还在！怎么能退？"

边巴扎西："上！还得上！"

高见和成："请求啦！拜托啦！再给我们最后一次机会……"

山本笃:"记住大西!对得起大西吗?……"

23日晨,8时30分,大本营和山上通话已达两个多小时。

仍无结果。

大本营里的每一个指挥员都心似油煎。

傍晚,直到傍晚,指挥部咬牙下令了:"如果明天天气允许,再做最后一次突击!千万注意那个流雪槽!不行就坚决下撤!每一个队员,必须无条件服从每一项命令!"

"谢谢啦!谢谢啦!……"队员们在欢呼。

24日凌晨4时,山上山下所有的人都站在帐篷外,仰望着天。

风,死命地撕卷着大本营上空的旗帜,呼啦啦像要将它扯成碎片。山上的突击营地旁,肆虐的高空风吹得人连站也站不住了。

双方的对讲机都开着,都在听,都沉默了。

南迦巴瓦峰啊……

山上,所有的队员,都望着那迷人而又看不见的峰顶。

人与山的对峙,理智与无法忍受的感情的对峙,整整一个上午。

风,愈烈。

12时整,轰隆隆一声撕心裂肺的巨响。成千吨的大雪崩,击起白茫茫的雪浪滚滚而下吞没了南峰。暴风乘机裹卷起漫天雪雾,似乎要卷拔起南迦巴瓦峰,抛到另一个世界去。

18时整,中日南迦巴瓦联合登山队的两位总队长——洛桑达瓦和村木,本着"尊重人的生命及联合登山精神"宣布了最后一道命令:"本次攀登活动终止。全体队员,勇敢撤退!"

山上,营地里,所有队员扑在一起抱头失声痛哭……

南迦巴瓦峰啊，你给了我什么呢？

我想起了到达南峰山脚下的那一天，我在海拔 2000 米处的雅鲁藏布江边仰望着头顶海拔 7700 多米的南迦巴瓦。它像一柄直插云天的利剑，闪着白灿灿的寒光。当时，我的泪水一下子就流了下来。我至今都说不清，那是一种如何撼人心魄、惊天动地般的情感。山坡上，藏胞们插上的经幡在呼啦啦飘动，我的眼前出现了大昭寺前那许许多多五体投地磕长头的人们。我知道，每年，也都有无数的人到这里来朝拜南迦巴瓦。如果我在，那人群中应该有我。面对南迦巴瓦，我似乎明白了，这是一种神圣的仪式。朝拜，原来是生命的礼赞。

一位我很尊敬的老作家，谈到一种"高地人生观"和"低地人生观"。高地人生观是用高山来衡量一切，有着山的神秘、幽远、壮大和灵感。她决不抬头瞻仰，而是往下俯瞰，视人生中的功名利禄为飘去的淡淡浮云。而低地人生观则相反，尽管也叫几声挣脱世俗，呼几声老庄道禅。

登山者，正是这样俯瞰着人间。

他们高扬的，是人间生命的灵旗。生命在登山者身上，闪出的光彩最绚丽。谁最热爱生命？是那些勇敢无畏敢于向死亡挑战的人，向一切未知领域探索的前行者。他们之所以能走出前人没有走出的路，就因为他们太热爱这人生。他们称登山是"向自己挑战的事业"，展示的却是人类一种九死不悔的不屈精神。

我们的蓝天，仍有太阳，永远。

活着，就该有勇气向自己挑战！能向自己挑战的人，就是举起生命之光照亮苍茫人生的前行者。

高尔基说:"对于生活,必须有一贯的、巨大的、使她变得有生气的行动。"登山,一部关于人、关于生命、关于生活的英雄史诗。

补　记

一年之后。

1992年10月30日,中日南迦巴瓦登山队11位勇士代表人类第一次登上了南迦巴瓦峰的峰顶。这11位勇士是:桑珠、加布、次仁多吉、达穷、边巴扎西、大齐米(中方);山本一夫、山本笃、青田浩、三谷统一郎、佐藤正伦(日方)。

日方队员山本笃,将一年前遇难队友大西宏的骨灰撒在了南迦巴瓦峰峰顶……

下卷：珠穆朗玛之魂

珠穆朗玛峰的头是昂着的，时时扯住身边的云，将它织成一面旗帜伴衬着自己。人们称这面旗为云旗。

这旗，也同样与珠峰万世相伴，也同样俯瞰着整个地球，整个人间。

有人向她走去，如同听到了召唤，去追寻什么？

对于登山者，那是大写的"人"字山碑，那是生命的灵旗。

——题记

心中那座山

一个民族和一个人一样,必然会遇到这样或那样的艰难时期。当这艰难的时期来临后,最需要的是什么?登山者已做出了回答。这一点,也是这项运动的意义所在。

1993年的元旦刚过,我就做了一个梦。

我梦见自己在一片水晶般的冰雪世界里行走,面前的一切都是晶洁而透明的。我肩上是背包和冰镐,手里握着雪杖。我登上一座雪山,又登上一座雪山,许多的雪山便向我飞来,最后,连我自己竟也和雪山一起飘飞起来……

新年伊始,做了这样一个好梦,使我有一种预感:有一件好事要来了。

果然。

第二天,我便接到中国登山协会副主席曾曙生的电话:"速来登协,有要事相商。"

我急忙自报社赶往登协。

一进二楼老曾的办公室,见除了老曾外,中国登山队的教练于良璞也在。老于是中国登协《山野》杂志的编辑部主任,我这时也在帮助他们办这个刊物,老朋友了。不知为何,老于望着我在窃窃地"坏"笑。

老曾围着我转了一圈,在我肩上重重捶了一拳,问道:

"贵体怎么样?"

"棒极了!"我准确地预感到什么了,自己擂了自己胸口一拳。

"主要是心脏和血压,没什么病吧?"

"没有,保证不会出事!"

"你知道是什么事就下这个保证?先不谈这个。单位会放你出去3个月吗?"

"没问题!只要能进山,单位的工作我来做。"

他突然话锋一转:"你这个文人,磨着进山干什么?无名、无利,又那么苦,还要冒险。在北京多舒服啊,你这不是犯傻吗?……"

"没办法了,我做梦都想着去犯犯这个傻,跟着你们这帮傻子!"

他哈哈大笑,一拍手说:"好!痛快。我正式通知你,中国登山协会和台湾登山界联合组成'海峡两岸珠穆朗玛登山队',下月进藏,特邀你为全队唯一的一个记者。具体情况以后再向你介绍。不过你也别高兴得太早,待体格检查以后再最后确定。"

我一边欢呼,一边指着老于说:"好啊,你串通老曾'刁难'我。"老于笑着说:"这天下还有没有公理?多少记者在争这个名额,我先给你抢了下来,你不请我喝酒,反而倒打一耙!"

这倒是实情。前年,我第一次进藏去南迦巴瓦峰采访,就是他帮的忙。那一次进藏归来之后,他问我:"怎么样?大记者,感觉如何?"

"不满,大大地不满!我问过登协的老主席史占春,怎样才算进过山?他笑着说,'你进山之后,大大地后悔,心中骂,上了他们的当了,下次打死我也不来了!谁让你进山你就骂谁——真有这样的体验,才算你真正进过山。'可我去了这一趟,怎么一点儿想骂你的欲望都没有呢?"

老于哈哈大笑:"野心不小啊你!你知道老史说的是什么地方?就是珠穆朗玛!好,有你这句话就行,到时候别打退堂鼓!"

如今,这一天真的来了。

老于也去,任这支登山队的秘书长。

真要去珠峰了!

心里是种什么感觉?

33年前,我第一次听到珠穆朗玛峰的名字。

那是1960年6月,我11岁,正上小学五年级。

那是北大荒的一个农场,在一片茫茫荒草中建场还不到两年。整个北大荒,来了十万转业官兵。他们脱下军装就来到了这片祖国最东北的亘古荒原,在这第二战场,为祖国向荒原要粮。

6月中旬的一个傍晚,天上下着雨。由于地里太湿,拖拉机下不了地,全农场紧急动员,人工下地抢播大豆。我们小学也停了课去点种大豆。没有雨衣,一人顶着一条麻袋,手里拿着一根一头被削尖的棍子,在地上扎个眼,点上几颗豆。6月的北大荒天气还很凉,再加上下雨,冻得我们浑身发抖。因为是抢播,过了这季节豆子就种不上了,所以人们天一亮就下地,直到天黑看不见了才回家。下雨,就顶着雨播,好在那天的雨不大。傍晚,场长骑着一匹白马飞跑到地里,兴奋地向大家扬起一张刚刚收到的报纸。大家便聚

集在雨中听他念这张报,有两个人还在他的头上扯起一件军用雨衣。

报纸上刊登的,就是中国登山队1960年5月25日登上珠峰的消息。

雨中,官兵们喊起了口号:"向英雄学习,向荒原要粮!"那一张张激动和自豪的脸,那一种征服艰难的勇气和信心,永远留在了我的记忆里。

点豆的进度一天比一天快,有人甚至在夜里提着马灯下地。

大家都说,这是在向登山英雄们学习。

记得老师为此给我们布置过一篇作文,我在文中写了这么一句:"将来我也要去雪山……"

老师给我划去了,批道:"这是不可能的事,就不要这么写。"没有想到这正是可能的事,尽管那已是33年之后。

1960年,正是共和国最艰难的"三年困难"时期。而中国登山者在这时第一次从北坡登上珠峰之顶,对全国人民战胜困难的鼓舞有多大!一个民族和一个人一样,必然会遇到这样或那样的艰难时期。当这艰难的时期来临时,最需要的是什么?——登山者已做出了回答。这一点,也是这项运动的意义所在。

那么,在今天呢?登山者的价值何在?

我要说一位我同行的朋友。

他叫曹玉春,原是《新体育》杂志的记者。1988年,他作为随队记者去了珠峰,采访报道那一次举世瞩目的中国、日本、尼泊尔三国队员联合攀登珠峰和在顶峰的大跨越。从珠峰归来之后,他的变化很大,和我有过两次深谈。他说:"进了山,一和登山队员们接触,在雪山和他们生活了一段时间之后,我发现在现代文明社会,人身上丢失的东西很多。例如勇敢、纯真、情谊、真实、善良、美好等等这些人类身上最宝贵的东西,在我们今天的现实生活中其价值体现不足。不少人一方面埋怨社会给他的理解和温暖太少,另一方面又从来不愿为社会和别人付出一点点,这不是走进一个怪圈吗?我更担心的是一些青少年,他们的生活太优越了,所以越来越多的孩子过多地去讲享受,而人身上起码的优秀素质反而缺失了。品质、胸怀、自信心、信仰和理想,好像都比不上享受重要。这样的一代,走上社会之后可怎么办?有一次我和他们谈雪山、谈登山者,他们很吃惊:'真的吗?''真有这样的人吗?'才明白生活中原来真正有价值的东西那么多。是的,不能总怪孩子,他们太小,但社会呢,社会该怎么做?……所以,我感到我目前最大的责任,就是要把

 巅峰

真真实实的登山者介绍到人们面前！登山者带给我们社会和人生的东西太丰厚了……"

他是这样说的，也是这样做的。不久，玉春调到了中央电视台体育部，开始编辑一部系列电视片《山魂》。然而，此片第二集尚未完成，他的血液便出了毛病，从珠峰归来仅四年之后，他竟一病不治，永远地离开了我们。

他临终前只有两个要求，一是穿着 1988 年去珠峰的那身登山服，二是带走一根有特殊意义的木棒。这根木棒，是 1990 年北京亚运会时，他到西藏去拍摄李宁和一位藏族女孩自青藏高原采集亚运会的火种时，用做火炬把

◆ 珠峰全景

手的那根木棒。

这是一个记者离别这个世界时最后的请求。

在他的追悼会上,我站在他的遗体边,看到他身上的那身登山服和那根木棒。我明白他想诉说的一切。

在他生命的终点,傲立着西藏和珠峰。

我仿佛听到了他在说:"我感到自己最大的责任,就是要把登山者的一切告诉人们,告诉下一代,让我们的孩子知道什么是真正的勇敢、纯真、善良,这些优秀的品质不能在他们身上退化。"

我感到了肩上的责任。

如今,我将沿着他走过的路再去珠峰。临行前不久的一个夜晚,我在灯下为他写了一篇《雪山呼唤的英魂》,并很快在《中国体育报》发表了。我把文章剪下来,夹进了我准备好的采访本里……

此文如下:

玉春,我来了,很多人都来了,就站在你面前。

可你躺下了,这样安详。

你选了这样一张遗像:穿着一件运动服,是在采访珠峰时拍的,你还在笑。你选了这样一身遗装:从帽子到鸭绒背心,都是你1988年在珠峰山脚下采访"中日尼三国横跨"时的那身行装。这是你最后的愿望,我懂。你想那些登山的战友,你还要到天国去采访他们。你一边哭,一边编出的那部电视纪录片《山魂》中,梅里山难中的登山队员孙维琦,就是你在珠峰采访过的好友……

就在这里的灵堂,我送走了维琦,今天又来送你。

去吧,带上你的采访本,背上你的摄像机,和维琦他们一道,再去祖国壮丽的雪山。雪山,在呼唤你们的英魂。

玉春,你看谁来了?登山协会的战友们来为你送行了。张江援、李致新、赵小欣……他们代表所有的登山者,来看你。维琦的妻子小欣——维琦遇难后你代表中央电视台采访过她——她手里举着一个素洁的鲜花花篮,轻轻走到你的面前。花篮的缎带上写着"山在呼唤你!"……你听见这句话了吗,玉春?你写过一篇文章,叫《男儿只流两次泪》。站在你面前,我不该流泪,但我的泪水仍是流了下来。我最明白"山在呼唤你"这几个字,带给你的是什么。

我看见你安详地微笑了。你无比欣慰。

你又看见了那魂牵梦绕的珠穆朗玛。珠穆朗玛雪山在呼唤着35岁的你,你的英魂。你,就是从这座雪山开始认识我们的登山者的。今天,他们来了,他们为你带来了雪山的问候和祈愿。那圣洁的雪山将永远安顿着你的魂灵,那圣地之上的佛国梵天将为你祈祷,为你超度。世上有生有死,生就是死,死也就是生了。但你离别这个世界的时候挂念着的不是自己,而是自己钟爱的事业和辉煌的雪山。你是幸福的人。一位大师圆寂时,曾留下最后四个字:"悲欣交集"!如今,悲留给了我们,欣却属于你了。

所有的登山者,知道你和认识你的,都在怀念你,你这个普普通通的记者。还记得中日尼三国横跨时,大本营里你的那位顶头"上司"、中国登协副主席曾曙生吗?他听到你故去后,紧紧握着我的手说:"小张,拜托了,代我们所有登山者写几句吧,给玉春……"

我早已写了。听到你离去的当天,我正在赶写一部关于山的长篇报告文学。我在文中写道:"此文刚写到这里,惊悉中央电视台体育部的朋友曹玉春病逝。甚痛！他曾在西藏工作过，到《新体育》杂志社后又专门采访和报道过登山，和许多登山者都是好朋友。他调到中央电视台后，编辑制作了一部关于登山的纪实片《山魂》，听说他边制作边配音边流泪，他认识孙维琦等一些献身雪山的登山者，他想他们……去年，他血液出了毛病，今又患肝病，身体终于不支。——谨此向玉春弟志哀，愿他安息。"

今天，我又在电脑前写了此文，不仅是为完成登协的朋友之托，也是要告诉你一件事：我就要和老曾及许多登山者（还有台湾登山界的朋友）去珠穆朗玛峰了。我将替你去拜谒你心中的那座珠穆朗玛，我将久久站立在山脚下那片登山者的墓地前（你也曾久久地在此站立过），为不屈不死的登山英魂们，为你，燃起一盏永远长明的酥油灯……

"司令"曾曙生

你走在山上，累了，躺在一块巨石上，望天，不知是云动还是你动；望地，下面的山川全在你脚下。在天、池、山、川、河的怀里，我们又是多么渺小！当意识到你和它们已是一个整体时，你会感到胸怀一下子也如天地般阔大。那些人世间的纷争、名利、烦忧……又算得了什么呢？真真实实、透透亮亮地生活着，不是最幸福的吗？——这就是我说的山的崇高和圣洁。我总说，只有真正热爱生活的人，敢于和自己挑战的人，才有资格到山里去……

几天后，我随进山队员去国家体委科研所卫生处体检。

曾曙生这次亲自带队指挥，任队长。

每个队员进藏，都必须做心脏、血液、血压、肺部等等一系列常规检查。假如这些方面有问题，是绝对禁止进藏的。因为在高海拔地区，会出现意想不到的反应甚至危险。

我和队员们每人手中拿着一张体检表，进出各个诊室接受严格的检查。这感觉和参军前体检差不多。进山的气息，也就从这里开始弥漫开来。因为，所有的体育项目，参赛前都没有这样的手续。我相信我的身体，不会出大的毛病，我盼望即便真有毛病，最好这时也别现出原形，否则我会遗憾终生的。

我拿着体检表和老曾一起走进测心电图的诊室，一位女大夫一见到老曾，就笑着点着他的鼻子道："又是你呀老曾，还记得十年前欠我的那笔账吗？"

老曾挠挠头，笑道："记得记得，赔礼赔礼。"

我问大夫怎么回事。

大夫说："那是1983年，他们进藏去侦察攀登南迦巴瓦峰，检查时我就发现他的心脏功能有问题，绝对不能进藏。我就签了个结论：'不能进山。'谁知他把我的检查表改了，把'不能'划去，自己偷偷加上'可以'两个字。到底还是逃进山了。"

老曾说："我这人一到雪山上什么病都没了，可从山上一下来病就来了。王大夫，你说怪不怪？"

王大夫开始给他测心电图，测着测着，脸色马上变了，跑去又找来一位男大夫，两人对着测出的心电图分析了半天，最后对老曾说："老曾，你知不知道你有冠心病？而且很厉害，心跳一分钟间歇20多次。别说进西藏了，你现在就得马上住院！50多岁的人了，可不是你当年，到了山上你还想不想回来？这次可不能让你逃掉了，马上给登协打电话。"

大夫给他的体检表上签署的意见是："冠心病，马上住院治疗。"

我对老曾说："完了，我当不成你的兵了。"

老曾悄悄说："放心，我有我的招儿。"

不久，他真的被赶着住院去了。

但只住了十天，他便再次"出逃"。

曾曙生，中国第一代登山家。他和山几乎打了一辈子交道，经历过九死一生。他身上浓缩着中国登山的历史，他是这段历史的见证人之一。人们不会忘记1988年中日尼三国联合攀登并"双跨"珠穆朗玛峰的创世之举。"双跨"

即珠峰南北两侧的联登队员于顶峰会合后,南队北下,北队南下。这是世界登山史上的一个惊人奇迹,曾震撼全球。日本派出了一个实力强大的电视报道队,将特殊的微型摄像机固定在几个登顶者的头盔上,得以向世界现场转播这场顶峰大跨越的实况。日本从早上9时起便开始转播,中国由中央电视台从中午12时开始向全国转播,一直转播到傍晚6时,这在当时也是中国电视转播史上的创举。于是,三国队员突击和横跨珠峰之顶的全过程,展现在了我们面前。在那个辉煌而难忘的5月5日,多少人的心被震撼,跃上了珠峰之顶!那一次行动,老曾作为联登队北侧的中方队长,亲自指挥。人们从电视上看到了他在大本营指挥的镜头:当三国队员双跨成功的消息传到大本营时,他以拳顶额,泪流满面。泪水,此时映托出的是登山者的豪情!

和更多的登山者不同的是,他是从童年便爱上登山的。他说:"人有时候很怪,往往刹那间的感触便决定了一生的事业。中学时代,经常放映前苏联电影,如《培养勇敢的精神》、《丹娘》等。我觉得人最宝贵的就是善良和勇敢,有了它,就有了信念,克服世上所有的艰险都是一种快乐了。而真正使我爱上探险和登山的也是两部前苏联影片,一部是《忠实的朋友》,一部是《水银湖上的魔影》。那时我正在上初中,看完电影回到家,激动得怎么也闭不上眼,梦中都走进探险的森林里。这是落在我心中最初的种子,后来它发芽开花了,是必然的。"

老曾的家乡在湖北恩施的山区,家就在清水河边的山坡上。一边是山,一边是水,山耸立在他的童年里,水流动在他的血脉中。和小伙伴一起到山上去摘茶泡、打蟠桃,到水里去捞小鱼小虾。七岁时,他随家人来到了武汉,上小学一年级。一天,学校组织了一次春游去爬蛇山。不知是离别了故乡对那片山的怀念,还是对故乡山区小伙伴的思念,一上了山,他非常地想念那些昨日的小伙伴——这一次爬蛇山便永久地留在了他的记忆里。40多年后，他说："蛇山是一座太小太小的山，但奇怪的是，不知为什么，它的位置竟和我以后登过的无数座在世界上都赫赫有名的雪山排在一起。当时因太怀念童年的朋友，我感到武汉不是我的家，我的家还在那座熟悉的山上。上了山，我就有一种寻找故乡的感觉。这一次爬蛇山的经历，也许就注定了我一生与山结缘。"

重要的是在于他50多岁的今天，从记忆中那么清晰地讲述出了七岁时的一次小小的登山活动。这是对的，故乡的亲情伴着山所给他的善良、淳朴、野性和勇敢，流动在了他的血液中，也必然流动在他将来攀登每一座雪山时的身上。这是淳朴故乡的恩泽。

正像他说的，之后，到中学时代，《忠实的朋友》等两部前苏联影片，催发了他骨子里的山缘，确立了他一生的志向。

初中二年级这一年，在生物老师龙传湘的倡导下，班上成立了一个小小的"野外组"，也就七八个同学。曾曙生觉得参加这些野外活动很像是走在心中的那些电影中了。一个星期天，他们来到武钢青山工地。那里是一片无人认领的野坟地，不少棺材都裸露在外面。老师指定他们每人负责一口棺材，让他们移开棺材盖，用竹夹子夹出尸骨，装在一个布袋里。有的同学有些害怕，曾曙生不怕，掀开盖子就夹起了骨头。回到学校后，他将这些尸骨用福尔马林漂洗干净，用铁丝一穿，就是一具完整的人体骨骼架标本。初三时，一个寒假，老师带着他们去登木兰山。下了火车，步行45千米再爬山。老师要求他们哪儿没路往哪儿爬。在山上，有一个结了冰的水塘。他们凿开冰层，惊喜地发现水塘里有很多大鱼。这些鱼被带了回来，分给武汉市的每一所中学做标本。

1957年，老曾报考了北京矿业学院煤田地质系。因为在他看来，矿业地质少不了爬山、野外作业。1959年暑假期间，正在上大学二年级的他听说国家体委登山处要办一个登山训练班，便和几个同学去报了名。这年冬天，训练班去新疆博格达峰进行冰雪训练。就是在这个训练班上，他听说国家要成立一支登山队，向世界最高峰珠穆朗玛挑战，便马上报名参加了。于是，作为一名中国登山队队员，他参加了1960年我国第一次攀登珠穆朗玛峰的活动，攀登到了海拔7790米的高度。

他以攀登珠峰，开始了他一生的登山生涯。而这合恰处于中国登山运动的初期。

至今，算算已经33年了。33年中，他攀登过多少座雪山？多少次在风雪中九死一生？多少次流着泪望着吞没自己战友的冰山？

只提几件事。这是他的诉说：

1961年7月，我和几位教练带着一批新队员在新疆的公格尔九别峰训练。当时我二十出头，血气方刚。公格尔九别峰的冰川下面有一条河，叫盖孜河。这天，我和栾学富教练去观察这条河上唯一的一座旧绳桥。所谓绳桥，只是在40多米宽的河上横拉一根主绳，上边又拉上两根扶手绳，通过时踩着主绳抓着扶手绳就行。但这绳桥由于用的时间较长，已很危险，我们的任务是看看究竟还能不能用，要不要再架一座新绳桥。我们两人到了旧桥之后，因为河水太急，看不清对岸情况，就决定冒险从绳桥上走过去看看。栾教练抢着要上桥，我说你是教练，你就保护我上吧。我很快脱下长裤和毛裤，只穿一条短裤、一件毛衣、一双翻毛皮鞋，系好胸绳，联结在保护绳上，俨然一副"敢死队"的样子。栾教练比我还紧张，把保护绳全部缠在腰上，我走一点儿他就放一点儿绳子。谁知我摇摇晃晃快走到河中心时，猛然发现对岸拉扶手绳的支架已歪了，使得扶手绳不是平行的，而是一上一下的，距离很大。这是最危险的，因人的重心不容易平衡，掉到河里就会被激流冲没。怎么办？我进退两难了。我脚下踩的主绳已完全浸入冰冷的河水里，就在这时，河中一个大浪打在我的右腿上，我上身向右侧猛一歪翻，整个身子被冲进了河里。我死死抓住扶手绳，明白这就是我的救命索。但没坚持多长时间，头部便没入水中。栾教练在岸上拼命呼喊，我已听不清了，一个可怕的念头在我脑中一闪："坏了，要葬身河中了！"这时，两只手再也无力抓住扶手绳，最后，一松手，便被河水裹着箭一般向下游冲去。隐隐可以听见栾教练撕心裂肺的呼喊，我觉得腰间猛地一紧，这是他在拉保护绳。但是，保护绳此时已完全有害无益，因为它的一头还缠在桥上，越拉我就越往水底沉，而且永远也不会被拉到岸边。栾教练一看，马上松开了保护绳，我便被急流翻卷着向下游冲去。我被水底的石头冲来撞去，其实是我在撞它们，我感觉一切全不存在了……不知道过了多长时间，我感到双脚触到了什么，身子下意识一翻，急忙一把抱住……呀，我抱住了一块露出水面的救命石！栾教练飞跑而来，扑向水中把我拖上岸。我昏昏沉沉地睁开眼，总算又看见蓝天和绿草了，上帝保佑，我在水中的地狱转了一圈，又奇迹般地活了下来。我踩着岸上的草和碎石，无人能理解这是一种什么感觉。这时，我才知道，我被河水冲下80多米，在桥上和水中的时间近一个小时。这次事件便被队里称为"曾栾事件"。在以后的探险岁月中，我牢记着这次教训，那就是：上山时要考虑到安全下山，前进时要考虑到安全后退。

登山探险，当然要时时处处和险情打交道。1977年7月，我们在侦察海拔7435米的托木尔峰时，两个小时中曾亲眼看到大小雪崩120次，就是说差

不多每分钟一次雪崩。那一次上山，我们选择了左侧的路线，待上了山听到雪崩后往右侧路线上一看，不由得心惊胆战。雪崩恰恰就发生在右侧路线上，伴着巨大的轰鸣声，整个山谷顿时被雪崩的白色气浪所弥漫，到处堆满了雪堆和巨大的冰块，那条路线被成千上万吨的冰雪完全掩埋了。上山选择路线，可以从这边走，也可以从那边走，谁能预料山上所发生的一切呢？所以我们久久望着右侧路线上的雪崩说："感谢上帝，我们走了左边。"但是，几年后我还是没有逃掉雪崩的纠缠，被它"活埋"了。那是1984年9月11日，我带队员同日本队员一起在青海的阿尼玛卿二峰训练。那天天气晴朗，下午2点多，中日双方已有11人到达5800米处。走着走着，突然听见轰的一声，我抬头一看，不禁大吼了一声："雪崩！"只见前面200多米高的雪山仿佛被拦腰截断，一条整齐的横向断裂带出现在三面冰雪围谷之上，巨浪般的积雪呼啸翻滚着向我们扑面而来。我们几人被结组绳连在一起，雪又深，没跑出两步，一人高的雪浪已涌到面前。我被冲得横着凌空翻了一个个儿，趴在了还在流动的雪堆之上。还没喘过气来，高达两米的雪浪又第二次向我扑来。我感到眼前呼的一下，顿时嘴里塞满了冰雪，像一条被冻结在冰中的小鱼，脸朝上，埋在了雪中。我只觉得呼吸越来越急促，空气越来越少。心跳快得自己也数不清，四肢无处着力。头昏脑涨之际，左手探出一个洞口，黑暗中恍惚只觉得亮光一闪，下意识地用左手将小红帽扔了出去……队员李致新和王勇峰没有被雪崩埋住，他们看到了我的帽子，发疯一样拼命扒雪，把我扒了出来……

珠穆朗玛峰我前后去过14次，加上今年这次就是15次了，我的八个战友就长眠在那里。我在珠峰有一次原是必死无疑的，但我活了下来。那是1966年春天，我和三个队员攀登到7800米时天气突然变坏，下撤时，我走在最后面。一个伙伴走着走着，两只冰爪突然全坏了。在这样的冰雪岩石上下撤，没有了冰爪危险太大，我就解下一只给了他。谁知我迈了没几步，没有了冰爪的那只脚一滑，整个身子一个前滚翻就栽了下去。我头脑中只闪了两个字"完了"，眼前一黑，就什么也不知道了。当我醒过来时，发现自己躺在一个帐篷顶上，我爬下帐篷，把里面的两个队员吓了一跳！他们以为是雪块掉在了帐篷上，没想到是我。我这时往身后一看，吓坏了！——两边都是近千米的悬崖绝壁，无论我掉在哪一边，都会粉身碎骨。

可登山探险又是太迷人的事业，每一次经历都很奇妙。有一年我们攀登西夏邦马峰，一天，我和同伴背着通讯器材和食品到6180米的营地去建通讯中转站。中午刚过，一片乌黑的云层压了上来，阳光普照的白日突然变成了乌黑一片。我们手中冰镐的金属部分发出了一层蓝光，并伴有呼呼的声音。这还不奇，突然我发现自己头上的头发一下子变粗变硬了。我们互相一看更吓人，每个人的眉毛都发出了那种忽明忽暗的蓝光，于是谁也不敢碰谁，好像怕被电着一样。直到带电的这片云飘过去，天又亮了起来，我们才恢复了正常。几天之后，我们建好了通讯中转站，但又一次和电遭遇上了，这一次十分危险。那天我正和大本营通话，忽然耳机里吱吱作响，通讯马上就中断了。我刚一站起身，就听到一阵炸雷在头上响起，带电的云就罩在我们上方的空中。我立即意识到我们处在被雷击的危险之中，好在我们的帐篷有一层聚氯乙烯，成了唯一的隔离层，但它究竟能不能防止我们被雷击，谁也不敢说。这时，报话机还在吱吱作响，而且声音越来越大，这时我才想起原来天线还伸在外边，成为外边的电荷进入帐篷的通道。这可太危险了，天线是在把雷电往帐篷里引呀！匆忙中我找来两只球鞋，把手伸进去，夹住天线拉进帐篷，这才免遭雷击，又一次死里逃生。

人到了山上,遇到大大小小的险情,脾气都大,急得气得直想骂娘。可是一下了山,马上又都想它恋它了。对了,这就是登山,万千滋味尽含其中。任何登山者一提到山,马上有一种神圣和圣洁感,为什么?山给人的东西太丰富,太令人着迷,着迷到说不清楚。我在山上也搞搞摄影和摄像,山上的朝霞,绚丽奇绝,流金溢彩,你会觉得整个世界都是辉煌的。云彩,似云母片那么清亮,镶着金边。晚霞沐浴着冰峰,金色、玫瑰色、绛紫色,一层层铺开、交织,变幻得神奇迷离,像五彩的梦境。你走在山上,累了,躺在一块巨石上,望天,不知是云动还是你动;望地,下面的山川全在你脚下。在天、地、山、川、河的怀里,我们又是多么渺小,当意识到你和它们已是一个整体时,你会感到胸怀一下子也如天地般阔大。那些人世间的纷争、名利、烦忧……又算得了什么呢?真真实实、透透亮亮地生活着,不是最幸福的吗?——这就是我说的山的崇高和圣洁。我总说,只有真正热爱生活的人,敢于向自己挑战的人,才有资格到山里去……

这一次,他又要到山里去了。

这一次,是他第十五次去珠穆朗玛峰。

十年前,他是"逃"去的,这一次,仍是"逃"去的。

几乎一生的登山生涯,他回忆起来,仍庆幸和感射童年和少年时代确立的这一志向。这就是登山者身上的九死不悔的壮志豪情。他说:"童年和少年给了我两样最宝贵的东西,它坚固地支撑着我的事业,一是善良,二是勇敢。"

热爱自然的背后,就是善良和勇敢。这善良和勇敢形成了一个人的襟怀、素质、品行。人类的天性中本身具备这两种最可宝贵的东西,它是自然生长在人类心中的。但是,为什么有的人随着成长,这两种东西反而越来越少,甚至丢弃了它们？而有的人，却能一生固守，开创出可以自豪的事业呢？

珠穆朗玛峰，你能回答我吗？

这也是我走近你的原因之一。

我跟着老曾和许许多多的登山者，就要走进你的冰雪之怀……

体验拉萨

这就是西藏，人和人的关系，那么古朴、友好而亲密。

1993年2月25日上午8点多，我飞抵西藏自治区首府拉萨的贡嘎机场。

在拉萨要等到3月1日，和台湾山友会合。

这是我第二次进藏，所以首次进藏常有的那种神秘、紧张以及对高山反应的恐惧全然消逝。飞机还没有开始降落，我看到身边临时借来为我们录像的老李已经紧张起来。他是第一次进藏，人又高大，对高山反应很恐惧，就马上把一个可以输氧的"氧立得"挂在脖子上，又忙着往里边倒制氧药。"氧立得"像吊在他脖子上的一个笨重的小箱子，晃来晃去。看他紧张如此，我有些得意，以很有经验的口气劝他道："没事，你不要紧张，别去想它，下了飞机动作要慢慢的，别剧烈活动。"

可笑的是，我这样那样告诉他，自己却吃了经验主义的亏，没想到最痛苦的是我，惨透了！

北京的海拔高度仅40多米，拉萨的海拔高度是多少？3700米！一下子提高了近百倍。医学界认为，人在海拔1800米以上的高山，都会有相应的肌体反应。而人类可以永久居住的海拔极限是5300米，可见人的适应性之强。在高山地区，可能出现的症状为：食欲不振，体重减轻，尿少而全身浮肿。这是由于呼吸加深加速，空气中所含水分大量消失而造成的。还有，最严重的是极度的高山缺氧使心脏衰弱，引发重大的障碍——肺积水，使呼吸浅而急，嘴唇发紫，无法仰卧，严重时危及人的生命。除肺水肿外，还有脑水肿、心脏衰竭、精神失调等。人体最初出现的高山反应就在神经系统，表现为头痛、呕吐、失眠，严重的还会使记忆力减退。需要说明的是，一般情况下脑水肿、肺水肿、心脏衰竭等危急病状，是在海拔较高地区加之身体不适应的情况下，才会在较少的人身上产生的。所以在高海拔地区，最主要的是使身体尽快适应。可以由低向高逐步适应，如要去日喀则，就应先在拉萨适应几天，待身体已适应了这一高度，再去更高处的地方。同时，适应时也不要仅仅躺在宾馆里，要四处慢慢活动，适当地一点点增加运动量，这有利于高山反应的缓解和消退。一般情况下，不要依靠吸氧，若身体出现依赖性后，不吸氧时还会有反应。

我恰恰大意了。由于上一次进藏反应较小，我便认为我身体的适应性很好。一下飞机，见到了前来接我们的队友金俊喜、王勇峰、罗申等人，我非常兴奋，和他们一起跑来跑去，又是搬行李又是装车，行动过急。到了拉萨的喜马拉雅饭店后，和山友聚在一起又兴奋地聊天。我感到状态出奇地好，除了上楼觉得两腿沉重、头有点儿发晕外一切正常。但是，到中午吃饭时，

我突然感到什么也不想吃，进而头痛欲裂，两只脚都站不稳了。我知道坏事了，匆忙回到房间倒在床上，连吃了两片安定和止痛片，头仍照痛不误。总算睡着了，到晚上7点被人叫起来吃饭。饭是吃不下了，只勉强喝了一点儿水，又倒在了床上。

不能听声音，一听就想呕吐，胃里难受。

心咚咚咚地加速乱跳，好像一张嘴就会跳出来。

两边太阳穴疼，似有人狠狠捏住往里掐，血管也一跳一跳地直蹦。

干张嘴喘不上气来，便使劲抽噎。脸由蜡黄转白，浑身直冒虚汗。

我想起了有人说过的："那滋味，让你想死的心都有。"我体会到了，是真的。我这还是好的，有人一下飞机就被担架抬走。还有的人头疼得受不了，便用一根鞋带捆在头上猛勒，或者用头去撞墙。

太奇怪了，前年我来，怎么没有这么难受呢？原来，前年我是10月来的，植被好，氧气自然多。而现在是冬天，植物全是光秃秃的，氧气当然少了。半夜，我昏沉沉地醒来，感到屋里出奇地冷。屋里气温只有摄氏零下5度。我爬起身想写一篇稿件，按计划明天得给报社发稿了。但是，头疼得写不下去。

这是每一个到西藏的登山者，都要经历的一关，只是有人症状重些，有人轻些而已。

我似睡非睡到天亮。

山友们让我别总躺着，起来活动一下。他们竟去打篮球了。

对，我必须起来，挺过这高山反应。我准备去拉萨的市中心——著名的八廓街。

自22日起，拉萨开始过藏历的水鸡年，如我们的新年。这时正是欢腾的西藏，欢腾的拉萨。

一进八廓街，我就一头扑进了欢乐的海洋。

这里是拉萨的中心了，人们俗称它为"八角街"。过去我也曾以为这条街有八个角，其实不是。"八角"据说是藏语的译音。街是有，但很狭窄，而且是环形的土路。这条路似一条窄窄的黄带子，绕大昭寺一周，每天人潮涌动，川流不息，这几天正逢藏胞过年，更是人山人海了。这里既是独特的商业中心，沿街密密地挤满了店铺货摊，又是藏民前来朝圣的宗教活动中心。

还未进八廓街，人流就已成河。节日里身着盛装的藏民喜气洋洋，相互不认识，照了面也都道一声"扎西德勒"。我的头还有些疼，刚走过一个十字路口往北准备进八廓街，只见一位藏族老妈妈手提着一个罐子，遇到人，便笑眯眯地递过去。有的人接住，向她鞠一个躬，然后举起罐子来喝几口，再还给她；也有的人从身上摸出木碗，把碗举过头顶，再笑着伸向这位老妈妈。我明白这罐子里是青稞酒了。这种酒度数不高，只比啤酒略高点儿，香甜清冽，而且每家都可以自己酿造，待客是少不了的。这位老妈妈提着酒走上街头，请每一个过往的行人与自己一起庆祝节日，很独特。我见到迎面走来的一位老人很有意思，只把衣袖用左手一卷折个窝，请那位老妈妈把酒倒在里面，扬头一饮而尽。

这就是西藏，人和人的关系，那么古朴、友好而亲密。

我走在街上，任何藏民一眼就能看出我是内地来的，但投向我的目光全是那么友好。他们纷纷向我祝福："远方来的客人，扎西德勒！"

"扎西德勒！也祝您扎西德勒！"我说。"扎西德勒"是藏语，意思为吉祥如意。

真是祥光普照，我的头好像不怎么疼了。

终于进了八廓街。

山友们早就告诉过我，进了八廓街一定要顺时针走，别逆时针走，否则会被别人认为你大逆不道。八廓街的中心是大昭寺，沿着大昭寺走一圈，就是八廓街的路。这是一种宗教仪式，人们把转街叫"转经"。据说你转上一圈，就等于念了多少遍经。而转的方向，必须是以大昭寺为中心顺时针转。但我忘了这一切，逆着走了起来，主要是想看看迎面走来的人群，拍一些照片。大度的藏民原谅了我，还不时和我打招呼。满街挤满了人，似一条五颜六色的河流在向前涌动。藏民、汉民、老外，人挤人人挨人。空中飘着浓浓的松香味，那是从大昭寺和街头专设的烧香处飘来的。藏民烧香，用一种松枝，然后洒上酥油和青稞粉，这叫"煨桑"。而街流的中心，人们甩着长袖在唱歌跳舞。还有，便是无数的喇嘛坐在地上念经。行乞的乞丐和布施的施主一样平等地欢笑。

　　街两旁的店铺和古董店主要是以卖西藏的工艺品为主，骨制首饰、藏刀、

▼ 大昭寺八廓街市场

佛教用品最使我感兴趣。我第一次进藏时，在这里买了上千元的工艺品，回到北京拿出任何一件给朋友，都是宝贝！我买东西历来不愿多还价，看到喜欢的马上就买。藏族朋友笑我说："这刀也就30元，可你花了60元，太贵了。"我争辩说："你知道这刀在北京得多少钱才能买到？少说也要100元！"

今天我不想买什么，只想好好看看。

前边，就是著名的大昭寺了。

松赞干布和文成公主的故事，使历史一下子在这儿浓缩。这座古寺建于公元七世纪。那是吐蕃王朝鼎盛时期，松赞干布统一西藏之后，迎娶了汉族的文成公主。文成公主从长安带来的释迦牟尼佛，就供奉在此寺。我站在寺前想，汉族的一个弱女子来到这里，需要多少生活的勇气，才能在此扎下根呢？可她又是幸福的，因为她面对的是一个淳朴而热情的民族。

大昭寺的灯火每天最早燃起，最晚熄灭。每天都有许多人来到这里朝圣。寺前油亮的青石板，被人们磕等身长头磕得出现了一道道深深的沟槽。不少人带着青稞在这儿磕头，起码要磕一天。这种磕法是很讲究的：手上套着木板或羊皮，膝上也包着羊皮，跪扑下去五体投地，然后起来再扑下去，周而复始。在通往拉萨的路上，在拉萨的任何一处街上，你都能看到边磕着等身长头边往前移动的藏民。据说有的人从家乡一路磕来，要磕几个月之久……

在大昭寺门前，由于是节日，人们纷纷往一根高高的经柱上挂新的经幡，据说这样可以保佑家人的平安。有的年轻人跳到了经柱上，想把自己的经幡挂得高一些。我仰起头，举起相机往上刚要照，身边一个四岁多的藏族男孩啪地按了我的快门。我望着他笑笑，刚向上一举，他又按了一下。这时过来一位老者，想必是孩子的爷爷，非常好奇地望着我的相机。我把相机递给他，他高兴地接过往里边看，我说："您可以照，照吧。"他笑着说了几句藏语，

想来是问我怎么照,我听不懂。那个孩子便跳蹦着指指快门,老人一连照了几张,然后挡开孩子伸来的手,把相机交还给我,满意地领着孩子走了。走出很远,还回过身来,对我喊道:"扎西德勒!"

凭着这一句"扎西德勒",我感到自己和拉萨已融为了一体。在布达拉宫前,我看到一户人家的小院墙上立着一个很大的牦牛头骨,便以此为前景来拍布达拉宫。这时,门开了,一位藏族小伙子走出院来。

"扎西德勒!请问你是哪里来的客人?"他笑着问。

"扎西德勒!我从北京来。"

他左手贴胸,右手向家门一挥:"请,请进来和我们一起过年!"

"谢谢!谢谢!"我喜不自禁。

一进门,他和妻子双双搬起一个小箱子模样的东西,上面堆满了糌粑和青稞粒,插着染上红颜色的青稞穗儿。我不知如何是好。主人教我拈起糌粑,向佛台的佛像祈祷,说佛会保佑我一路平安的。

然后他请我入座,斟满了一碗青稞酒举过头,再双手递给我。

看来他能说一些汉话,我马上指指头,解释说我正高山反应,不敢喝酒。

他笑起来。他的妻子说:"喝嘛,你喝了头就好了,不喝头就不会好。"

我还在犹豫。

男主人很大度:"不能喝不要紧,你意思一下。"

我只好接过。谁知刚把碗凑到嘴边,女人又笑了:"你错了,不对。"

男主人告诉我,先要用左手的无名指蘸酒三次,一次弹向天,二次弹向地,三次弹向中间。这代表祝福和祈祷天、地、人。

我照着做完,他们高兴极了,忙又请我吃一种青稞做的点心,叫"突巴"。这是酥油炸的,很香甜。我们毫无拘束地围坐着聊起天来。

男主人叫索朗罗布，是布达拉宫的维修工，才26岁。他美丽的妻子叫旦卓。

告辞时，我祝福他们早日有一个可爱的小宝宝。他们笑眯了眼，说这是最吉祥的一个新年。他们说："任何时候，都欢迎你来做客！菩萨保佑你，走到哪里，都会一路平安！"

我向他们深深致谢。

真的，回宾馆的路上，我突然发现奇迹出现了：我的头一点儿也不疼了。

那么，明天，我将要去一个很重要的地方——拉萨西郊的烈士陵园。

飘进雪乡的女儿

无声好,为什么要有声呢?有声,是某些人的事,以为那样就多么出人头地,非要站在别人的肩上。那就不寂寞吗?更寂寞,六神无主,化做永不安宁的游魂四处晃荡。所以,不要求别人记着的人,才是幸福自在的。

这是雪域之乡了。站在布达拉宫远眺,无论哪个方向都是洁白神圣的雪山。明丽的阳光一尘不染。天空,更蓝得透出一种神秘。那是鲜灵灵的晶莹。

我不知何故盼着下雪。漫天飘舞的雪花疏朗地罩在圣城拉萨,壮美得惊人!晨起,听见窗子刷拉拉刷拉拉地响,忙跑到窗前一看,小小地失望了,只飞来星星点点的粒雪。粒雪很小,米粒般的小雪珠。又想,也好,它总是从天国来的。按这雪域之乡的说法,连一块石头都是有精灵的,那么,它也是个小小洁白的精灵了。

按日程,今天我要到拉萨西郊的烈士陵园。

此去有两愿。一是去祭奠曾在珠峰攀登中遇难的藏族登山队员罗朗、尼玛扎西，因我马上要去珠峰，我将替他们拜望珠峰；二是受朋友之托，祭奠她的大学同学、好友田文。田文是个在北京长大的女孩子，于人民大学中文系毕业后进藏，在《西藏文学》当编辑、记者，也算我的同行。但她美丽的高原之梦在西藏仅做了短短的五年，29岁便在一次采访中被山上落下的滚石砸中而遇难。

我没有去过西郊墓地，听说很大，若不知位置找个墓很难，便请了田文的丈夫小叶和我同行。我想，只要到了墓地，罗朗和尼玛的墓也应该好找，他们是英雄烈士。

西郊墓地果然大极了，是一个大陵园。墓碑多朝北，朝着西藏最大寺院之一的哲蚌寺。在这里，能听到寺院传来的法号声；站高些，能看到寺后一块巨石上画着的五彩菩萨。田文的墓地在陵园东北侧，前偎几丛矮树，很宁静，墓很素雅，花岗石碑为西藏文联所立，上面的字是小叶写的："田文，北京人，生于1958年，《西藏文学》编辑，不幸于1987年9月因公殉难。"

田文对于我，是个全然的空白。她墓上"北京人"三个字，使我眼前展现出刚刚离开的北京，以及北京任何一条大街上走着的许许多多如她一样年轻的女孩子。是学生式的浪漫与憧憬，还是为了多彩人生的苦苦追寻？她究竟为什么背井离乡，选择了遥远而神秘的西藏作为自己事业与生活的田园？不管为何，仅此一点，我知道这是一个坚毅不屈的女孩子了。

小叶一直盯着她的墓对我诉说，很像是在自言自语。于是，渐渐地，田文，一个活生生的北京女儿，就立在我面前了……

小叶说：

她是为我而来的。没有我，她不会死。

她又是为了寻找自己而来的，她找得很苦很累，但找到了。找到自己的

人在这个世界上并不多,从这一点来讲她是幸福的。我总感到,她没有走,只是累了,歇一歇,她就会回来。

在北京,我们在中学就要好。那时一块儿学拉小提琴,是小提琴让我们认识的,后来,她做她的文学梦,我做我的音乐梦。那时还是"文革"中。1977年,我中学毕业后去找她,说我要和班上的9名同学去西藏。她问:"为什么?好了,你不要说了,我知道了,属于你的音乐在那里。"她又想了一想,马上抬起头望着我说:"那你,就先去吧!"我懂,我要的就是这句话,我感谢她给了我去雪域之乡的勇气。四年里,我和藏民放牧或下地时一遇到暴风雪,在飘摇的帐篷里,在白茫茫的草原上就想起她,想起她我就唱歌。藏族的老阿爸老阿妈一听我的歌声就说我想远方的人了,便也用歌声来安慰我。我终于进了西藏歌舞团,1981年到北京音乐学院进修。那时,田文已在中国人民大学读中文系。那两年,是我们青春最美好的时光,尽管也带着困惑和迷惘。我们是无根的一代吧,无拘无束,最早穿喇叭裤、跳迪斯科,一疯到半夜。

她大学毕业了,我也已进修结业。我犹豫了,她应当分配在北京工作,西藏的生活环境她适应得了吗?当年和我一起到西藏去的九个同学,早已全部撤离了西藏,只留下了我一个。谁知我刚一说,她就问:"你呢?还在不在西藏?""在呀,我是西藏送来学习的,当然还在西藏。可你不一样……"她一挥手止住我说:"我也是西藏的人,早就是了。"

她来到了西藏,我们结婚了。

她一到《西藏文学》便刮起了旋风。写散文、小说、评论,观点泼辣,文笔犀利,惹得不少人怒不可遏。她不怕,打笔仗打得很过瘾。她喜欢扎西达瓦、马丽华的作品,称那是"真正的雪域艺术"。她的同行、同编辑部的龚巧明在采访途中因车祸遇难,她很伤心,流着泪给这位川大来的伙伴化了最后一次妆,并写下了纪念文章。她敢说敢做敢爱敢恨。仗义执言,自认为活得痛快,当然也累。

我明白她骨子里是痛苦的,她的追求太高远。她最喜欢的作家是拜伦、雪莱、莱蒙托夫。她说过活到30岁也就够了,可活一天就得欢欢乐乐地给别人、给朋友带来很多快乐。她说假如有个孩子,必须要有两样东西,一是钢琴,一是电脑。她说她不愿做一个女强人,而是要当一个好妻子,喜欢做做饭,收拾完屋子在沙发上静静坐一坐,捧着一本好小说,把音响的声音调得低低的,放一支"月光奏鸣曲"。我们的住处离布达拉宫很近,黄昏、月下、雨中,她常常远望着布达拉宫,一望就是许久,但一直到她死去,也没进去过一次。她说美的东西不可太近,太近了就会破坏那种极美的感觉。她的艺术感觉多好!美的东西真的说飘逝就飘逝吗?可也真应了她的话,她只在人间生活了29年。1987年9月,她去林芝采访,路遇泥石流。她本来也就过去了,但看到一个藏民腿被砸伤了,就又跑回车上去拿绷带,给那个藏民包扎好,刚走出没多远,一块石头飞下,弹起来落在她的头上……我看到她时,她那么安详,像睡着了,在一个极美的梦里……

小叶说她爱吸烟,我便点了一支,放在她的碑前。碑前,还放着我们给她带来的一束洁白的绢花。我知道她不喜欢绢花,但这时拉萨还没有鲜花。

我认识了她,并记住了她。这个北京的女孩,飘化入雪乡的女儿。

我说我也要看看龚巧明的墓,小叶带我找了半天,怎么都没有找到。最后终于在一处残破的墓碑前,把碎成一地的碑块拼起来,才知道这就是她的墓。我在她这无碑的墓前站了许久。我又去找罗朗和尼玛扎西的墓,但在墓地里转了整整两个小时,却没有找到……不少墓,连墓身都已风化没了,更别说墓碑。

回来的路上,小叶仍和我谈起田文,他忧郁地说:"这才几年,人们就忘了她……"我说:"不必要求人们记住,那不是田文之愿。"我明白我说得不当,但我有这个感受。我将永远记在心里的,是田文的另一句话:"活着,就给别人,给朋友们带来很多快乐。"这句话,含有佛骨佛心。

天上没有下雪,但我清清楚楚地看见,漫天瑞雪下来了,纷纷扬扬的,装扮着这座圣城,又悄无声息。无声好,为什么要有声呢?有声,是某些人的事,以为那样就多么出人头地,非要站在别人的肩上。那就不寂寞吗?更寂寞,六神无主,化做永不安宁的游魂四处晃荡。所以,不要求别人记着的人,才是幸福自在的。而人们从内心中,又忘不了她,因为她已默默存在于人们的脑海里。世界、人生这幅秀丽的画锦,毕竟是这批默默无声的人欢快地倾尽心血编织而成的。拉萨墓地,有多少异乡来的建设者?他们的碑、墓可以消逝,但魂灵依旧静静地自豪地分享着这高原雪域的五色神彩,永远分享着。

这么想着,便见两朵很小、但极美丽的雪花,飘舞在眼前,最后和那漫天瑞雪悠悠静静落下,化做水,滋润着脚下这片神奇的高原。

高原山友来了

人在偌大的雪山面前，是渺小而又伟大的，这首先需要有一颗亲近自然的心和胸怀。亲近自然，就是亲近世界，亲近世界上所有的人，包括亲近自己。爱人生和爱他人是不可分割的。

凌晨，我和队员们很早起来，准备去距拉萨近百里外的贡嘎机场，迎接台湾的山友们。

台湾，对于我那么远，又那么近。台湾的山友是什么样子？他们有着什么样的性格？登山实力怎么样？和他们好合作吗？他们的普通话说得怎么样，我采访时能听懂吗？

应当说，这是海峡两岸相隔 40 多年后在体育方面的第一次合作。它的意义是自不待言的。

从北京出发前，我曾到中国登协去了解这次将与我们合作的台湾登山者的情况。使我大吃一惊的是，台湾方面的队长是女的，而且是我们这支攀登队中

唯一的女性。我早就听说有家报社的女记者，到了西藏刚下飞机就被担架抬走抢救去了。还有新影厂一位身体很好的记者，在珠峰海拔6000米处便倒下了，只能就地火化，被人带回骨灰。说心里话，连我都偷偷写好了遗书，做好了最坏的心理准备，她，还是队长，行吗？

听说她叫李淳容。

我料定了她身体相当强壮，而且她是位女强人。

我印象中的台湾同胞，吃不了这种苦。

两岸同胞联合攀登珠峰，是史无前例的行动。由国务院批准，并且受到海峡两岸的共同关注。

攀登世界最高的珠峰，是台湾登山界许久以来就梦寐以求的。在台湾的登山史上，二十世纪七十年代是他们比较活跃的时期，曾登上过新疆海拔7546米的慕士塔格峰和印度的莎瑟峰。但进入八十年代后，1983年，他们在印度攀登庇古巴特峰时，有三名队员不幸遇难失踪，在残酷的现实面前，台湾登山运动的脚步缓慢下来了。时至今日，台湾还没有一个人登上过海拔8000米以上的高峰。而登上世界最高峰，则被看做是最大的挑战。

1992年，曾有一批台湾的登山者去珠峰试过，结果失败了。此后，他们选择了和内地队员合作。

这次海峡两岸都集中了比较强的登山者。内地方面，中国登协副主席曾曙生任队长，队员有金俊喜、王勇峰、罗申、加措、小齐米、普布、开尊、马欣祥等。他们都有相当丰富的攀登经历和经验。台湾队员呢？情况尚不清楚。

登山是一项耗资巨大的运动。此次登山活动，全部费用约需新台币900万元，由台湾方面筹集。内地方面负责部分登山装备及人力、设备。

几天前，台湾的山友们在台湾最高的玉山进行训练，内地的队员们在西藏拉萨训练。他们分别在两座山上。两座山，相隔那么遥远，中间还隔着一道深深的大海峡。

几天后呢？

这一天，是1993年3月1日。历史应该记住这一天。

凌晨，我们从拉萨赶往贡嘎机场。

凌晨，台湾山友们从成都市内赶往双流机场。

贡嘎机场到了。这里是自天路进藏的唯一通道。机场很小，很简陋。西南航空公司由成都飞来的飞机到达，上下客人之后马上往回飞，所以离藏的旅客和我们一起望着空中。8点多了，按时间，飞机该到了。

好事多磨。消息传来，飞机在成都因雾推迟起飞两小时。

接飞机的客人，全都露天站在机场水泥地的一侧。十点半了，我们再次盯着东方的天空。天气非常好，万里无云，空中似水洗过，湛蓝湛蓝的。这就是西藏的天气。凌晨时天气很冷，现在身上竟觉出暖意来了。

10时40分，伴着一阵从远处传来的轰鸣，飞机出现了，沿着雅鲁藏布江河谷急切地降落在跑道上。身穿统一队服的台湾山友们在舱门口出现了，一个个鱼贯而出，走下舷梯。他们向我们挥着手亲切地走来。

很快，我们的手紧紧握在了一起，汇成了一支队伍。"我们"，从现在起有了一个新的含义，包含了双方的队员。

漫长的40多年之后，喜马拉雅和玉山，终于相拥相抱在一起！

我们忙着帮他们搬行李，大家似乎早已相识，笑声不断。

"你好！如果我没猜错的话，你就是记者张健先生？这一段，我们要风雨同行喽！"台湾山友中唯一的女性笑着问我。

"我想我不用猜，您就是李小姐李淳容。"

"谢谢,你说得对,OK!"

我心中仍是一愣,没有想到李淳容弱弱小小,又清清秀秀。

她是一点一点,把我跟她见面前预料的形象冲刷得干干净净、无影无踪。

当晚,在我们下榻的喜马拉雅宾馆,我对她进行了采访。这也是我第一次对台湾同胞的采访。他们的普通话说得很好,这使我打消了曾有过的对语言障碍的顾虑。

她端坐在我面前,很平静。看我在摸纸笔,她笑着问道:

"怎么,是不是要出卖我?"

我尚未反应过来,毕竟这是我对她的第一次采访。

"开个玩笑,"她解释说,"我们台湾,把记者这职业都叫'专门出卖人的职业'。"

我笑了,她很随意,很温和,很有幽默感。

▼ 台湾队员抵达拉萨贡嘎机场

她说:"队员们从台北桃园机场一登上飞机,便非常兴奋和愉快。迈向圣母峰的路是艰难的,许多山友在家庭、事业、经费面前都有一些难度,甚至难到很难迈出这一步,但我们终于成功了。我们和内地的山友今天走到一起,将会很快由陌生到熟悉。来珠峰对于我而言,是圆少年之梦。这是我13岁那年萌发的愿望。为了想方设法促成此行,我已做了十年努力。十年,很像昨天,但又那么漫长……

"我认为世界上登山者很多,但能称得上登山家的并不多。登山首先是对人格的检验。能否有山一样宽大的胸怀,在登山中时时以爱心对别人,而又能抛却自私和虚荣心,喜马拉雅给了我们一个检验自己的机会。我过去登山时,有过一个登山的朋友,就是藏族人,我感到他骨子里属于这片喜马拉雅山。今天我终于要走进少年的梦里,太幸福了。"

她说,在台湾,山友们都把珠穆朗玛叫"圣母峰"。

"我只衷心期望,海峡两岸的中国人都能本着付出与爱心,来看待所有事物;更希望全世界的中国人都能相互扶持,相互关心。这次攀登世界最高峰珠穆朗玛,不会是一蹴而就的,就如同人类的文明史般,总在不断尝试、不断突破与创新。所以,为此行而三年来的筹组过程,对我个人来说,是一次心灵的攀登!"

她今年45岁,是台北颐伦影视公司的经理。她的丈夫、台湾著名的电视导播黄国治,还有她的弟弟李诚彦,也一起加入了这支队伍。不过,他们的任务是摄像。

台湾方面的队员一共十人,还有张铭隆(攀登队长)、黄德雄、伍玉龙、吴锦雄、邵定国、周德九、吴泂俊。他们有的是公司职员,有的自己有公司,还有玉山的巡山员。这是一批真正爱山的人,实力在台湾也是不错的。

台湾的山友,给我的总体印象是文化素质较高,视野较宽,人情味很足,又极尊重自己和别人的个性。典型的是李淳容。渐渐地,我们熟识了,很快便成了一支队伍中的人。我发现所有的台湾队员没有叫她"队长"或"领队"的,全叫她"李姐"。我也是,我觉得这个称呼对她最合适。她身上有一种自然亲切的气度,谁跟她一见面都会觉得同她早已相识相知。她豁达、开朗,像大姐姐一样精心照料着一群弟弟们,向珠穆朗玛进发……

在拉萨,黄导播犯了高山病,头痛异常。李姐来前患了感冒,如今整日干咳不停,时常咳得连腰都直不起来。在这个高度,咳嗽对身体是严重的消耗……

临进山之前,我写出了一个问题,请她笔答:"进山,究竟来干什么,来寻找什么?"

她写了这么几个字:寻找人性与人生的价值。

她写过一支歌,叫《爱山的人》。她和队员们一起唱起过这支歌:

　　当你来到喜马拉雅,

　　不要妄想征服它。

　　雪之乡,

　　登山者的圣殿,

　　你只能去慢慢亲近它……

我很喜欢这歌词。我觉得,这才是一个爱山的登山者心中自然流出的声音。

人在偌大的雪山面前,是渺小而又伟大的,这首先需要有一颗亲近自然的心和胸怀。亲近自然,就是亲近世界,亲近世界上所有的人,包括亲近自己。爱人生和爱他人是不可分割的。

她说:"我爱上山,是从学生时代就开始的。山是一本无字的大书,你从中读到的东西取之不尽。你顺利了,她就会提醒你别小家子气,放开眼界;你受挫了,她会像最知心的朋友来安慰你,让你抬起头来。11年前,在尼泊尔一侧喜马拉雅的登山途中,望着耸入云霄的蓝穹峰,我泪流满面。我开始思索自己的人生价值。我问自己,在人生的旅途上,我能做些什么?我又来得及做些什么?……"

来得及做什么就做什么!能做什么就做什么!山,渗进了她的人生。这是生命之根,是雪山给她的。作为女性,她借助山飞了起来,性格里具备了坚毅和不屈不悔,更有着对世界和人生的一片温情与爱心。这是一个立体的女性了。

在尼泊尔的一次登山途中,她的两个很亲密的山友在冰雪滑坠中永远消逝了。这对她的打击非常大,她发誓要在自己的人生岁月里,实现那两位山友的遗愿——自祖国的喜马拉雅山北坡去攀登世界最高峰。这,便是这次活动的原始动因。但为了这个梦,又有谁知道她艰难地谋划了整整十年,那真是呕心沥血。为了这次行动,她在三年内不知跑了多少次祖国内地,又在台湾和海外说服了若干登山爱好者,请他们理解和支持。

她说她最不喜欢"女强人"这个角色,喜欢的还是普通而尽职的"妻子与母亲"这个角色。婚后,为了两个女儿的成长,她停止在外面的工作整整十年之久,尽心带大了她们。她太喜欢山!朋友、丈夫、女儿都这么说。这是真的。她一进山,常常也把女儿带着,她和丈夫、朋友爬大山,就让女儿爬小山。她要的是高山的豁达与崇高。将这种高山折射出的"人生也当如此"的精神,渗给自己,也渗给周围的亲人、朋友。果然,丈夫宁愿放下手中拍了一半的戏,也随她一起来了……

被困在世界最高的寺院

她们在这世界上最高的寺院里心静如水,燃灯诵经,为的是什么?生命,在她们身上表现得如此顽强,可这顽强中,又少了些什么呢?

3月3日下午,西藏登山协会为我们举行了一次会议,主要是和台湾队员见面,对他们的到来表示欢迎。晚上举行了欢迎宴会。

我知道,最重要的会议是在第二天。第二天,是大陆全体人员的会议。说白了,这是一次交底动员会。中国登山协会副主席、西藏登山协会主席洛桑达瓦主持会议,因我们的队长曾曙生还在北京住院,过几天才能进藏。

一般情况下,我是不喜欢开会的,但这次会议非同寻常。这标志着我们将如何对待这次向珠峰的攀登。台湾队员的实力是明显不如内地队员的,攀登当中我们应当怎样处理这个问题?尽管在北京时双方进行了周密的商榷,共同提出"同是炎黄子孙,就是一支队伍;一人登顶,代表全队成功",但是,假如攀登失败，假如只有内地队员登顶，仍是很遗憾的。所以说，这个会议，预示着中国内地的登山者，将如何对待这次极有意义的登山行动。

登山是体育运动，不是政治，但这一次攀登活动的指导思想，将检验攀登的精神和价值。

我很感动，感动这次会议的真诚，真诚代表了内地登山者的胸怀。

达瓦主席的话，我做了记录：

昨天的话不好多谈，今天我们把内地队员召集起来，再说明一下。中国登协主席王富洲也再三强调，这次行动，意义是深远的，是为祖国的统一大业做贡献。通过和台湾队员交流，加深了解，增进友谊。这次行动，已酝酿多年了，今天这一愿望终于实现，对海峡两岸的人民来说，都是值得高兴的。而你们，就要亲自去实施。

我问过老曾，开始他说，两岸队员这一次都要登顶。后来有了变化，双方提出"一人登顶代表全队成功"。这是担心台湾队员的实力差，到关键时刻咬不住，又怕出危险。但是大家想想，假如登顶的仅是我们，这成功，是一个多么不圆满的成功。所以，要求大家动动脑子，尽一切力量，争取保护着台湾队员登顶。我注意了一下他们的气色和身体，高山反应的程度不大，人员结构也还是可以的，大家要有这个信心。

珠峰的三大难关是7000多米的北坳、7790米的大风口和接近顶峰的"第二台阶"。珠峰攀登的难度是巨大的，你们要有这个心理准备。1990年我在那儿两个多月，一直头疼，高山反应厉害。大风口闯了多少次才过去？还有，千万注意安全、防止冻伤。要保护好台湾队员！同志们，这要靠你们了……

这不是一般人说的话，这话很重，是一个老登山人的话。连我也感觉到了此行的压力……

3月6日10时10分，海峡两岸珠穆朗玛峰联合登山队自拉萨出发，向珠峰行进。

从拉萨到珠峰，路经日喀则和协格尔，最后进入珠峰的群山地区。

7日，自日喀则向西南奔协格尔，路上越来越少见到村庄，远方都是苍茫而洁白的群山。中午，路过海拔5220米的加措拉山口时，大家下了车，在一个很大的经幡前照像。由于刚过了藏历年，这里挂着的经幡有不少是新的，五颜六色，十分醒目。这是藏族的风俗，你顺利过了山口，要感谢山口的保佑。它们在风中飘飘扬扬，更显出山口的冷峻与荒凉。我一下车，先是感到奇冷，随后马上就有一种在船上晃晃悠悠的感觉。我明白，在拉萨的高山反应虽已过去了，但从这儿开始又将接受珠峰高山反应的考验。我算了一下，加措拉山口的高度，应该和我将去的珠峰大本营高度差不多，刚到这里就昏沉沉开始头疼了，到大本营怎么熬那两个多月？

我不由得紧张起来，慢慢走回车上，不敢再动。透过车窗，我已看到了珠穆朗玛峰，它似雪山群中的一柄长剑，统领着群峰。

当晚，我们住在协格尔。冷极了，屋里都结着冰。

队里决定让大部分台湾队员在协格尔再适应两天，内地队员于10日进山。

10日凌晨，天上还悬着明朗的月亮，我们的车队就驶出了协格尔。半小时左右的路程后，进入群山之中。这已是边境地区了，我们过了边防检查站。接着，车队在崎岖的山路上开始颠簸爬行。

一会儿在山的低谷，一会儿在山的腰间，一会儿又攀上了山顶。汽车走得很慢，摇篮一样晃着前行。即便这样，车还是快开不动了，憋得吭吭直响。

一是山路太陡，二是高山缺氧造成的油料燃烧不充分。渐渐地，我们"摇"进了冰雪的世界里。山和路，都是洁白的。从高处望去，远方的冰山，白得发出刺眼的光。这是喜马拉雅山脉群峰的中段了。雪山似海，银波无边，让我想起了两年前去藏东的南迦巴瓦峰，一见到雪山，我周身的热血马上就沸腾起来。而如今，我为什么没有了这种感觉呢？——珠峰的严酷，我开始领略了。

我似乎不再去思考。头沉、昏、疼。

这里已进入的海拔高度，至少在4500米以上，但奇怪的是竟有人类生存。我们路过两个小村庄，听说叫帕卓乡和曲宗乡。极原始的自然条件下，藏民们能够在此生存，这本身就是奇迹！我们的车路过曲宗乡时，秘书长老于把身子探了出去。果然，他遇到了老熟人，一位曾多次给登山队当民工的藏民兴奋地跑过来，拉住了老于的手就不松。村里的孩子拥来，围在车头不走，朝我们笑。提前随行而来的台湾山友张铭隆和邵定国，拿出一些糖果，分送给孩子们。于是，他们走到哪里，孩子们就围着他们跑到哪里。

过了这两个村庄之后，前方真正是渺无人烟了。

路越发难走，基本上没路了，就在乱石中穿行。有一处地形极险，老于说这叫"老虎口"。汽车似从老虎口中通过，一侧是悬崖。七辆车的司机，个个技术过硬。

老于说："快了，前面不到30公里就是珠峰了。"

但天上飞着雪，看不见珠峰。

车队突然在一道冰河前停下了。

最前面的一个司机走来，说："坏了，前边的路被冰吞没了，车过不去了！"

我们是第一支进珠峰的车队，冰河阻路，这是没有想到的。今年怪，雪水下来得早,横在前面的冰河有40多米宽。我们的四大卡车物资很重,若强行通过,一旦掉下去就完了。怎么办?

只能选择一处最窄的山地强行冲过,而这儿对面的岸上全是石头,太陡,车爬不上去。

"修路!把对岸的石头挖掉!"老于皱着眉头下了令。

队员们马上从车上拿下工具,开始修路。我也拿起一把铁锹,摇摇晃晃地走了过去。老于说:"你别添乱了,快回车上去,你保证自己别出事就行。"我还不服气,看到队员们都在修路,我决不能躲开。然而,我咬着牙刚一弯下腰,就感到头轰地一下子,天旋地转,几乎站不住了。我张大了嘴喘气,胸口咚咚直跳。我知道在这种条件下我的体力等于零。但我不想走开,宁愿站在那里。只有藏族队员在这个高度没有什么事,其他队员也明显没有多少体力了。

不知什么时候来了三个当地的藏民,他们赶到一看,什么话也没说就加入了修路。真厉害,几个人都搬不动的大石头,他们往地上一坐,用脚一蹬就把石头蹬动了。多亏了他们的帮助,否则修到天黑路也通不了。

由于修路误了我们近四个小时。车队闯过去之后,老于松了一口气,说:"行了,今天到大本营没问题了。前边别再出现冰河就行。"

我们向三位藏民告别。车走出很远,仍见他们在向我们挥手。

车队沿着绒布河谷缓缓前行,这已是下午4点多,天就要黑下来了。

又走了五六里路,拐过一道河弯后,前边出现了一片开阔地,左侧赫然挺立着一所寺院。我知道,这就是著名的世界上最高的寺院——绒布寺了。

在这儿,可以清清楚楚地看到珠峰的全貌,离珠峰直线距离17公里。但天气阴,珠峰被云雾锁裹,没有露出脸来,只能见到下半腰的山体。

总算要到了，我吐了一口气。

一群身着红衣的喇嘛从寺里跑来，向我们挥手。有几个跑到我们车前，一边向前方指着，一边示意我们快停车。一会儿，前面的司机停下了车，他失望地走来告诉我们，前面又遇到冰河了。

我们吃了一惊，山上融化的雪水结成冰，把唯一的道路封锁了，而路右边就是陡峭的绒布河谷。路面本来就是一个大下坡，如果强行通过，车一打滑将会翻下河去。怎么办？30多米的冰面，刨去冰已是不可能，只能用碎石和沙土来垫。但时间不允许了，天正渐渐黑下来了。

在珠峰的脚下，我们被困在了这世界上最高的寺院旁。

没有别的办法，只能在寺院旁临时扎营了。

从青海借来的几辆运输大卡车，次日必须返回。

大家只好卸车、扎营、化雪煮方便面。

出师不利，珠峰的脸色这么难看。

我遥望着珠峰，应当说这是我第一次真真实实见到它。雪雾之中，此时只能隐隐看到它的山尖。这就是令全世界登山者惊心动魄的全球最高峰吗？如今，我绝不是从电视和图片上看到它了。我曾千百次预想过见到它时的激动和兴奋，但是，今天我顾不得了，头晕目眩，两边太阳穴一跳一跳地疼，恶心得想吐。我昏沉木然，总是发呆，成了个木头呆子。

风雪之中，严寒降临了，心似乎也结成了冰。

我吃不下什么东西，钻进帐篷里赶快躺倒。这一夜没怎么睡，只张着大嘴喘气。我并没有觉察出自己在睡袋里呻吟，老于吓坏了，半夜里，他一次次爬起，用头灯照我，又摇我。

"怎么了？干什么？"我迷迷糊糊地问。

"不要紧吧？"

"没事。"

他松了一口气："没事你吓我。看你还有气没有，没有了就往外抬，明天给你刻一块碑。"

我勉强笑了笑，想说："还没到珠峰呢，死也得死在山下呀，半路上就倒了太亏。"但我没有说话的力气。

次日，寺里的喇嘛跑来帮我们修路。这时我才发现，这寺里有僧也有尼，而且尼姑很多。来帮助我们修路的，主要是尼姑。她们背起石块就朝冰上走。有几个看样子只有十七八岁，还有一个几乎是孩子，顶多十岁。昨天我们的车队一到，她们就笑着从寺内跑出，一见我们被冰河所困，马上跑去找来工具修路，似是听了神的旨意似的。

随我们先遣队同来的台湾队员邵定国先生，约我去寺里走走。

我很佩服他。北京的海拔高度40米，台北的海拔仅十米左右，他竟能适应这个近5000米的高度。我们从拉萨的3700米到协格尔的4300米，再到这儿的5000米，是三次对身体极限的冲击。能过去，便可以适应；过不去，就只有下撤。在日喀则，我看到宾馆里有一个酒吧似的小店，名字为"氧吧"，进店的人不是喝酒而是吸氧。邵定国先生为何竟能适应？修路、装卸车、扎营，他和队友们一起苦干，只是吃力地大口大口喘着气，鼻涕结成冰挂在胡子上。

进寺院，进经堂，我和邵先生蔼然对佛。先进了僧的经堂，又进了尼的经堂。尼的经堂中经卷很多，翻开着，想来她们比僧更爱学习，也更爱劳动。我们随着她们的指引转拜释迦。一女尼端然手持孔雀翎壶，往我们手上洒一点儿青稞酒，让我们喝一点儿，余下的抹在头上，以示神降福于我们。此时的僧尼，同修路时判若两人，代神施惠，庄重威严。

她们在这世界上最高的寺院里心静如水，燃灯诵经，为的是什么？生命，在她们身上表现得如此顽强，可这顽强中，又少了些什么呢？

一出寺院，在佛塔下突然见到僧尼精心围起的小石墙内，有七枝白杨的插条。想来是去年插的，活了，每根枝条上已抽出了几条小小的幼枝。这恐怕是珠峰唯一引进的绿色生命吧！待我们下山时的 5 月，它们会吐绿吗？

这天午后，路修通了，我们开进了大本营——5120 米的古冰河床一侧。

13 日，台湾方面的队员抵达大本营。

向珠峰的冲击，开始了。

大风暴

  风雪吹喧得我们说不出多少话，他们更没有留下多少豪言壮语，但此时我感到周身热血沸腾——他们有的，只是自己无比坚定地迈向珠峰的脚步！

  自绒布寺向南约 8000 米，便是珠峰脚下。

  我们的基地——大本营，就扎在中绒布冰川中碛附近的一处石丘群旁，海拔高度为 5154 米。这就是说，我们要在比北京的海拔高度高出 100 多倍的这里，生活两个半月。

  这里是古冰河的河床，是冰川融水积成的一片开阔的河滩。有人叫它"珠峰广场"。尽管已是 3 月中旬，这里却还是冰天雪地。去年夏天从冰川融化而下的雪水，在我们大本营的北侧冻成几百亩大的冰面。人可以在上面走，车也可以在上面行。

  两旁全是山，这是珠峰的侧碛，山体陡峭而峥嵘，褐色的裸岩刀削似的，似乎一摇就会轰然而下。清晨，东碛挡住了我们的阳光，使我们每天见到阳光的时间是9时25分；而西碛又挡去了我们的落日，下午7时，我们就看不见阳光了，而这正是珠峰最漂亮的时候，唯它可以足足地享受晚霞之光。有人说，夏季白昼长，到晚上9时，珠峰还披着金红色的彩霞。

据地质学家研究，珠穆朗玛是喜马拉雅古海的一部分，直到距今约一亿三千多万年前，由于地壳的变动，才悄然崛起，成为地球上最高、也是最年轻的山峰。它增高的速度惊人：在过去的200万年间，它堂而皇之地升起了3000米之多，而且至今还在增高。这成为地质学家难解的谜。

我们所到之处是珠峰的北坡。珠峰山体下侧，便是世界上最著名的冰川群——东、中、西绒布三大冰川。这是在珠峰峡谷中悬挂着的三大冰川。中绒布冰川，我上去过，上面看似全是碎石，我初以为也是山体的一部分，但一问老于，才知脚下就是冰川，冰层最厚处竟有150多米！真是个巨大而罕见的"固体水库"。

眼前，我们将天天面对的，就是珠穆朗玛峰。它巍然耸立在喜马拉雅的群峰之上，独踞而雄视世界，将地球上所有的山峰逼在自己的眼下，成为"万山之王"、地球之巅。它的山形，像一座横空出世的巨大金字塔，峰顶总是飘着只有它才相配的旗云。那是天风从它头上掠过，它一把抓住，又扬起身边的积雪所致。于是，这旗云，就成了它高高举起的旗帜！

我在到达珠峰的当天傍晚，第一次看到了披着晚霞的它。一路上见到它几次，它都显得那么冷酷，这时却是迷人的美丽。

藏族同胞称它为"圣母之地"、"第三圣母"，台湾队员称它为"圣母峰"。这里一年内只有两个易于登山的季节，即4月至5月和8月至9月，而且每个季节只有几周的好天气。按说从5月到9月的时间比较长，但从5月底开始,从东南吹来的季风一直要吹到9月底,这段时间,山顶随时都可能降雪,形成风暴。所以,我们这次计划5月登顶,也只是希望千方百计利用好西北风和季风交替出现之间的好天气周期。假如这个周期错过,即使你登到8700米也没有用,暴风雪一来,就不得不冒险下撤。顶峰的最大风速达每秒90米,温度超过摄氏零下40度。更严重的是,它是地球上氧气最少的地方,大气中氧气含量只达海平面的1/3~1/4。海拔8000米以上,便被人称为"死亡之线"了。

我在大本营旁边上方的一堆石丛中,惊奇地发现了一块石板,上面隐约刻写着一行英文。台湾山友也大吃一惊,因为石板上刻着的名字是"马洛里"。这似乎有些不可能。因英国人首先代表人类向珠峰发起冲击的时间是1921年。1924年,登山者马洛里和欧文两人,在取得了突破接近顶峰时不幸遇山难失踪。这是珠峰攀登史上的第一次山难。其后近30年间,无数支登山队向珠峰攀登过,但无一成功,山难却越来越多。假如说,这石碑是69年前英国登山队为马洛里所立,时间这么漫长,上面刀刻的文字还能辨认出来吗?如果不是,那这个马洛里又是谁呢?又是一个谜!珠峰这样的谜很多。

与马洛里一起攀登的那批登山者,留下了对珠峰的评价:"这是一座飞鸟也无法越过的山峰,北坡更是一条无法攀登的死亡路线。""人类身体在任何地方所受的痛苦,未有甚于一个埃佛勒斯峰(珠峰)攀登者在登山的最后一天所受的……如果他的勇气不足忍受砭骨的暴风雪,神经不敢履践悬崖的边缘,意志不能在死一样的昏睡病(缺氧)侵袭时顽强前进,他将永远也不能到达峰巅。"

1953年5月29日,英国队终于第一次登上顶峰,可这是在南坡。

真正从北坡第一次代表人类登上顶峰的是中国人,那是1960年。1975年,中国登山队再次自北坡攀登成功,这一次出现了第一位登上珠峰的女性潘多。

中国队员们独立地攀登珠峰,应当说我们这支队伍是第三次。而且是海峡两岸的山友,在相隔40多年之后的第一次合作。

这次来之前我知道,攀登珠峰最坏的因素是气候。然而,没有想到我们刚刚到达没几天,这下马威就来到了。

就在大本营刚刚建好的第三天,大风暴降临了!

队员们上山建1、2号营地的第一次行军,被迫一推再推。

自14日开始,狂风猛然达到10级。

天昏地暗。夜里,风更大了。

大风暴来的时候,我只能躺在睡袋里闭着眼。那不是风声,是远远滚来的海啸,一下子就要将我们轰然吞没一般。耳边全是呼啸的嚣声,我像一头猎物被包围在哨声里,听天由命了。

帐篷飘飘摇摇,早已被刮变了形。藏族队员所用的军用帐篷,钢板做的梁也戛然断裂。四顶小帐篷和炊事帐篷一夜之间被撕成了碎片。夜里,当又一阵风暴骤然袭来的时候,我身边的帐篷推着我在动,风要是真的把帐篷再撕裂,将我卷到哪里我都只好听从命运的安排了。身上的睡袋全是厚厚的黄沙,嘴里、鼻子里都是。

可这又是我高山反应还没有过去的时候。我几乎要被它折磨死。不仅是头痛欲裂,不仅是喘不上气来,不仅是整夜整夜气闷憋得睡不着觉,也不仅是全身浮肿,脸上用手一按一个坑,更大的痛苦在于头脑麻木而不能思考了。混混沌沌中我感到一切都成了空白。严重地遗忘,上午发生的事,下午就记不得了。我只能多用笔记。可是握起笔来就忘字,连简单的字都记不起来。我只好在记事本上画一些奇形怪状的符号——登山队里就我一个记者,每天

还要同台北和北京联系、发稿。

队员们只好缩在帐篷内待命。

按计划,队员们将开始第一次行军,上山建立1、2、3、4号营地。

19日中午,队员们刚要上山,狂风猛然又加剧了。两顶小帐篷被撕裂刮飞。20日凌晨4时,暴风中,我突然感到了一种奇怪的震动和憋闷。由于整个帐篷飘飘摇摇,感觉不到,后来才知是地震。协格尔一带的藏民损失很大,不少人家的房子倒塌了,只能在冰天雪地里躲到外面露宿。离我们只有8000米的绒布寺,喇嘛们也明显感觉到了。十几年前的一次地震,曾把寺前白塔的塔尖震掉了。

队员们显得焦躁了。20日9时,他们决定顶风上山。一切行装都准备好了,但雇来运物的牦牛在狂风中被吹得直转圈,就是不走。老于和攀登队长金俊喜、张铭隆商议后,认为今天上山仍不利。因为顶多能到1号营地,扎营后帐篷再被风撕裂,后果不堪设想。

老于说,1988年以来,还没有见到暴风一连刮四天四夜,今年却让我们赶上了。他开玩笑地说:"老外登珠峰,就怕刮大风,有一年那风比这小多了,他们谁也不出帐篷。你猜为什么?他们鼻子大,怕被风刮了去。我们鼻子小,可还是得要啊!明天再说吧,大家别和珠峰斗气。"

只好再等到明天。

四天四夜的暴风,可把人刮急了。连我都感到,珠峰这个鬼地方,就不是人可以来的,千里迢迢,跑到这里来干什么?

台湾队员情绪丕好,看来有精神准备。大家耐着性子,缩在帐篷里聊天。"疯子,哈哈,我们都是一群疯子!好好的日子不过,旺旺的生意不做,跑到这里吃雪喝风,难怪我太太说我神经病。"

黄德雄是台北《民生报》的记者，这次是作为队员来的。他长期采访登山，自己也是个登山者，经历比别人丰富。他缩在睡袋里笑着说："山不是那么容易爱上的，可真爱上就坏了，连家都扔在一边了。我每次一要走，太太就说：'又走了，我们母子就算把你又扔了吧！你回来，我们再把你捡回来。'我就算被他们扔扔捡捡吧！"

我笑着说："黄先生，你狡猾狡猾的。我明白你为什么上山了，是为了家人把你亲亲热热地捡回去！"

"是的是的。"他笑道，"说实在的，我们来此寻找的东西中，就有山上的种种苦处。这是个大反差，待我们再回忆这段受罪的时光，那就是甜了。人生中自找一些苦吃，才能体会出活着的意义和滋味。"

大本营人多，火炉又少，吃饭都比较紧张，就更别说洗脸洗脚的热水了。大家都感到随意，有种解放了的感觉。"哈哈，这回太太管不了了，可是要养成习惯，回到家怎么办？""教你一招！看，我这睡袋里沙子少说也有半斤，下山回去时，我要灌一瓶沙子带回去。到了家，晚上她要是'发难'，我就把这瓶沙子全倒在她的床上，让她也理解理解，体会体会！""好招好招！大家别忘了每人都准备一个瓶子……哈哈……"

21日晨，8时。我从睡袋里钻出头来，见黄德雄已起身坐在睡袋里了。我听了听，今天的风小了许多，谢天谢地！

我起身走出帐篷，向珠峰望去。它壮硕的山体下部清晰可见，峰尖仍被云层裹住。

近9时，藏族队员全出来了，聚在大本营南侧，用石头围了一个小圈，插上一根竹竿，挂上经幡。然后，在石圈下点起火来，他们围成半圈，向空中撒起了白白的青稞粉，边撒边喊边高叫，似在唱诉。

这是他们出发前的"祭天"。

可这时，风又起来了。

邵定国、周德九、张铭隆背着背包走出帐篷。不久，吴锦雄和黄德雄也出来了。台湾队员的体力差一些，所以先走，走在最前边。

从曲宗乡雇来的牦牛工，正往牦牛身上驮架物资。装物资的箱子和包有大有小、有轻有重。牦牛工很有意思，先由一个队长在物资上放上形状各异的石头，然后又把若干块小石子放在手上，由大家来摸，摸到哪一块就是哪一堆物资。牦牛工们根据手中摸到的石子，奔向自己负责的物资装驮。一个人，可以赶三四头牦牛。食品、燃料、装备、登山器材等所有重的东西，都将由这些牦牛驮上山。但它们也只能驮到海拔6500米的3号营地。再往上走，山体太陡，冰滑，牦牛上不去，就只有靠我们的队员自己运输了。

队员们出发了，牦牛队也出发了。

风越刮越大，夹着碎雪直刺人的脸。登山有个规矩，一般是不送，送仅送到帐篷门口，到下山时却必须去接。我没管这规矩，走在最前面，想再送他们一程。我沿着古冰河的河床向南走出二里多地，接近了珠峰的山脚。我一个一个和他们告别。黄德雄过来了。

我向他挥挥手："别着急，慢慢走。"

"对，在喜马拉雅的步伐急不得！"他向我挥挥雪杖。

"请大家一路保重！"

"谢谢！"

"等你们胜利的消息！"

"OK！"

他握握我的手，用力地一握。然后，他向前走去。

呼啸的风雪里，不时显出珠峰冷峻的脸。大陆队员罗申、马欣祥走过来了，我陪他们走一程。王勇峰走过来了，我们拥抱了一下，再分开；他走出很远了，还回过身来，向我挥挥握起的拳。藏族队员走过来了，我默默地陪他们又走了一程……风雪吹噎得我们说不出多少话，他们更没有留下多少豪言壮语，但此时我感到周身热血沸腾——他们有的，只是无比坚定地迈向珠峰的信念和脚步！

一个又一个，他们走远了，似一个个小红点融进了风雪之中，消逝在河谷东侧的峡谷口。此程一去，峰高冰险，他们都能好好地再站在我的面前吗？

运输物资的牦牛队

我身边的西侧，很近很近，就是珠峰墓地……

我久久地面向着峡谷口，立在那儿许久许久……最后，猛然转过身来，绝不想再看珠穆朗玛一眼！

我突然产生一种不祥的预感。

联络突然中断

这里没有任何豪言壮语,却又是自然的心灵披露。从中我们可以感受到登山者对山和自然的热爱,以及向自己挑战的决心。

人在自然之中,更当自然。这是人生最美好的品质。

队员们上山前,我给他们出了一道题:"请你对珠峰说一句话。也可以回答你来珠峰寻找什么。"

我没有想到所有的山友都那么认真地回答我。内地队员基本是口答,由我来记录。而每一个台湾队员,都带着这个问题回到帐篷,认真地拿起笔。第二天,他们纷纷来"交稿"。

登山者的回答都质朴而真切,我将它们整理如下:

内地队员

40年来,这是我们海峡两岸登山者第一次凝聚着骨肉之情的合作,它的意义和过程，都是历史性的。珠峰会为此见证。

——攀登队长金俊喜

（金俊喜，39岁。1975年珠峰登达8200米；1977年托木尔峰登达7435米；1985年纳木那尼峰7694米登顶。曾四次去梅里雪山侦察攀登。1991年中日双方17名队员在梅里雪山遇雪崩牺牲，他是唯一的幸存者。）

愿我登上我自己的最高峰。

——罗 申

（罗申，30岁。1988年珠峰南侧登达8000米；1989年章子峰7543米登顶；1991年南迦巴瓦峰登达7000米。）

请第三女神手下留情，助我们成功。

——王勇峰

（王勇峰，31岁。1984年阿尼玛卿二峰6286米登顶；1988年珠峰南侧登达8000米；之后，南极文森峰5114米、章子峰7543米、北美麦金利峰6194米登顶。是我国在海外首次登山的运动员之一。）

当我从珠峰下来的时候，让我拥有很多美好的回忆。

——马欣祥

（马欣祥，30岁。1984年参加攀登阿尼玛卿峰；1988年雀儿山6168米登顶；1991年希夏邦马峰登达7500米。）

机会难得,我太希望能和台湾山友一起登顶。

——小齐米

(小齐米,29岁。1986年章子峰7543米登顶;1988年珠峰南侧登达8000米;1990、1991年希夏邦马峰8012米登顶。)

我想,我会尽最大的努力完成心中的愿望。

——加 措

(加措,33岁。曾为卓奥友峰、宁金康沙峰攀登队员;1988年珠峰登达8300米;1990年珠峰登达8700米。)

不想说什么。要说的,让我在山上的脚印去说吧。

——普 布

(普布,28岁。1987年拉布及康峰7367米登顶;1988年珠峰南侧登达8000米;1990年希夏邦马峰8012米登顶。)

我们两岸的山友会团结成一个人,当然要登上去。

——开 尊

(开尊,29岁。1991年希夏邦马峰8012米登顶;1991年参加攀登南迦巴瓦峰;1992年委桑拉姆峰6400米登顶。)

我能上去!

——拉 巴

(拉巴,28岁。1986年章子峰7543米登顶;1987年拉布及康峰7367米

登顶；1988年珠峰南侧登达7790米。）

台湾队员

此行的目的之一，就是到世界绝顶上寻找这个问题的答案。

——攀登队长张铭隆

（张铭隆，41岁。1981年尼泊尔祖鲁西峰6583米登顶；特里苏尔峰、庇古巴特峰登顶；参加过慕士塔格峰、章子峰、非洲乞里马扎罗峰等攀登活动。）

山是非常大的，像很大的一个家，但门却非常小。当你遍寻不着自己时，你人已在里面了。

——吴锦雄

（吴锦雄，43岁。1981年参加攀登特里苏尔峰后，先后参加两次怒峰远征队，北美麦金利峰6194米登顶；攀登过梅尔峰、慕士塔格峰；1992年章子峰7543米登顶。）

人的一生就是一连串的追寻。在山上人们回归了自然，接触的是无边的大地，心寻找到无比的慰藉。当自我与自然融合在一起的时候，心跳和山风是一样的韵动，连呼吸也是甜美的。

——邵定国

（邵定国，38岁。台北市攀登山岳协会理事长。1986年攀登梅尔峰；1992年章子峰登达7000米。）

山是我生命中的一部分，因为我出生、生长在山里。命中注定，山是我最好的朋友、老师……

——伍玉龙

（伍玉龙，32岁。1987年南美阿空加瓜峰6960米登顶；1989年印度莎瑟峰7672米登顶。）

到山上就像回家一样，我可以自得其乐，就像找到自己一样。登山时也可以真正认识一些朋友。

——黄德雄

（黄德雄，41岁。1988年阿空加瓜峰6960米登顶；1991年希夏邦马峰登达7900米。）

人生难得几回梦，为求圆梦进圣山；不求征服圣母峰，但求人生增智识。

——吴泂俊

（吴泂俊，33岁。1986年登尼泊尔梅尔峰队员；1992年章子峰7543米登顶。）

为完成多年心愿来到珠峰，希望能尽力而为向上面的高度前进，但求平安归来。

——周德九

（周德九，39岁。20年前就参加雪地攀登训练，在台湾山岳、玉山多次冬季攀登。）

  这应当说是一份珍贵的"内心独白"了。其价值在于它的真实。这里没有任何豪言壮语,却又是自然的心灵披露。从中我们可以感受到登山者对山和自然的热爱,以及向自己挑战的决心。

  人在自然之中,更当自然。这是人生最美好的品质。

  这样的一群爱山者,上山了,去攀登珠穆朗玛。

  也是去接受和体验珠穆朗玛的无情和严酷。

  不祥的预感渐渐迫近……

  1993年3月21日上山,原定到达和建立海拔6000米的2号营地。但下午2时许,我发现珠峰方向阴云密布,而风又大起来了。

  4时,山上攀登队长金俊喜通过报话机传下话:"BC,BC(大本营),我是小金,现在于1号营地报告:台湾队员、内地队员均已到达5500米的1号营地。但天气很坏,风雪交加,气温骤降到摄氏零下20多度,寒冷异常。队伍决定不再向6000米的2号营地前进,就地扎营。台湾队员正在搭帐篷,他们的状态良好。明天我们到达2号营地后再联系。"

  22日,中午12时,山上报告说:"全队上午10点半动身向2号营地挺进,现正在途中。风雪中找不到什么路,只能摸索着向前走。几个藏族队员到前面找路了,找一段走一段。"

  但是到了下午,和山上的联系就中断了。大本营的报话总机上有反应,可就是听不到声音。这是因为队员们的报话机功率不够,加上山体遮掩,在这个高度传下话来很难。只有等牦牛工下一次运上太阳能电池板,在6500米的3号营地建立一个中转站之后,我们才可以和山上的每一个队员在任何高度(包括峰顶)直接通话。

我在大本营的值班帐篷内,守着报话机也足足有一天了,可无论怎么呼喊,山上就是传不下声音来,尽管报话机的监视器上有信号闪动。我很着急,山上情况不明,如何向北京和台北报告今天的情况?今天我将怎么发稿?这时内地方面的队长老曾还在北京住院,而台湾方面的队长李淳容到珠峰两天后感冒咳嗽严重(她从台湾动身时就有病未好,为防意外,队里决定送她快快下山),已回台湾治病去了。而他们所关心的山上的一切情况,只有通过我们才能知道。(这次台湾带来一台先进的海事卫星通讯设备,就安在值班帐篷内。据说美国在海湾战争中的通讯联系就是用这种设备,打开机器就可以和世界上任何地区联系。所以,只要需要,我们在大本营可以随时同外面联系、发稿。)

而这时,只有老于和我及队医李舒平在大本营。

当晚6时,联系的时间到了,我马上点起煤油取暖炉给海事卫星设备加热,然后打开机器。机器刚开通不久,台北的《自立报》和《民生报》就打来电话,焦急地询问山上的情况,他们每天都要以很大的版面向读者介绍登山进程和情况。

我更焦急,只能向他们说,和山上的联络未通。

23日,联络仍未通。我们加高了大本营的天线,无用。

直到24日下午,几个牦牛工赶着牦牛群从山上下来回到大本营,报告说今日全队已到达3号营地,我们悬着的心才放了下来。一个牦牛工从羊皮筒子大衣里摸出一张纸递给我们。老于接过一看,是台湾的攀登队长张铭隆托牦牛工捎下来的一份有关山上情况的报告:"22日全队从1号营地开拔,沿长征岭(珠峰下东侧的一道雪岭)侧支棱缓升的路线前进,但路上碛石相当破碎,午后切入东绒布冰河主流中碛后,行途更为艰难,脚下的碛石上是

玻璃一样又硬又滑的冰面。全体人员及牦牛下午6时抵达2号营地。23日晨，内地方面炊事员李民富患高山病，只能留下我方队员邵定国陪守，其他人员向3号营地进发。途中已见冰川，规模宏大，牦牛因冰滑打转不走，队员需在前为牦牛队开路。"

看来，这是他们在开往2号营地的行军途中写的。反面还注有一行字："请付此牦牛工人民币10元。"

这么说，全队今日建起海拔6500米的3号营地（前进营地，也是设在山上的指挥营）后，按计划将打通珠峰的第一道天险北坳，向4号营地突进。

北坳是通向珠峰之顶途中最主要的雪崩区，因全是冰雪，道路无法辨认，是登山者最容易迷失方向的地方。所以，这一段要在冰雪中修路，拉上保护绳索，使攀登队员和运输人员通过，建立7028米处的4号营地。

然而，这第一次行军，还没等他们建起4号营地，一场灾难就降临了……

残酷的暴风雪之夜

我走了,但我会记着还有你,还有山上的伙伴。没有别的话了,千万千万注意安全。替我,看一看顶峰的珠穆朗玛……

25日,大本营。上午小雪纷纷,气温骤降。

近中午时,雪花越来越大,转成中雪,风力已达6级。我知道,山上风雪会更大,气温会更低,所有队员只能困在帐篷里,无法行动了。按原定计划,牦牛队今日将上山运送食品和太阳能电池板等其他物资。雪这么深,风又大,牦牛和人无法行走,只好待命。

午后,我走出帐篷,在白茫茫的大雪中向珠峰望去。珠峰完全看不见了。大风卷扬着雪花,漫天飞舞。天地连成白色的一片。

帐外西侧,所有的牦牛都卧在地上,一动不动,如今全变成了白色的,似白色的石头塑在那里。而它们旁边唯一的一顶单布帐篷里,几个牦牛工正烧起干牛粪煮酥油茶。一缕细细的白色的烟,从帐篷顶飘了出来,很快就融进了空中的雪花中。一个牦牛工,放声唱起了一支歌。除了风声,这时很静,所以这歌声也似融进了漫天的雪中,又像是从漫天的雪中悠悠飘来。歌声苍凉而辽远,透出一种原始的不屈和顽强。

当晚6时,报话器的总机发出信号。我冲过去拿起话机,通了!3号营地传下话来!原来,精通无线电的台湾队员周德九,用唯一的一块摄像用电池做能源,终于和我们联系上了。阿九开玩笑说:"这块宝贝电池,夜里睡觉我都像搂着太太一样搂着,怕它冷了使你们有话传不出。"因为电池在温度太低的情况下,无法正常供电。

我高兴坏了,赶快去向老于报告。

小金报告说:"这两天山上一直下雪,全队无法行动。今日山上积雪达20厘米厚,风力6级。由于牦牛运送的第一批物资主要是装备,山上的食品和燃料现已紧张,明日请牦牛工务必送上食品、燃料。还有,一定带来太阳能电池板,现在用的这块电池顶不了多长时间。刚才我和张铭隆商量了一下,假如明天还下雪,为了节省食品,只能让台湾队员全部下撤回大本营。"

26日晨,小雪仍未停。老于和牦牛工们商量,请他们装上食品燃料立即上山。但几个牦牛工很为难,做出脚下打滑的样子,一遍一遍地说:"牦牛辟差!牦牛辟差了……""辟差"是藏语"摔死"的意思。

只能再等一等,盼天气好转。牦牛工同意雪一停就出发。

万万想不到的是,从上午10时起,天气反而骤然恶化!风力已达8级以上,转眼间就成了暴风雪。瞬间,连几米之外的帐篷都看不见了。

我经历过北大荒的暴风雪,冲进暴风雪中想望一望珠穆朗玛,我想到,山上的队员此刻将面临多么可怕的境遇!我冲出帐篷,在没膝的积雪中刚迈出几步,便感到一种巨大的恐怖压上来。没了天没了地没了一切,世界一下子全裹在暴风雪之中。是天上的雪搅翻了地上的雪,还是地上的雪掀翻了天上的雪?分辨不出,汇成铺天盖地的流雪的洪流,在肆虐地冲决毁灭一切。北大荒的暴风雪再大也有"流",能分辨出它的走向,但这里,是地覆天翻!

老于抓起一台小摄像机就对向我,但只拍了两分钟,机器就不转了。电池冻得不再供电。

我们立即向山上呼叫:"BC,BC,我是BC,3号营地金队长听到没有?听到没有?请回答! BC呼叫! BC呼叫……"

终于联系上了。

"我是C3,我是C3!山上的暴风雪更大了!"

老于紧握报话机,和金俊喜、张铭隆紧急联络之后,果断决定:"从过去的经验看,这场暴风雪的周期最少有四天左右,为防止意外,全队必须下撤。下撤时,要视情况分批成组成队,注意安全,防止冻伤。"

为留存一些食物给体力差一些的台湾队员,山上决定藏族队员马上下撤,其他队员次日下撤。

这样大的暴风雪中,路都看不清,藏族队员能撤下来吗?千万不要出什么危险。

当晚9时多,加措、小齐米等八个藏族队员真的从暴风雪中闯了回来。台湾队员中实力最强的伍玉龙,也随着他们一起赶回了大本营。但是,几个藏族高山协作队员下撤后身体状况很不好。顿珠吃什么吐什么,高山反应强烈;小拉巴直叫头疼;次仁手腕冻伤,鼓起几个大水泡。

27日傍晚,罗申、王勇峰、金俊喜、李富民、马欣祥也返回了大本营。罗申举着戴着鸭绒手套的右手,头上的羽绒帽和嘴上全是冰和雪。他气喘吁

呼地对我们说:"坏了,我的手疼!可能是冻了。"他从3号营地出发时,看到一个帐篷门没有拴好,怕风吹进去把它鼓裂吹飞,便从鸭绒手套里抽出手来拴了拴。前后的时间不到两分钟,手上还戴着毛线手套,谁能想到就冻伤了呢?——山上氧气少,身上的血液循环慢,手冻了知觉不明显,所以最易冻伤。十几年前登珠峰时,一个队员就因为在营地里三天没有脱鞋,当时还没有什么感觉,下撤后两只脚上的鞋就脱不下来了,最后他失去了这两只脚。

队医立刻给罗申检查。他右手的两根手指有点儿发白,颜色已和其他手指不一样了。医生给他用温水泡了泡,上了药,需观察一下再说。

只剩最后的一批台湾队员了。

到晚上9时,还没有得到山上下撤队员的消息。我们在报话机旁怎么呼叫也没有回答。司机薛云站在大本营的高坡上,打亮了电池灯,向珠峰方向摇晃,想给他们一个目标。

夜里近10时,突然从报话机里听到吴锦雄断断续续的声音:"BC,报告BC,我是吴锦雄……我们已过了1号营地……找不到路……邵定国两眼看不见了……快来急救我们!……"

老于急呼一声:"马上石集人出发!快去接应!"说完,他提着大电池便冲进了风雪之中。我也摸起头灯,随他扑入帐外的雪夜。

跌跌撞撞走了许久,我们已摸进了东绒布的峡谷。雪夜漆黑。隐约能辨出西侧的珠峰山体,黑压压的,阴森可怖。在峡谷对面陡峭的土石林内,我的头灯猛然照出了几双绿莹莹的眼睛,吓了我一大跳。老于说这是岩羊。我们在峡谷里走,怕台湾队员在上面的侧脊上走而错过,便一边走,一边将灯光向上晃去。

又向前摸了一段路后,近午夜零点,才见前方抖抖地出现了一点儿光亮。

"找到人了！"老于说。我们加快了脚步，摸着岩石，边摸边攀向前。

只见周德九走在前面，借着头灯昏黄的弱光在摸索找路。后边是吴锦雄，他手中用一根绳索拉扯着邵定国。邵定国两眼已看不见，只能不时地用一只手在地上摸索着慢慢向前移动。

我们接过他们的背包，扶着他们向前走。邵定国听出是我，声音哆哆嗦嗦地对我说："张老师，请给我一点儿水喝……"十几个小时在风雪途中，他已极度虚弱。

这时，接应的藏族队员赶来了，他们背起邵定国，向大本营走去。

回到帐篷里，已是夜里两点。大家忙着为邵定国洗脚、治伤、喂水喂饭。他的双脚被风沙磨坏，已近二度冻伤。本来，他是在2号营地照料炊事员李福民的，但下撤时眼睛被风雪蚀坏后迷了路，幸亏这时遇上了周德九和吴锦雄，否则后果不堪设想。

周德九说："今夜的半路上，我感到不是迷路就是被冻死，太可怕了。邵定国已两天多没有吃东西，他过了1号营地双眼就看不见了，不停地在雪地里要摸雪吃，我们只能劝他忍耐。我们是迷了路之后才遇到他的，三个人走，也感到希望不大，如果再迷了路呢？我脑子里闪过'这下完了'的念头，一直到看见你们，这念头才消除。我算是认识珠穆朗玛了！"

台湾的另一个队员黄德雄更危险，他下撤到5800米后，体力不支，便一个人做出了紧急露营的决定，当夜缩在牦牛工留下的一块破毛毡里过夜。幸亏他有多年的登山经验。第二天下午5时，回到大本营后，他的嗓子已说不出话来了。

张铭隆和吴洞俊是在28日晚上才撤回大本营的。张铭隆的脚冻伤了，致使他后来无法再上山指挥，第二次行军时中途下撤。

巅峰

只在6500米的高度，一场暴风雪就使我们付出了如此惨痛的代价。

所有队员和伤员，便又被困在暴风雪中的大本营里。

没有书，没有报，伴着帐外呼啸的风雪，干什么好呢？我们最大的兴趣是侃足球。

我早就知道罗申和王勇峰是超级球迷，对世界足球的情况比我了解得多，更别说中国的足球了。他们在北京的基地训练时，我一去他们便问我要《足球报》，埋怨那里买不到《足球报》。一张报争抢着传来传去，很快便不见了踪影。如今，又唯有心爱的足球，使我们依然热血沸腾地抗衡着这场暴风雪。

罗申侧着身，双腿还在睡袋里，闭着眼在不住地说球。他的眼睛因患雪盲症，泪水似两条小溪不住地流淌。他举着冻伤的右手，谈起足球，高洪波、谢育新、"老纳"……滔滔不绝。我明白，此时要是我们全走了，他还会这么讲下去，看那样子，真是一种陶醉和享受。

队医李舒平来了，来检查他的伤。他把右手伸给队医，还在和我们谈足球。

队医解开他手上的纱布，脸沉了下来。我们过去一看，吃了一惊。那食指和无名指，已经由白变黑。罗申一直认为是一般的轻度冻伤，治一下就可以上山，依旧可圆他的珠峰之梦。他的经验和实力，正是最成熟、最强的时候。他登过多次山，饱尝过失败的滋味。他这次来珠峰，我知道，拿他的话来说就是来"雪失败之耻"的。昨日在暴风雪中摘下鸭绒手套仅两分钟，手就冻成了这样？

队医不能不说了："罗申，你这手很危险，弄不好……"

我的心都提在了嗓子眼，可罗申还在说球，他根本就没听队医在说什么："……看6月吧，只能等到6月的世界杯外围赛了，可能这次有戏。那时咱们的登山也该结束了，电视机前一坐，多美！我就死也不相信中国足球冲不进世界杯赛！失败的滋味我可是知道了，前年登南迦巴瓦峰，失败了后回来，任何人都不想见，从机场一到家，门都不愿出，谁能理解这些？……"

队医只得打断他的话："罗申，不能再耽误了，你的这两根手指可能要截去，我和大本营商量一下，你必须马上下山回北京！"

"什么？"罗申一下子傻了。

外面，风雪拼命撕扯着帐篷……

他几乎一夜没睡，叹着气，尽管叹得很轻。我知道他是一个硬汉子，但谁能经受得了这无情的打击？登珠峰之愿这次不可能实现不说，他是个攀岩教练，失去右手两指，再怎么攀岩？那一生的事业……我都不敢去替他想。第二天，他的眼睛好些了，第一件事就是要看看伤了的手指，然后便沉默不语。我安慰他，他说："太严酷了！可这就是登山！多像一场关键的球赛，精心准备了那么长时间，付出了多少心血，可几分钟之内就全完了，一切付诸东流……"

暴风雪终于过去，经过几天的休整后，队员们又要开始第二次进军了。

4月1日，罗申最要好的伙伴王勇峰要上山了。

王勇峰安慰他，他说："勇峰，不要安慰我。该承受的，我们只能去承受，我知道怎么去做了。原来，我们商量好要一起登上珠穆朗玛的，可如今……起码这次不行了。我走了，但我会记着还有你，还有山上的伙伴。没有别的话了，千万千万注意安全。替我，看一看顶峰的珠穆朗玛……"

王勇峰没有任何许诺，只紧紧地握住他的手。

罗申目送着战友们出发了。

他临下山回京的前一天是清明，我们一起来到珠峰山脚下的墓地，祭奠那些为了登山事业长眠在这里的勇士们。罗申在墓前伫立了许久，用一只手

▲ 暴风雪中的藏族牦牛工

猛地打开一瓶酒,缓缓浇洒在碑前……

4月6日,罗申和邵定国下山,被分别送回北京和台北治疗。

罗申走了。汽车开动时,他和邵先生一起探出身,含着泪水昂着头,望着令他们恋恋不舍的珠峰。

内地方面的队长曾曙生,在北京听到山上的情况后,立即从医院再次"出逃"。4日,他和台北养病归来的李淳容一起到达珠峰大本营。

第二次进军开始了,我们将向上建4、5、6号营地,突破天险"大风口",准备5月初向珠穆朗玛顶峰的冲击。

珠峰墓地

我们对山再也不想用"征服"二字,而是讲"与山对话和人与山的和谐"。登山是一项属于世界和全人类的活动,所以一批一批、一代一代登山者才踏着先驱者的足迹,不断走向珠峰的冰峰雪谷,向自己挑战。先驱者中,这些人倒下了,长眠在此,立起的却是人类不屈之碑。珠峰的攀登史,也是激励人类心灵的文明史!

古埃及留下了金字塔,那是法老的灵碑。

珠穆朗玛峰的山形,很像一座金字塔。

我曾在无数个清晨和黄昏里,一个人默默来到珠峰山脚下的墓地。

当漫天雪花飘洒下来的时候,多像是洁白的纸钱静静地落在每一座石墓和碑上。这里的每一座墓都是空的,只是在地面堆上一堆石头,墓前的石碑也只是一块石板,上面刻着遇难者的名字和遇难时间,仅此而已。碑上,任何人都没有墓志铭,登山者中腰缠万贯的富豪和一贫如洗的夏尔巴人一样平等,都平静地占有着一个同样的石堆之墓。这是世界上罕见的独特墓地。但正因其这样,才显出它的真实和悲壮。死难者的遗体呢?大都在山上的冰雪之中。雪崩、滑坠、

滚石、高山病……那几乎都是瞬间之死,再好的同伴也无法救助,甚至将遗体背下山来也不可能,只能含着泪将战友的遗体埋进身边的深雪。

曾曙生和作者张健在刻墓碑

人们提到珠峰,往往马上就想起了登山者的风采,可登顶的代价是什么,人类曾为攀登这座地球之巅付出了多大的牺牲?近70年来,自世界各地来到这里的登山者,永远长眠在山上的(包括南坡),就有近200人!

近200人,珠峰的冰雪之怀里,安息着近200个英魂。

珠峰,金字塔形撑天依地的珠峰,又真是巨大的灵碑了。

真正的雪墓山碑。

但这是另一种含义中的"金字塔"了。

一年一年,一代一代的登山者,迈向珠峰的脚步永不停息。他们甚至常常能在攀登的途中,看见因冰雪流动而显露出的一具或几具无名者的遗体。无论过了多少年,那遗体依旧完好。

我国登山队员1960年攀登珠峰时,有两个仅20岁的青年知识分子,他们都刚毕业,在大学任教。一个叫邵子庆,一个叫汪矶。邵子庆运送物资到海拔7000米处,和同伴正坐在岩石上休息,突然大叫一声就歪在雪地上死去——高山反应使他脑血管猝裂。同伴们只好将他掩埋在路边的深雪里。后边的人上来了,不知脚下不远处就埋着同伴的尸体(直到今天,他还静静地躺在那里)。汪矶在这个高度也开始头痛欲裂,站都站不稳了。几个藏族队员架着他下撤。撤下近400米后，突然看到下面的一道冰缝里有一具英国人的尸体，从服装上看是好多年前的。当时，汪矶还清醒，还看了看那具尸体。但到了6500米的营地后，他一躺下就不行了。这个高度是不需要备氧气的，几个救他的年轻队员好不容易找到了一瓶氧气，一边输氧，一边给他做人工呼吸。三个小时后，已是半夜，汪矶终因脑血管破裂而逝去。

他们来此，是为搞科研的，但一句"需要"，他们就默默地背起物资向山上走去。结果，他们走了……除了他们的好友和家人，如今很少有人知道他们的名字。

33年后，中国登协副主席曾曙生及于良璞、薛云和我，才在珠峰的墓地里，给两位知识分子补立了一块碑。

珠峰山下，离我们大本营很近处，有一座废弃的小寺，叫绒布德寺，仅

◆ 作者在珠峰海拔5100米处的废弃寺庙

为一石板小屋。小屋被废时间想来不长,因我们从里面找到了残遗的经文。寺前有一石片堆成的小塔,那是圆寂在此的一位僧人。这石塔,便成了他的碑。谁为他立的?他叫什么?不知道了,但这碑经年累月地立在此处,便成了此寺之魂。它向后人昭示,在这样的地老天荒之处,曾是藏传佛教的弟子统领之所。这里曾闪耀着佛的光彩,也是人的光彩。我们到了这座小寺,每个人都怀着一种崇敬。队长老曾在小寺门前选定一块石板,带回了大本营。他说:"就用它,为邵子庆、汪矶两人补刻一块碑。"

正是这块曾沐浴过佛光的石板,才配得上我们的沉默英雄之碑——尽管此碑迟立了33年。没有石凿,我们只能从工具箱里翻出一根钢冲子,冲子的尖头是秃圆的。就用它,老曾、老于、薛云和我轮番着一点儿一点儿地刻凿。凿了整整两天,终于刻下了"1960年4月 邵子庆 汪矶烈士 1993年春立"几个字。老曾刻凿的时间最长,凿了一会儿,心脏难受了便去吸几口氧。我说要换他,他不同意,也不说话,只是用力在石板上默默地凿。我理解他对战友的思念之情……

一个小雪后的清晨,我们将此碑立在了珠峰墓地。从此,世界上所有到珠峰来的登山者都会知道,这里,有这样两个不屈的英魂。

珠峰墓地的第一块中国登山者的碑,是1979年我国登山者为遇难战友尼玛扎西、罗朗、王洪宝三人所立。过去,登山者遇难后,同伴们为死者所立的墓碑比较分散,这里那里都有。尼玛扎西等三人的墓碑所立的地点最好,就在珠峰脚下的一个平台,遥对峰顶。而这第一块碑是谁刻的?——仍是我国老一辈登山家曾曙生和他的战友。这次在珠峰,他领着我来到墓地。他手指着这块碑说:"这里,长眠着我三个亲爱的战友。十多年了,我很想他们……"他将目光从墓碑移向了珠峰,久久地……

那是1979年10月，中日联合来此侦察攀登（因次年日本队将来攀登珠峰）。那天，老曾带几个人在中绒布冰川侦察，尚子平带人在东绒布冰川侦察。两处相距很远。尚子平和日本队员及尼玛扎西、罗朗、王洪宝几个人从海拔6500米的3号营地出发，想从珠峰的卫峰章子峰切过雪面，到达7000米的北坳。这样走当然近，但犯了大忌——横切雪面很容易引起雪崩。1924年，英国的一支登山队从此走过，七名夏尔巴人便葬身雪底。这天，尼玛扎西等三人和一个日本队员走得较快。到海拔6800米处时，老尚见前面这四人正坐在那儿休息。但突然间，老尚吓傻了：眼前那四个人坐着的雪地周围有一个足球场大的雪块移动起来，越滑越快。老尚连喊都没来得及喊，眼看着尼玛扎西等三人刷地一下子就滑入了冰裂缝。那个日本人被抛得远，撞到冰裂缝对面的岸上，断了三根肋骨，但捡了一条命。冰裂缝深不可测，有的深达百米，人又埋在雪中，谈何营救？老曾接到报信，连滚带爬赶了两天两夜，赶到3号营地，一听噩耗，和尚子平抱头痛哭。老曾已两天没有进一粒米，饿、累、痛心地晕在了那里。老尚做好饭后，并没有先给老曾吃，而是端起饭，对着北坳三位遇难者的方向哭着说，三位兄弟……你们也饿了吧？两天了，吃吧，吃点儿东西吧！……"老曾坐起，边吃边哭。老尚不吃，非要等他们三人，就陪着老曾放声痛哭。第二天，他们向三位战友遇难的地点走去。另一个日本人走向山难的方向，走两步，鞠个躬，再走两步，再鞠个躬……

　　登山者，就这样怀念自己的战友。

　　之后，这块三人碑的旁边，又有了邬宗岳烈士的碑。他的壮烈殉职，当时震撼全国。

　　再之后，便有了一座又一座遇难的外国登山者的墓碑。于是，形成了现在的墓地。每一个墓，每一座碑，都没有记述性的碑文，且很多碑仅有的几

行字也斑驳模糊。我在这一座又一座墓碑前停留许久,很想知道它们所代表的每一个悲壮的故事,但什么也没有看到,只有那几行被风雪扑打得已不清晰的外文。译成中文为:

莫尔德玛·布里德波 1982年遇难。
永远和我们在一起,激励着我们。

托尼·斯沃尔兹 1984年4月3日遇难 朋友和登山者立。
……

1991年,一支勘探珠峰的队伍在墓地东侧的一块巨石上,用红油漆写下了两个大字:墓地。多么简陋,又多么苍劲!听登协的朋友说,国内外的登山者都有一个愿望:为所有在珠峰的遇难者,修一座真正的墓地。我想,那

珠峰墓地

一天不会太远。

清明时,老曾、老于、台湾队长李淳容和我们在大本营的同伴来到墓地,祭奠我国遇难的登山者和安息在这里的所有英魂。曾曙生说:"这里安息着我的战友,任何时候别人一提起珠峰,我马上便想到这里,那种沉痛,将伴随我一生。登山者遇到的任何艰难都不怕,就怕下山的队伍中少了一张熟悉的面孔。我国从二十世纪六十年代攀登珠峰至今已有30多年,这30多年珠峰依旧,但历史的脚步已向前迈得很大,登山的观念也起了不小的变化。我们对山再也不想用'征服'二字,而是讲'与山对话和人与山的和谐'。登山是一项属于世界和全人类的活动,所以一批一批、一代一代登山者才踏着先驱者的足迹,不断走向珠峰的冰峰雪谷,向自己挑战。先驱者中,这些人倒下了,长眠在此,立起的却是人类不屈之碑!珠峰的攀登史,也是激励人类心灵的文明史!"

在珠峰,我还曾寻找过另一位记者的墓碑。他叫石明纪。十几年前,他作为中央新闻纪录电影制片厂的摄影师随队来此摄影。他在海拔6000米的高度突发高山病。他对和他一起工作的另一位摄影师说:"不好!我怎么突然感到这么冷?"这时,山上的队员已上去了,离他们很远。同伴把自己身上的羽绒服脱下来,披在他身上,他还说冷,牙齿直打战。同伴就把他抱在怀里,但眼见他不行了。同伴只能哭着把他往山下拖,没有多久,他就停止了呼吸……后面上来的队员把他的遗体抬下来,在珠峰的山脚下火化了。他的墓碑,听老曾说在珠峰旁的绒布寺附近,但我怎么也没有找到。假如能找到他的墓,将他的遗骸移至珠峰墓地,那将是墓地上一座真正有遗骨的墓。愿绒布寺的喇嘛日夜诵念的经文,永远抚慰着他的英魂。

我和几位山友,还在此祭奠了一位朋友——中央电视台记者曹玉春。

1988年春天,他也曾站在这片墓地前,后来写下了《男儿只流两次泪》。这次进山前,我给已故的他写了一篇文章《雪山呼唤的英魂》。

如今,在珠峰墓地,我在他站过的地方,把发表后剪下带来的这篇文章点燃。天有些阴冷,小雪飘了起来。登山队员罗申和杨建国还在地上洒了一瓶酒。我手中的文稿燃了起来,像一只红色的蝴蝶。缕缕青烟升起,飘散在墓地上空,我闭上眼,想玉春能在天国看到它……

珠峰,你这严酷垒成的金字塔,你这巍峨的巨大灵碑,如同耸入云天的大写的"人"字!你记载着登山者九死不悔、气贯长虹的英雄气概!那是人类最大的财富——勇敢不屈。所以,自世界各地而奔珠峰的登山者,不是越来越少,而是越来越多;每一个来到这里的登山者,第一件事,便是默立在墓地的碑前,然后,昂起头踏上登顶之途。前方可能有巨大的艰险,但他们迈出的脚步,却永不可挡,永不停歇……

神奇的岩壁洞

雪域之乡,世界最高峰珠穆朗玛峰下的环境如此严酷,但僧尼坚信这种艰难的价值所在。他们认为,众神都是从圣洁的雪山之顶将吉祥、甘露降福于人间万物生灵的。

天晴的时候,挑帐便见玉洁冰清的珠穆朗玛。

我想突破大本营对我的"封锁"——我想上山。

一有空,我就在磨我们的队长曾曙生和秘书长于良璞。他们是老登山了。老曾,仅来珠峰就有15次!这一天,终将老曾磨急了,刷地抽出两根雪杖,扔给我一根说:"走,现在就走,带你去看立新峰的悬崖冰河!"立新峰是珠峰东北侧的一座山峰。随行的,还有台湾队员小林和我们在大本营养的一条小黄狗。

攀越冰河。冰河真美,碧透如玉,泛蓝绿色,阶梯状陡陡地铺下山体。我壮起胆,支起雪杖向冰河内的冰面移去,想照一张像。老曾猛地用雪杖拦住我道:"站住!冰这么陡,一失脚滑下去,头撞在岩石上就没命了!出过这种事。跟着我,

一步都不许离开!"

我只得返回,紧随着他,一步一步,攀着岩石向山上走去。真陡,越攀越高。不久,前面就出现了从未见过的一处耸立的悬裂山体。我仰起头,见头顶不少巨石只有一丝与山体相连,摇摇欲坠。老曾悄声说:"不许大声说话,这是最危险的滚石区。"小林已在用四肢爬行了。我也怕,怎么到这么危险的地方来了?大气都不敢出,一步步横着向前移动。好在没慌,只盯住老曾,似盯救命菩萨一般。老曾面不改色,我才壮胆停下,举起相机拍了几个自认为险绝的镜头。

老天,无路了!周围只有狰狞的悬石。老曾仍擦着冰河上方陡壁的岩石边"挤"出一条路,回身指点我们将整个身体抱紧岩壁挪行。此时,小林吓得连"好恐怖"也不说了,瞪大眼战战兢兢地随我寸步前移。一过去,面前真成了绝路,全是笔直陡立的裂化岩石。然而,就是在这绝境绝壁绝崖之下,令人万分吃惊的一幕出现了:紧贴着岩壁竟建有一处石屋!屋已无顶,隔河望去,亦有一相同的石屋与此相对。谁能想到这里会有人住?老曾说:"这是来此修行的僧尼留下的岩壁洞屋。这边可能是喇嘛的,那边是尼姑的。"心中正疑惑,老曾贴壁还在往上攀,连声唤我。我们攀上去一看,哇,又一处保存得更加完好的岩壁洞屋!

此处外室为一石屋,大半人高,由石片堆砌而成。有小门、小窗,室内有五根细木棒屋梁。墙上有烟迹,屋顶有散烟的小石孔。屋顶石板上,竟有疏水木槽。此为外室。由外室北侧伸入岩壁,又有一内室,为岩壁洞,完全是人工在山体内挖成的。此室约四平米,白泥涂地涂墙。墙上有不少凿出的石格架,是放经卷用的。无床类物,地面铺有细草,草非珠峰地区所生,想来这便是歇卧处了。两室人出人进,需缩爬而行,入内人不能站。此洞贴悬

▲ 部分队员在岩壁洞

崖而成，尽避风雪。穷寻两室，除几片红色的袈裟残片外，其他皆无。此岩壁洞屋距珠峰17公里，距我们大本营北侧的绒布寺八公里。洞口前一巨石上，放置着七八块拳头大的鹅卵石，上面刻有梵文的六字真言，刀刻纹路清晰可见。

细辨红色的袈裟残片，知此为藏传佛教分支宁玛派（亦称红教，帽及袈裟均为红色）僧尼在此修行时所留。此次行前我曾查过资料。珠峰上著名的绒布寺，便是红教之寺。宁玛派是西藏最早的教派，为公元八世纪印度大师莲花生所创。他结合了西藏原始苯教，"化苯为佛"后被教徒誉为"祖师释迦牟尼第二"。据说他曾在珠峰下的岩壁洞修行过，终成正果。宁玛派秘授密宗教法。密宗亦称瑜珈密教，须由高师密传，讲真言咒语（语密）、手结契印（身密）、语作观想（意密）。众生依法修习"三密加持"，与佛的口、身、意三密相应，即成佛。那么，有胆魄而虔诚的僧尼，孤身静坐于雪山内一岩

洞修行，清净六根，茹苦含辛，以求"三密相加"而成正果，便可以理解了。绒布寺向南接近珠峰处有一大片废弃的石屋，据说都是修行的尼姑所留。今日我是亲见了。据说，来此修行的僧尼，长时达十几年不食人间烟火，只食雪和洞外的荨麻（珠峰少见的植物之一）。

西藏，珠峰，真是充满了神秘色彩。4月底，我随老曾和台湾队员自大本营驱车向北20多公里，进山探看时发现了一处被废弃的寺庙群遗址。

遗址在绒布河西岸的一处山上，仅残屋就有60余间，只余断墙残壁，依山体高低错落。穿墙越壁，可见捣青稞的石臼石杵，老曾竟从中扒出了几乎锈透的刀、锥、铁锁、铁钥匙及女人用的手镯。铁锁看似老式的，足有七八十年的历史。

最奇的是山上的三大岩洞。台湾支援队员陈睦彦先生手持摄像机刚爬上山进洞，便马上惊恐地出来呼唤我："快上来！太奇了，奇得可怕！"我上去进洞一看，也吃了一惊：洞很大，能容几十人。洞底正中，端坐着一尊一米多高的白玉观音，她身前围立着七八个30厘米高的小佛，似在专心听经。我说："这是玉观音嘛，有什么可怕？"陈先生就让我走近去看。我走近一看，大吃一惊——原来这是洞顶滴下的雪水形成的冰佛！乳白碧透，其形逼真。

断壁群、石塔、石狮、天洞、冰佛……奇绝在它的天然。定是珠峰飘下了这股灵秀之气，蕴成了这组秘不示人的旷世之作。但何时僧尼们离此而去，就不得而知了。自然与人生，谜真多。

宗教，作为一种文化，也是对生存、求知的一种解释。雪域之乡，世界最高峰珠穆朗玛峰下的环境如此严酷，但僧尼坚信这种艰难的价值所在。他们认为，众神都是从圣洁的雪山之顶将吉祥、甘露降福于人间万物生灵的。所以，僧尼们来此求苦、修身、普度众生。这是一种特殊的文化现象，也是一种山文化，托起的是皈依佛门、献身梵天的不屈精神之光。

眼前，又浮现出那大风暴和暴风雪。

来到珠峰，天天如命悬一线，惦念的，是山上的勇士们。暴风雪中，他们曾缩于雪洞过夜（帐篷被风雪撕裂），那是一种什么滋味？在冰雪峭壁每往上一步，就意味着和死神接近一步。"他们这是在干什么？值得吗？"无数人都曾这样问过我。我要说，世上，就是有这样一批人，他们自愿来珠峰，来此证明这充塞天地之间的一种人类顽强地生存和生活的勇气。人类会越来越急迫地感到，最珍贵的，绝不是金钱和身外之物。

冰雪恋歌

上山也跟回家差不多。重要的是在山上可以寻找到自己，寻找到世上真正最好的一切……这体验丰富而迷人，下了山眼睛亮，心地宽，再看世界就和没上山的人不一样了。别人争的东西，我再不去争；别人不理会的东西，我能看出它的价值。

珠穆朗玛，你给了我什么呢？

第一次进藏去南迦巴瓦峰归来后，朋友们问我："你在雪山上，感触最强烈的、收获最大的是什么？"

我说："对人的尊重和热爱。这是那些登山者和大自然暗示我的。"

如今，在珠峰，这种感觉更为强烈。

远离了亲人和朋友之后，看上去离他们远了，但正是这遥遥，拉近了彼此的距离。这，就是生活的哲学吧。多少人，天天在一起工作，甚至朝夕相处，但不知为什么，不仅心灵无法沟通，而且冷若路人；不少人都会埋怨世态炎凉，可又有多少人能冷冷静静地反思自己曾为他人、为这世界付出了多少爱呢？

雪山，能给你这种反思的勇气和力量。

在珠峰，当高山反应还没有过去时，真有一种对世界很冷漠的感觉，那完全是一种病态。但是，活过来，有了人气儿，马上就开始分外想人了。想朋友，想亲人，甚至想念吵过架的伙伴，觉出自己的自私和霸道。这里离世界那么远，可又那么近，能听到好友唱给我的美丽歌声，甚至能听到他的呼吸。生活着，多么美好！人生，是可爱的。从此该珍惜人世间宝贵的一切。

所有登山队员都是这样，他们是最热爱人生的人。

一位登山者的妻子曾对我说："丈夫一走，我马上便有一种感觉：嫁给一个登山者，是我一生的错。你爱山，就和你的山过日子去，别要家要孩子啊！弄得我常常半夜惊醒，成天为他提心吊胆。可他从山里一回来，一看他被风雪折磨的那个鬼样子，又马上感到，这才是属于我的男人！你说怪不怪？"

不怪。

这里，我想用笔记下几个山上的"镜头"，来回答这位妻子和登山者的亲人，还有所有理解、关心他们的人。

3月16日这天，队员罗申坐卧不宁。我以为他有高山反应，悄悄问他要不要吃药。他摇摇头，俯在我耳边说："今天是我妻子的生日，真想对她说几句话，或写几个字，但不能……（大本营有海事卫星，可往全世界打电话，但太贵）罗申，实力最强的罗申，十几天后上山遇暴风雪冻伤了两根手指，须马上返京治疗。上车时，他流着泪望着珠峰，车走出很远了，他仍望着珠峰。我懂，这将是他一生的遗憾……

台湾队员伍玉龙，是台湾玉山公园的巡山员。他和我们藏族队员一样，也喜欢吃风干生肉，所以，他一有空便扎进藏族队员的帐篷。他在台湾的未婚妻常打来电话。他呢，一听"小伍，电话！"就光着脚拼命往外跑。于是，

谁要和他开玩笑,只需喊一声:"小伍,电话!"大家看他慌张跑来的样子就笑,他却说:"受这个骗也不错,起码听到时高兴!"

马欣祥的女朋友在成都,在拉萨时,到邮局打电话比山上便宜,他就经常去打。有几次我和一个台湾队员看到他在电话间里通话时间太长,竟坐在地上打,就编排他:"打电话打得晕倒在电话间,把电话线打红了!"上山前,他对我说:"张老师,我只有一个要求,多发点儿稿,让她知道我们在山上的消息……"说完,他背起背包向珠峰出发,头也不回……

炊事员小李,是我们从拉萨部队借来帮助工作的。他老家在河南农村,上山后,他的妻子正值临产期。他一忙完,就自言自语:"生哩,生哩,到日子哩。生了个啥?女的?还是'带酒壶的'?不知道,真他娘急得慌……"

藏族队员次仁,新婚刚刚七天。

藏族队员加措说:"我一登山,妈妈就到寺院为我烧香祈祷,这次,她一定又去了。去寺院的路,好远啊……"

队长、老登山家曾曙生对我说:"1988年中日尼三国横跨珠峰后,我回到北京,十岁的儿子到车站来接我。下了车,我就站在他的面前,可他不理我,急着往车上东张西望。我们在山上几个月风里雪里,脸上裂开了皮,又黑又瘦,胡子拉茬的,他当然认不出我了。可不理我就不理吧,这个小兔崽子,朝着日本队长斋藤扑过去喊爸爸!我凑近他跺着脚喊道:'小子,你真长本事了,连爹都认错啦!哈哈!……'喊完,抱住儿子,我的泪就流下来了……"

台湾队员黄德雄,既是队员又是《民生报》记者。他显得比较深沉,暴风雪紧急下撤之夜,他曾在冰雪中冻了整整一夜才摸回来。他说:"我一上山,妻子就说把我丢了;我一下山,她说再把我捡回去。可我感到,在山上可以寻找到自己,寻找到世上真正最好的一切……这体验丰富而迷人,下了山眼睛亮，心地宽，再看世界就和没上山的人不一样了。别人争的东西，我再不去争；别人不理会的东西，我能看出它的价值。"

队员们相互之间的友爱，也是纯真的。台湾队员伍玉龙和藏族队员几乎成了一家人。

藏族队员都比较憨直，不太爱讲话，你说什么，他就在一旁听，一边点头，一边笑。

台湾高山族队员伍玉龙，也不爱讲话，笑起来也抿着嘴，甚至有点儿腼腆。

藏族队员一干起活儿来，登起山来，厉害得吓人！

伍玉龙一到拉萨，没有什么高山反应。队里安排藏族队员去装车，他和藏族队员一起爬上车就干起来。

藏族队员爱吃酥油茶、糌粑、风干生羊肉。这些东西，伍玉龙样样都吃。我看着他吃生羊肉，有些目瞪口呆，就问他缘由。

他说："我是第一次来内地，第一次接触藏族队员。你说怪不怪，一见面我就特别喜欢他们。他们的故乡是西藏的雪山，我的故乡也在山上。我父亲是农民，我从小在玉山长大，14 岁跟着父亲上山打猎。我爱山，藏族队员也爱山，这种爱是说不出来的。还有，我们都是苦出身，他们的经历和我差不多。这次来珠峰，我原想，和内地的队员不熟悉，一定会孤单的。谁知到了西藏一接触，哈，这么多好朋友！内地队员待人都这么好，好人在一起，就马上是朋友，就像早已熟悉了一样。"

藏族队员关心人，是没有多少话的。暴风雪那天，藏族队员从 3 号营地最早下撤了，伍玉龙也跟着他们撤下来。过了 1 号营地，伍玉龙渐渐感到体力跟不上藏族队员了。走在最前面的加措发现了，他抹了一把眼睛和嘴上结成的冰霜，走到伍玉龙身边，两只大手一提，就把伍玉龙的背包放在了自己

的肩上。伍玉龙很过意不去:"加措,不行,怎么能让你背两个背包呢?"加措笑了笑,向他挥了挥雪杖,向前走了。

伍玉龙很感动,说:"怎么回报这种友情呢?这友情是钱能买来的吗?"

我也要说说我的体验了。

这次来珠峰,行前的几天,我便常和女儿说话。女儿小羽虽说已上高中了,但在我眼中仍是个太小的孩子。奇怪的是她的话突然很少,总是我在说。一天,她终于问我:"爸,别人说去那里很苦很危险,氧气又少,弄不好要……真的吗?"

我望着她,突然感到这孩子长大了。我说:"那里是很苦,但这苦队员们能吃,爸爸也就能吃。爸爸为什么去,你会懂得的。至于危险,绝不会有,你信吗?"

她点点头,说:"信。"

离京前夜,夜已很深了,女儿仍没有睡着,不住地翻身。她知道我也没有睡,悄悄下床推开里屋门,站在了我的床边。

"爸,明早我要去上学,不能去机场送您了,给您个小东西吧。"她把一只手伸到我的眼前——哈,一个很小很精巧的小毛线娃娃,还有两条可爱的小辫儿。"爸,让她替我陪着您去珠峰吧。我等着看您发回来的好消息!"

我接过,亲亲她的头说:"谢谢,谢谢女儿。从今天起,这小娃娃就是一个小'你'了,爸爸会一直把这个小'你'带在身边的。"她笑了一下,笑得有些勉强,朝我摇摇手,转身默默走了。

在珠峰的冰天雪地之中,这个小毛线娃娃一直挂在我铺位上的帐篷顶。多少次,暴风雪来了,她就为我晃着,跳着,翩翩起舞,看我和队员们一起谈笑着,笑傲帐外那漫天喧嚣的风雪。

从拉萨进山前，我给家里打了最后一个电话。小羽在电话中急切地说："爸，您不是带着'随身听'吗？它能收听电台广播的。我去电台给您点了一支歌，什么歌先保密，播出时间还没通知，您注意收听啊！……"

我高兴极了。她点的歌我已猜出，准是三毛的《橄榄树》。这是我最喜欢的一支歌，从某种意义上说，我也是为了这支歌而一再进藏进雪山的。

一到珠峰，我就把这一消息告诉了队友们。大家都很兴奋，台湾的队友更是激动："张记者，你有这么个女儿，好让我们羡慕！听歌的时候，我们得一起分享啊！"我笑着说："这是咱们的孩子为咱们送来的歌。"一有空闲，尤其是晚上，我便拿着"随身听"拨来拨去寻找。暴风雪之夜，伙伴们常围着我期待地问："有了吗？"或静静地把耳朵贴在我手中的"随身听"上，边用力地倾听，边嘴里说着："快了，下一个，下一个就是……"

风声。只有帐外呼啸的风雪之声。那么狂暴、那么喧嚣，似要吞没这天地。

一群抛家舍业的男子汉，在冰天雪地的帐篷里，这样执著地在收听一个孩子送来的歌，这本身就是一首无声而动人的歌了。

珠峰离北京太远，收音机中杂音很大，且只能收到中央人民广播电台的广播。播出这支歌的是哪一家电台？波长是多少？播出的时间等等都不知道，要收听这支歌真是很难。但我又感到这些并不重要，女儿送来的这颗小小的温暖的爱心，我已收到了，收到，也就化成了我对这世界的一种深情和厚爱！我不就是为了寻此而来的吗？我身边的所有登山者，代表海峡两岸的炎黄子孙，来珠峰寻找的，绝不仅仅是辉煌的登山之梦，更是对人世间的一颗爱心，一颗热爱生活之心。

暴风雪终于过去，几天后，队员们要告别大本营上山了。这一去，他们将在山上与风雪及死神搏斗一个多月。临行前，台湾实力最强的队员吴锦雄

进了我的帐篷，他转一转，看看我，没说什么又走了。过了一会儿，又回来了，望着我笑笑，坐下不语。

我问他："锦雄，你像是有什么事？"

"……没有，没有。"

"说吧，别瞒我。"

他不好意思极了，半天才支支吾吾地说："张记者，明天我要上山了，今天夜里我想……听听妻子给我录的一盘录音带，那里面……有我五岁的女儿对我说的话。可我的'随身听'坏了，所以想借你的听听。我知道，你一直在收听你女儿给你点的歌，如果就在今晚播出那首歌怎么办？……向你提出这个请求真不好意思……"

我望着他，马上把"随身听"放到了他手里。

他不住地感谢："明天一早，我就还你！"说完起身要走。

我一把拉住了他："锦雄，明天早上也不要还我，放进你的背包里，带上山吧！让它代我陪着你，愿你保重。我等着你的好消息！"

他一愣："那……那怎么行？你还没有听到女儿给你点的歌呢！不行不行！我绝不能这么做！"

"听到了，我已经听到了，真的……"

他望着我，我望着他。我们的手握得很紧，很热……

次日，我送他和伙伴们上山。走出很远了，他还不时地转过身来，挥着拳头向我示意。那是所有队员的决心。当看到他再次感谢地向我挥了挥手，转身大步向珠峰迈去时，我仿佛听到了那歌声：

"为了天空飞翔的小鸟，为了山涧清流的小溪……"

女儿小羽为我点的歌，我在北京的很多朋友都听到了。有的朋友就是听到了这支歌才知道了我的行踪,专门去订了一份《中国体育报》,天天关注着我们的登山进程。一位好友也去电台给我点了一首《归来吧,美丽的五月》——因为我们将于5月底返京。一打听,当时应听众点歌的只有北京音乐台,而我们在西藏是收听不到北京音乐台的。

播出女儿点的这首歌的,恰是北京音乐台:"我爸爸随登山队去珠穆朗玛峰了,他在冰雪之中一定很艰苦很寂寞。我很想他,愿他听到这首他最喜欢的《橄榄树》……"

好女儿,爸爸听见了,那歌声动人而美丽,将永远响在我的耳边……

这些,当然是我下山后才知道的。

恐怖的"迫害"

在上面这个"可怕"的标题下讲述的,其实是登山者的趣事。

洗澡,在珠穆朗玛峰上是不可多得的享受。

洗脸,也不过是象征性地擦擦罢了。

三个月不洗头、不洗澡,甚至连身子都不擦的滋味,你尝过吗?

我尝过。

是不是特别痛苦?

现在回忆起来,那滋味很美,回味无穷。真的,不信你试试去。

这是我人生中唯一的一次经历。在北大荒,我们也是一年半年洗不上一回澡,我指的是连队没有浴室,但天天可以又擦又洗,这和洗澡的区别不大。这次我随海峡两岸登山队一到珠穆朗玛峰,坏了,三个月只能象征性地擦把脸了。

老登山和我不一样，一到珠峰，刷牙、洗脸、烫脚，很正常。大本营靠着一条冰河，有一个不冻的泉眼，打水还算方便。队里带来不少洗脸盆，一人发一个。我开始没领，看见别人洗脸，没有感觉。每天飘飘悠悠，头痛得早已忘了东南西北，早上钻出睡袋，吃几口东西回来，赶快再躺回睡袋里。我的整个心思就是：老天爷，求你了，高山反应快过去吧。几天后，我像一个野鬼游魂一样拱出帐篷，蓬头垢面，别人见了就笑。也好，这里除了队友，就是冰雪，还有光秃秃的岩石，吓不着谁。伙伴们很理解，从未嫌我。

　　待高山反应稍缓之后，我这才找了一个脸盆。早上猫一样划拉一把脸，刷几下牙，有时晚上高兴了也象征性地烫一下脚。擦一下身，则连想也不敢想。因为，除了几个藏族队员，所有的登山者都是这样——太冷，帐篷里时常零下20多度，怕感冒。进藏前老登山就再三嘱咐我，到了那儿，千万千万别感冒！一感冒，弄不好就会诱发肺水肿或脑水肿，那就"光荣"在那里了。看别人都这样，我心里也就平衡了，不擦还省事呢。开始，怕感冒怕得过了分，晚上穿着两件毛衣和绒裤钻睡袋，缺氧又睡不着，累得那个难受，一晚睁着大眼翻360次身，还觉得浑身冷。伙伴们说："你傻了，都脱了，只穿内衣试试。"我一试，真的舒服暖和起来了。

　　可时间一长，身上痒得不是滋味，好像有千万个小动物、小"光荣虫"在身上乱爬乱拱。那是半个月之久的暴风雪之后，天气一下子好起来。阳光充足，也没什么风。但这样的天气气温也在摄氏零下20多度，我走出帐篷仍把厚厚的羽绒服捂得严严的。我进了藏族队员的帐篷去采访，采访完一出门吓了一跳——高大而憨厚的藏族队员加措就在帐篷外的冰天雪地里，上身扒得光光的在擦澡！看他擦得那么惬意和舒服，我受不了了，身上骤然奇痒，如百爪挠心。我不禁边抓身上边问他："加措，不冷吗？""不冷。""身上一擦舒服吗？""是，是。"他笑着回答我。

回到帐篷，我就把加措在擦澡的事说了。大家一听，都痒起来，有的便紧靠着床边来回蹭。台湾队员大叫"好恐怖！"全身上下一耸一耸的。从此，谁再提这件事，大家就一起高喊道："啊呀，好恐怖！"然后大笑起来。我痒得没了办法，就准备回去换一下内衣。这我早有准备的，带了五套内衣，半月扔一套，也就够了。谁知我刚一说换，队长曾曙生和秘书长于良璞就乐了："换吧，告诉你，越换越痒，不换不痒！"这是什么道理！老曾说："听我的，千万别换。你想，穿在身上的这一身儿跟皮肤亲近惯了，你适应了。你身上不洗，再换一身，那皮肤能饶得了你吗？不痒得你乱蹦才怪呢！学学我们，坚持到下山，就这一身！"

我一听有道理。老于笑着催我赶快去换，我说不上你的当，不敢再换了。老曾就又讲了一件好玩的事。有一年，他们和一个外国队一起登山，那山海拔低，大本营很舒服，可以擦澡。一个老外还想干净，要洗衣服。他用惯了洗衣机，不会用手洗。怎么办？他打了一桶水，把衣服放在里边，找来一根棍儿，插进去就呼呼地搅，还一边看表，过一会儿又往反方向搅，完全按洗衣机的操作进行，嘴里还呼呼直响，学着洗衣机的声音。洗完晾上，干了一看，哈哈，跟没洗一样，浮尘下去了，油迹露出来了，显得比原来还脏！他很奇怪，笑道："这'洗衣机'该扔进垃圾箱了！"

半个月之后，从台湾来了一个队员，叫小林。他的任务是摄像。小林20来岁，正年轻，很爱干净。十几天之后高山反应稍缓，受不了身上的痒了。受不了就受不了吧，我们一群人坐在帐篷里，他当着大家的面便伸手抓起痒来。另外几个台湾队员一见，身上就受不了了，一边高叫着"恐怖又来了"，一边往外跑。我们就笑，对小林饶了大家。小林笑道："我不抓更恐怖。不让我抓我就要死了。"没想到的是，他起身回了帐篷，打了一盆热水，真擦起身来了。和他住一起的几个台湾队员再三劝他别擦，他说他年轻，不要紧。结果，那几个台湾队员只好又跑了出来，叫道："更恐怖的事情发生了！"台湾队长张铭隆在帐篷外嚷道："老弟，拜托了，做做好事吧！你不怕感冒，可把我们害苦了，有家不能归了。"结果，第二天小林真的感冒了，吃了很多药，在帐篷里更加痛苦地躺了两天。幸亏他年轻，否则真出事了。这一下，他尝到了厉害，打死也不敢再擦澡了。

山上与冰雪苦斗的队员更难，近两个月连脸也洗不成，哈着腰在小帐篷里用瓦斯罐化点儿雪水，喝都不够，哪还顾得上洗脸？张铭隆的脚冻伤了，下撤到大本营。一天，值班车下山去日喀则拉物资，他转了半天来求老于："于老大，让我跟车下去两天吧！""干什么？""去……去洗个澡就回来。"老于答应了，可他没走："算了，山上那么多兄弟呢……"

三个月后，我们的勇士终于登顶成功。队伍下撤到日喀则宾馆，大家欢天喜地过年一样，第一件大事就是痛痛快快地洗澡。哈，真到了天堂了！我和山上队员马欣祥同住一个房间。我们还谦让上了，都想让对方先进"天堂"。小马一进去，我在外面一听那水声，心里那个美呀！幸福啊！然后在床上翻起了筋斗！真是终生难忘。洗完澡，头一粘枕头，我们就美美地入了梦乡。但是，凌晨4点，天还黑着呢，小马呼地从床上蹿起，哗啦一下拉开窗帘，用力拼命地往外推那玻璃。我惊醒了，问他干什么。他急切地喊着："老张！快！快！坏了！帐篷门打不开啦，让雪给挤死了！怎么办？得出去，得跳出去……"

我打开灯。他半天才明白过来，又躺下睡去。我坐在那里，愣愣地望着他，不知为什么，两行泪水悄悄地流了下来……

山鹰之死

他内心的自悔,在传统和现代观念的对抗下,在物欲世界的扭曲下,终于撕裂他的心灵。于是,他注定要远行。因为,他是雪山之子。

生命,是一个自由、躁动、高擎着美丽梦幻的男孩,他总想攀越家门前太美太险的雪山,去看看那边的风景。于是,他的心永不安宁。有人慢慢长大了,丢弃了这梦幻,他的心,归于安宁;有人长大之后也固守着这梦幻,且真的上山去了……

山上,我的死亡线上的兄弟们,你们为何而来?你们来追寻什么?还有,我要问我身边的这片墓地里,中外攀登珠峰遇难的英魂们——是,这一堆堆石块,并不是你们真正的坟茔,你们至今仍安息在山上的冰雪岩石之中。永远倒在这座雪山上的中外登山健儿已有近200人,自海拔6000米向上,平均不到20米就埋着一个人,一直排向顶峰——你们,究竟为何而来?你们为此付出了生命的代价。

暴风雪无言。珠峰无言。我明白，山上的登山者，包括活着正向上挺进、死去也面向着珠峰之顶的所有登山者，面对这个问题，都会选择沉默。

这里，我要记下一位普通的登山者，对他，我至今不知其名。

他是一个高山协作队长（就是背夫头儿）。1990年，受一支日本登山队所雇，去攀登世界第二峰——乔戈里峰。乔戈里峰在我国的新疆境内，海拔8611米。这是一座攀登难度极大的山峰，我国的登山者，尚未攀上顶峰。它地处荒僻，进山时，要赶着驼队跋山涉水步行八天才能到山下的大本营。

这位队长领着十几个兄弟，进山时给日本队员当驼工、牦牛工，到了山上马上开始当背夫，一趟一趟往山上的营地运送物资。日本队员登山，东西太多。氧气、食品、登山装备……在牦牛的背上和他们的背上往山上送，一个营地又一个营地。终于到了海拔8000米的营地。距即将突击的顶峰，已不远了。

可天灾来了。

入夜，日本队员和高山协作队员正在各自的帐篷里昏昏沉沉地睡觉。午夜之后，这个警觉的协作队长突然从睡袋里支起耳朵，他隐隐听到了一种奇怪的声音。声音不大，但沉闷。这是雪崩前发出的声音。他们头顶成百吨的积雪渐渐承受不住，就要塌裂而下，那么，营地上所有的人，都将葬身雪中。

他拼命地嘶吼一声，摸过身边的刀子划破了睡袋，又扑上去划破帐篷，见同伴都冲出睡袋了，便立即扑向日本队员的帐篷，挥刀边划边喊叫！他一个人，救了全队，但他光顾着救人，不小心脚下一滑，滚落入悬崖之下……

全队得救了！人们飞快地避开了雪崩区。雪崩很快下来了，将他们宿营

的地方吞没，然后夷为平地。

人们这时才想到他，连日本人也发誓要找到他。

终于找到了。他从悬崖上跌下500米，昏死在一块冰雪坡上。经过奋力抢救，竟抢救出了一丝气息。所有的协作队员抬起他，拼死把他抬下了山。

那丝气，越发微弱了。

日本的随队医生一查，外伤不说，最危险的是严重脑震荡，医生说，人就是活了也是个废人了。目前是：生命垂危，必须马上送出去抢救。

日本队员动了感情，山可以不登了，但他，一定要救活！日本队员马上组织了担架，要把他抬出山去，送医院抢救。

所有的协作队员，都很感谢这个决定。

中方的联络官于良璞来了。老于不同意。老于说："这不是救，这等于让他死。出山，人走就得八天，抬着他得几天？"

日本人和协作队员说："那就眼睁睁地看着他死吗？"

"就地抢救！只有这一条路。"

很多人哭了。因为他们知道，只能看着他死了。

他救了全队，如今全队眼巴巴地看着，却救不了他！

送出山是死，留在山上也是死，难道他真的只有一死吗？

两天后，他睁开了眼。

三天后，他认人了。

五天后，他的脑袋"发"了，肿得有两个头那么大，肿得看不见眼睛。

但是，顶着个吓人的大头，他站起来了！

十天，仅仅十天之后，他带着他全队的兄弟，又跃上了乔戈里的那个8000米的营地，一直把日本队员送上了顶峰……

一个普通的背夫,连名字都没有留下的英雄。

这世界并不公平。

世界上第一个登上珠峰的人是谁?这问题似乎是重要的,似乎代表和意味着什么。登山史上记载的是:英国人希拉里和夏尔巴人丹增。丹增的位置,永远被放在希拉里之后,这对吗?——1953年5月,屡次失败又急欲第一个登上珠峰的英国登山队再次来到珠峰脚下,准备从尼泊尔一侧的南坡攀登。他们从百余名队员中最后挑出八名攀登者,队长约翰·汉特仍感到心中无底。这位军事登山家在二战前曾多次率队到喜马拉雅山探险攀登,珠穆朗玛是他一生的梦,但他又深知其攀登之难。这一次,一到山脚下望着珠峰,他就明白这一次也将是无望的。

日不落帝国的征服欲,又使他热血喷涌,他渴望亲自翻开世界登山史上这最辉煌的一页。

他的目光盯住了一个人,那是雇来的正在搬运物资的尼泊尔高山向导丹增。丹增在前一年曾带瑞士队攀达海拔8540米的高度。汉特马上作出一个决定:吸收丹增为本队正式攀登队员。这就意味着,假如只有丹增一人登顶,也等于英国队此次登顶成功。丹增答应了,他没有想那么多,因为登顶也是他的梦想。

果然,突击组汉特等六人登达8350米,建起9号营地之后,只有丹增和希拉里两人还可以向上前进。5月29日,他们向顶峰发起了冲击。但距顶峰越近,希拉里感到越吃力,体力严重透支,每迈出一步都极为艰难。丹增走在前面,在雪中开路……待前面出现缓坡时,希拉里才攀上前来,在前边开路。最后,丹增又在前开路……上午11时30分,两人再也无法向前走了,

下面已是中国西藏。于是,两人在顶峰含泪拥抱。丹增举起悬挂着联合国、英国、印度、尼泊尔四面小旗的冰镐,由希拉里用照相机拍了下来。他们代表人类,第一次登上地球之巅!

英国队欣喜若狂。汉特在接受记者采访时说:"英国队这次的胜利,虽然是英国队全体队员奋斗的结果,但与我们合作的夏尔巴伙伴也给了我们很好的帮助……"

丹增已是英国队队员,谈何合作?一句话将丹增排出了英国队,于是登顶者永远是"希拉里、丹增"。

很多记者找到丹增,问:"你们两人究竟是谁最先登上顶峰的?"

丹增感到不解,这个问题难道还重要吗?这算个什么问题呢?他只回答道:"在世界最高的峰顶,我向南看到尼泊尔一侧的丹勃齐寺,向北看到中国西藏一侧的绒布寺。我为自己是世界上能同时看到这两大寺庙的人感到自豪,我太幸福了……"

我国登山健儿1960年第一次登上珠穆朗玛峰,有记者采访登上顶峰的王富洲,问他在顶峰想到了什么?看到了什么?他太实在,说:"哪有工夫去想!下山时一扭头,四周怎么都坐着佛啊?……"每座雪山都成了大慈大悲的佛!别人笑着替他解释:"在那个高度缺氧,缺氧常常会让人出现幻觉……"

一位藏族的登山队员更实在。他登顶后,记者也是这样问他的。他怎么回答的?他说:"我想的是,下山太危险,该怎么下去才不被摔死……"

更让人读不懂的,是20年后又一个雪域之乡的登山家,他也是尼泊尔的夏尔巴人,叫松·达瑞。

如果说,丹增代表着雪山之族豁达的胸怀,站到了世界最高之处去看风景，那么松·达瑞则代表着这个雪山之族天然的无拘无束的自由之魂。这魂是一株奇葩，奇异地绽放在冰峰雪谷！那是心灵顽强抵御外部世界的一股力量。

很多人，包括很多登山者也读不懂松·达瑞，感到他太狂傲，太不成体统，太桀骜不驯。其实，这"天子呼来不上船，自称臣是酒中仙"的外壳，恰恰是他飞扬的灵魂之气。他是雪中的、自身并没有多少文化，但却给世界留下了不屈文化的"李白"。

多少次恨自己不是画家，画不出这样一幅画：在珠峰漫天卷来的暴风雪中，他仰天举着一个冰做的大酒罐，边笑边喝边向山上攀行而去。

松·达瑞称自己是"低山反应"，海拔7000米之下没有醒的时候，嗜酒如命，喝就非喝醉不可。一说上山，第一件事就是往背包里放酒。从南坡登珠峰，最危险的一段是孔布冰川。这里海拔不算高，但冰一融化或冰积太重就会发生冰崩。雪崩可怕，但死有葬身之地；冰崩更可怕，人被砸得粉碎，死无可葬之身。

所以，一说孔布冰川，那就是已经把头放在虎口边了。登山时，都是先有人守在孔布冰川远处，专门察看冰川的动静。同时还规定，过也得上午，赶在冰川没化冻前，急行快速通过。

松·达瑞怎么过？——他眼中根本就没有什么孔布冰川！过冰川前还在喝酒，喝得昏昏沉沉站都站不稳，跌跌撞撞就迈向冰川，眼睛连睁都懒得睁。队伍中一有他，同伴就发愁，如果没人理他的话，他醉得不知撞到哪个冰洞里一歪，就算不遇上冰崩，歪在那里也得被冻死。可又实在不能没有他，怎么办，同伴们只好架起他来，把他拖过冰川。

可是，一上到海拔7000米以上，别人开始高山反应，昏昏沉沉，他却

开始清醒了。到海拔8000米以上的"生命禁区",他仍敢喝酒,一扬脖子来几口,就登上去一大截,谁也比不了。他曾六次登上珠峰之顶。他对登顶已没有兴趣,像回个家似的那么简单。

1988年,中日尼三国横跨珠峰成功之后,联合登山队怕出危险,便不再扩大战果,宣布登山结束。尼泊尔陆军方面参与了这次行动,一个陆军官员一听宣布结束很不高兴。

"怎么,到底谁想登?"松·达瑞问他。

"我。"

"真的?"

"真的。"

"那还不容易?你让别人备好酒吧。我带你上去!"

松·达瑞给他背着氧气和食物,真的把他送上了顶峰。

为祝贺中、日、尼三国横跨珠峰成功,将分别在三国举行庆功活动。在尼泊尔的首都加德满都,尼泊尔国王见到松·达瑞,乐坏了,连夸他是民族英雄,高兴得亲自为他授勋,将闪着金光的勋带斜披在他的肩上。松·达瑞扭脸看了看勋带,当着国王的面呼地一把就扯下来了,脸色非常难看。他讨厌这东西,带着它不方便喝酒!熟悉他的同伴望着国王吓坏了,赶快递给他一瓶酒,他的脸色才缓过来。缓过来后,他一个人喝着酒,才开始和国王说话。

到日本也是。日本人礼节上的啰嗦事儿太多,庆功宴上只听咕咚一声,松·达瑞好似"僵尸"摔倒在地上!日本人吓坏了,以为他暴病猝发,慌成一团来营救。松·达瑞的同伴乐了,说只有我们能救他——赶快拿过一瓶酒,咬掉盖弯腰塞到了松·达瑞的手里。松·达瑞一闻,马上睁开眼站起来了!

从此,不管去哪里赴宴,一有人登台讲话,同伴就赶快把一瓶酒塞到他

珠峰雄姿

的手里，以防他"酒病"复发。此法灵矣。

有人称他为"酒神"。

若是酒神，他的醉翁之意，岂在酒乎？

我从很多中国队员那里，听到了许多关于松·达瑞的故事。他像磁石一般吸引着我，我开始追寻有关他的一切。这时珠峰也有七八支外国来的登山队，很多队伍都请了夏尔巴人当高山向导。于是，我通过翻译采访了他们中的很多人。从而得知，松·达瑞大约在1991年自杀。原因不详。

珠峰的南侧，尼泊尔的一侧，也有一片类似的墓地。在距那不远的一条河边，松·达瑞吞枪自杀。

这是一个奇怪的谜。

早已成为英雄的松·达瑞，六次生死历险登顶成功，却为何在珠峰脚下如此了断自己的生命？

这是珠峰之谜，也是生命之谜吧？

我了解到两方面的内容，一个是背景，一个是事件。它们和他的死或许没有直接关系，但却可以为解开此谜提供更为真实、更深层次的东西。

先说背景。

珠峰地区，以峰脊为界，南侧是尼泊尔，北侧是中国。这片地区有一个跨越两国的民族，尼泊尔人称"夏尔巴"。这批人不多，好像只有几千人。我国台湾的登山者，称他们为"雪巴"，这个"雪"字很贴切，有些冰雪之族的味道。他们常年生活在世界屋脊旁，真是"顶着冰天，立在雪地"上生活。于是，也就锻造出他们奇异的性格和奇异的本领。

夏尔巴人生活在严酷的冰雪世界，这生存本身就是奇迹了。但事物总有

两面,如此严酷的生存环境中,也自有温情和浪漫。你看过无风无雪时黄昏的珠穆朗玛吗?晚霞里,金红色的珠峰像一个披着金纱的含羞待嫁的新娘,美得梦幻而迷离。珠峰地区的夏尔巴人,结婚还有"抢亲"的习俗。女的一喜欢哪个小伙子,就说:"快把我抢了去吧!"男的若喜欢她,就应下什么时候去"抢"了。女的被抢的时候,心里很美,还要假装挣扎,挣扎得像那么回事,这是给父母和亲友看的。男的若喜欢哪个女的,过去是直接去抢(这自然酿成了很多悲剧),慢慢地也就演变成经对方同意后才去抢了。

但是,习俗中有一条极其严格的规定,那就是男的可以去"抢亲",但抢来之后,你要一生一世对这个女人好。无论她有任何伤病灾难,甚至年老色衰,你都要一生一世忠于她、保护她,伴她一直走到生命的终点。假如有男人破坏了这一点,那他将受到所有人的诅咒,灵魂不仅无法上天国,死了也要变成孤魂野鬼,祸事将不断降临于后代身上。

这是这片冰雪世界的生活、生命和爱情准则,一代一代传下来了。

据说松·达瑞的妻子很漂亮很贤惠,松·达瑞对她也很好。

但松·达瑞成名后,太有钱了。几乎所有的国外登山队,都来重金邀请他做高山向导。登山者中,也有一些从世界各地来的年轻女人。她们的浪漫,她们的无拘无束,同松·达瑞性格中的某些东西相暗合……

有人说,松·达瑞有好几个"外国女人",登完一次山,这个去了,转年那个又来了。

也有人说,他在山下的城里还有一个家……

这,都只能算"背景"。类似的传说无法核实。

再说"事件"。这是松·达瑞亲身经历的一个事件,可以说,这件事对他的影响举足轻重,甚至通向他生命最后的那个怪异落幕。

这事件，真是个异常美丽的故事。

1990年左右，珠峰南坡的山脚下来了一对荷兰登山者。不知道他们是怎么知道松·达瑞的，点名要松·达瑞当高山向导。他们说要登珠穆朗玛。别人说，松·达瑞脾气坏，要钱多，还喝酒，但他们不听，非要找松·达瑞不可。松·达瑞知道后，觉得这两人很有意思，就来了。

这是一对情人。松·达瑞看出这一点，就有些犯了难。外国，尤其是欧美来的登山者有两种人。一种是玩的，登一登感到危险，或遇到暴风雪，就立马下山走了。甚至，感到不好玩了，也会马上回去。还有一种，是真正的登山，越难，越危险，劲儿越大，非攀登不可！前一种好办，后一种作为高山向导就要一陪到底。这对情人是哪一种呢？真登山，这女人的实力行吗？能适应海拔8000米的高度吗？在山上出了事怎么办？夏尔巴人有个习惯，只要你说登山，他们从不阻拦。

松·达瑞问男人："她也登吗？"

男人点点头："当然，我就是陪她来的。"

"那你们回去吧。你不是来陪她登山，是来陪她送死的。"

这对男女一听，笑了起来。这笑声对他们，是非登不可的信心，对松·达瑞的尊严却是一种挑战了。松·达瑞也笑着，答应了做向导。他想：笑？有你们哭的时候，也让你们认识一下珠穆朗玛。

上山了。山上的时间很长，那是很寂寞的。晚上在帐篷里，他们聊起天来。松·达瑞会英语，和他们对话没有障碍。男人叫格森，女人叫金。松·达瑞很吃惊，他和格森无论聊什么，甚至不能让女人听的事，金都会很随意地加入进来。而格森谈任何话题都不避开金。格森说，他原来有一个妻子，两人很好，但有一天两人都觉得在一起过于平淡，友好地吃了顿散伙饭就分手

了。金也说，她有过一位男友，对她太好了，好得整天围着她转，把她转烦了，就离开了他。尽管分了手，他们还是很好的朋友。

更让松·达瑞想不到的是，他们两人认识的时间仅有一个多月。那是在一次旅游登山时相遇的。

经验丰富的松·达瑞马上明白自己遇到了大难题。他认定这是两位对生活和爱人都极不负责任的人，这样的自私者，他见得太多了。登山者最明白的一点是：自私者是无权进山的，即使进了，也会在关键的危急时刻丢下同伴，给同伴带来灾难，最终命运也会惩罚他。就说这两个男女，因为妻子和男友对他们很好，就各自拆散自己的家庭？这不是最大的自私又是什么？那么，他们这次攀登珠峰，注定也会是相互抛弃的悲剧，不信就走着看。意识到这一点，松·达瑞开始鄙视他们。

考验真的来了。

登达海拔 7500 米的时候，体力明显较弱的金突然患了高山病，头疼欲裂，不能吃任何东西，还不住地吐黄水。怕听声音，怕见光。很快，恍惚的她出现了幻觉，直说胡话。格森急坏了，团团乱转。松·达瑞说："行了，登山结束吧。不下撤她会死的。"

他们下撤到 6800 米，没想到的是，一到这个高度，金的所有症状竟完全消失了。她又活跃起来。两人商量明日再往上登。松·达瑞对格森说："以她的体能，顶多只能到 8000 米，再往上太危险。而且，好天气不多了，后天会有风暴，到时候想撤下来都难。"金却完全不在乎，执意明天出发，并已开始收拾东西。格森对松·达瑞说："朋友，谢谢你的提醒。告诉你，这一次来，我要帮她圆她的登顶之梦，我答应过的。只能连累你了，什么也不必说，按她的想法做吧。"

他们真的奇迹般地登到了 8300 米。只是两人已经极度虚弱，连说话的力气都没有了。但他们依然非常兴奋，金说："明天……我们的梦……"

正是他们的顽强，尤其是金的顽强，感动了松·达瑞。这样的女人，他没有见过。他料定的一切不仅没有发生，对他们的印象反而越来越好。他自己都不知道为何有了一个决定：一定要带他们登顶，一定要带他们活着下山！次日，登顶的时间到了，松·达瑞为他们背着氧气和必要的物品，几乎是一个一个把他们拉上了顶峰。在顶峰，金和格森拥抱在一起，连话也说不出来了，他们的眼中都含着惊喜的泪，目光是那样安详和幸福。

但是，下撤回 8300 米的营地后，一进帐篷，金就倒下了。体力严重透支，高山反应此时骤然袭来，使她真的倒下了。连金都明白，这次，可绝不是上一次了。格森和松·达瑞陪了她一天一夜。清早，松·达瑞出去看了看天，知道他们已经错过了时间，暴风雪就要来了。此时，就是能下撤，按他们的体能和速度，也会被活活冻死。

金在最后时刻清醒了，她说："格森，谢谢你，我们的梦想实现了。我不行了，为了我，你走吧，你要活下去。答应我，亲爱的！……"

格森不说话，只是紧紧地抱着金。

"格森，我无法不告诉你，你如果不走……"松·达瑞的语气很平静，"那我们就永远下不去了。"

格森不说话，他的脸紧贴着金的脸，不住地亲吻着金。

金望着松·达瑞，请求道："请你……把我的格森带下去……你能答应我吗？"

松·达瑞点了点头。

金死了。

暴风雪来了。

"格森！"松·达瑞吼道，"现在还可以，跟我走吧！保不了你的手和脚，但我能保你活着！我答应过金！"他最后请求道。

格森不说话，眼中的泪流在金的脸上，那泪水，就在金的脸上结了很亮的冰。他把金脸上的冰轻轻揭掉，泪水又滴落下来，再结成冰……

松·达瑞急了，压脚狠狠踢着格森："我答应过金！你得活着！是金让你必须活着！……"

格森的手和脸已经冻伤发白，手脚已经保不住了。

格森只答了一句话："不能把她一个人扔在这里……她会太冷，太寂寞……"

在最后的时刻，他对松·达瑞说："谢谢你……我的朋友，谢谢你了……"格森向他指了指一个背包，那里还有很多钱。

松·达瑞明白了，不劝他了。他亲眼看着格森死了。格森是紧紧抱着金死的，脸上那么安祥。他望着这雕塑般的一对情人，似乎第一次认识他们，认识身边的珠穆朗玛。他把两人埋在深雪中，一起埋进的还有那个背包。他没有打开那个背包。然后，松·达瑞在风雪中下撤了。他的手和脚被严重冻伤，手指和脚趾被截去多节。

他曾一遍一遍地告诉后来的许多登山者，珠峰顶峰下的雪中，埋着一对真正的爱人。

这个真实的故事感动了大家，传开了，又感动了无数的人。登山者，为有这样的同伴而骄傲。

但没过多久，就传来松·达瑞自杀的消息。他是在珠峰下的一条河边开

225

枪自杀的，尸体的一半——头和身子漂在清清的溪水中，像是要远行，顺水飘向遥远的远方。同伴们疑惑而悲伤地将他埋葬在距河边不远处。于是，珠峰山上的雪中，埋着那对爱人；珠峰山下的河边，埋着他。一高一低，遥遥相望。

他甚至没有留下任何遗言，但他留给了人们格森和金的故事。那就是他想要诉说的遗言吗？

生活、生命、情感，是复杂的，但又是单纯的。比如格森和金，就是松·达瑞佩服的真正的男人和女人。他们的情感是纯洁而壮烈的。松·达瑞呢？有关他的种种非议和传说，想来不会没有影，但他选择了这样一种告别珠峰和人们的方式，也同样是纯洁和壮烈的。他内心的自悔，在传统和现代观念的对抗下，在物欲世界的扭曲下，终于撕裂他的心灵。于是，他注定要远行。因为，他是雪山之子。

这只诞生和起飞在珠峰身边的山鹰，从高空坠落下来了……

狗　情

有点童心和生活之趣的人，善良和勇敢才有根。

2月底，我一到拉萨，见到处都是狗，甚是吃惊。到藏族伙伴家里去拜访，门口趴着狗，屋里拴着狗；上街吧，街上的狗成群结队，临街不少人家的门口竟卧着七八只狗；到寺院，如哲蚌寺，狗更多，足有百十只。可能是因为数量太多，和人较亲近的缘故，这里的狗均不咬人，也不叫，见了生人竟也相安无事。我明白，这和藏族过去的游牧生活有关，主人对狗，狗对主人，都有一种相依相靠的情感，互不离开了。

待5月中旬，我从珠穆朗玛峰下山时，才更深切地体会到了人与狗的这种情谊，这便是我说的"狗情"了。

所有的登山者，都对狗特别喜爱。进珠峰的最后一站是协格尔，队员兼司机薛云一到协格尔宾馆便六神无主，一会儿出去，一会儿进来，四处寻觅。第三天进山时，他终于如获至宝，怀里搂着一只小小的黄狗上了车。这是他向宾馆的主人借的，小狗降生才两个月，像只小弱猫。他开着车，一边艰难地翻越道道雪山，一边不时停下给小狗喂水喂吃的（5月下山后，他在拉萨向别人要了一窝刚出生不到半月的小狗，说要开车带回北京。跑到街上买来了奶粉和婴儿用的奶嘴，边用嘴咂咂那奶嘴通不通气，边说："行了！路上它们有救了！"）。快到珠峰时，冰河横路，只好在冰雪中扎营修路。人都只得钻进凑合搭起的帐篷去睡，晚上里面结着冰。但这小狗特殊，睡在暖和的汽车里。

终于进了珠峰，扎下了大本营。我们这支队伍到得最早，整个珠峰地区冰天雪地，见不到一个外人。队员们在帐篷里吃饭、休息，就全都围着这只小狗。大家要给它起个名字，王勇峰笑着说："不用起了，薛云对它那么好，像爹似的，也叫薛云吧！"薛云一乐，慢悠悠地说："这狗什么颜色？黄色。南方人发音黄王不分，咱姿态高点儿，叫它黄勇峰吧！"两人就争着朝小狗乱叫。大家哈哈大笑，小狗呢，望望他们俩，谁也不理。几天后，王勇峰和登山队员上山建营修路去了。薛云在大本营天天"黄勇峰、黄勇峰"地叫这只小狗，他吃睡都和小黄在一起（小黄睡在他的床下，垫着薛云的行李包），很快"阴谋"就得逞了——再一叫"黄勇峰"，小狗马上就有反应，知道叫它。不久，无论是谁，只要一唤"黄勇峰"，小黄便一蹿一蹿地飞快跑来。连台湾队长李淳容也笑着对小黄叫起了"黄勇峰"。

到珠峰没多久，就赶上了大风暴和暴风雪。我的高山反应还没有过去，最痛苦的，是严重的记忆缺失。多少次，半夜憋得坐起，耳边只有海啸般的风声，昏昏然望着被风暴鼓扯的帐篷，不知身在何处，有种被抛隔人世之感。

这时，唯有清清楚楚地听到小黄的鸣叫（它也是缺氧难受吧），才知自己尚在人间，心中安慰了许多。

小黄一天天长大，伙食好，它吃成了个肉滚儿。它开始淘气了。早上，我们钻出睡袋，常常下不了地。鞋和鞋垫每每失踪。它把鞋叼出去，扔得这里一只，那里一只。但不论谁的鞋丢了，都欢天喜地地蹦着一条腿到处去找。小黄还跟着去看，像故意气你一样。我们穿上鞋，便开始追它，它跑得飞快，眼看要被追上了，便就地一滚，躺在地上四爪朝天耍赖。它给冰雪世界里的我们带来了多少欢乐啊！

不到两个月，它长成了小半大狗了，白天黑夜，外面一有动静，它就跑出去汪汪乱叫。它会看家了。一天，它对着东山头不住地叫，我们看了半天也没有发现什么。待谁也不再理它时，我吃惊地发现东山头翻越下来三只岩羊。又一天，两个美国姑娘来了，是旅游来看珠峰的。小黄一叫，把她们吓坏了，不敢过来。我们喝住小黄，请她们进帐篷做客。小黄很有意见，她们在，就是不进帐篷，怎么唤也不进。待她们一走，它不满地哼着跑了进来。

珠峰有一种雪鸡，很漂亮，是吃雪莲长大的。一天，我提着枪上了山，想打一只。小黄紧紧跟着我，跑几步，就四处张望。这是我唯一一次独自上山。队里对我有规定，绝不许我擅自上山，怕出危险。这次好不容易说服了队里，有小黄在，我并不怕。翻了几道山梁，山势越来越陡。突然，我在前面不远处发现了一群雪鸡。一只公的领头，它带着鸡群走一段，便猛然伸长脖子四下张望。我再卧倒，再隐蔽，也逃不过它的眼。越追海拔越高，我头上已是一处悬裂山体，这是很危险的地形了，经过时都要快速，且不得有一点儿响动。我眼中只盯着雪鸡，已忘了一切，贸然开了一枪。枪声响极了，回声传出很远很远。我正要向前去看打中没有，身边的小黄突然狂躁不安起来，乱蹦乱跳，绕着我转了一个圈，便飞一样地向山下奔去。这异常使我一愣，我停下了脚步。就在这时，极恐怖的事情发生了：随着嘎啦啦一声巨响，头上的山体裂开来，形成了可怕的山崩！我吓得魂飞魄散，拖起枪便横着向北猛跑，只听见背后轰隆作响，石头滚下来了。潜意识里我感到完了，我跑得再快也赛不过滚石的，鸡蛋大的石子砸到脑袋足以要人的命，更别说上面滚下的一山石头了！我实在跑不动了，就躲在一块儿百吨的巨石下，听天由命了。终于，响声渐渐停息，这时我才感到后怕。假如小黄不出现异常反应的话，我再向上走，进入石崩区，还出得来吗？它救了我一命！连很远的大本营的伙伴都听见了这响声，全跑出来往山上看，急坏了，也吓坏了。

多亏了"黄勇峰"！

而那个难忘的5月5日，当王勇峰等六名突击队员终于在冰雪生死线上搏斗前进，成功登上珠穆朗玛峰顶之时，我们在大本营通过高倍望远镜看见了这具有历史意义的一刻。我们欢腾跳跃起来，小黄也又蹦又跳，撒起了欢。

王勇峰下山了。他的脸、手、脚都冻伤了。尤其是脚，近三度冻伤，之后要截趾。他手脚都缠着绷带，躺在帐篷里的床上。屋里就我们两人。我伏在木箱上赶稿子，他呆望着帐篷顶，痛苦地侧了侧身，冻伤痛得他直咬牙。

这时，帐篷门的帘儿一动，小黄拱进来半个脑袋。

王勇峰一看，乐了："薛云薛云，进来！"他举着缠着绷带的手唤道。

小黄望望他，没动。

"他妈的，黄勇峰！进来！"

小黄马上进来了，走到他的床前，立起一坐望着他。

王勇峰一看没外人，对小黄说："黄勇峰，你是怎么回事？也太不够意思了，怎么叫哥们儿我的名字？别人再叫不许理他们，听到没有？——唉，叫

就叫吧，叫黄勇峰、王勇峰都无所谓，哥们儿不在乎了。你这个偷人名字的小东西……"

我在一边开始还偷着笑，笑得实在憋不住。渐渐地，我笑不出来了……我看到了一个登山者，一个经历了九死一生之后的登山英雄，自然而然流露出的一种童心和生活之趣。有点童心和生活之趣的人，善良和勇敢才有根。

珠峰两个半月的登山生活结束后，我们带着小黄离开了珠穆朗玛峰。小黄怎么办呢？薛云将它送还给了协格尔宾馆——当时就说好是借的。但小黄却一步都不肯离开我们。我们离开协格尔的时候，主人没办法，只好将它关在屋内。我们走出了很远，还听到它凄厉的嚎叫和抓门声……

上车了，每个人的心，一下子感到空落落的——我们的队伍里，缺少了一个和我们朝夕相伴近三个月之久的成员，尽管它是一只黄色的小狗。

别了，珠峰，西藏；别了，小黄，黄勇峰。小黄，我们毕竟是有一段情谊和缘分的，对珠峰，我们不会忘记；对你，也同样不会忘记。

突破天险

珠峰的攀登史,是激动人类心灵的文明史。一代一代登山者前赴后继走过来,已有半个多世纪,其中有一些人永远躺在这里,可那可歌可泣的英雄精神却永远留给了我们和后人。

自4月1日的第二次进军开始后,珠峰天气明显好转。

4日,内地队长曾曙生和台湾队长李淳容一到珠峰,马上召集了紧急会议,总结第一次行军的经验和教训,部署了下一步攀登计划。

有主帅老曾坐阵,全队感到有了主心骨。

这是一位我所接触的登山家中,经历特殊、性格独特、人格也独特的指挥者。他对山的喜爱已达近半个世纪,可以说,他把一生都给了祖国的群山。而山给他的更多,山的一切特质都渗进了他的身体。他本身就是一座山。

视野雄阔、沉稳镇定、果断真实、生机勃勃、坦诚善良。

1993年,他已55岁。仅珠峰,这是他第十五次来。自1960年、1965年、

1966年、1974年、1975年、1978年、1979年、1980年、1981年、1987年、1988年到这次的1993年，无数次的侦察、攀登、摄影、指挥，半生的生涯刻写在了珠穆朗玛峰。

中华民族独立攀登这座地球之巅，在祖国的历史上，继1960年和1975年之后，这次是仅有的第三次。这第三次，又是海峡两岸相隔四十多年之后，合成一支队伍，本是同根生的兄弟一齐向珠峰发起的回归自然的攀登。这是中华民族的一次壮行。老曾一次次地对我说：

"三十多年前第一次真正的登山，就是攀登珠峰。它还在这里，就在我的眼前，可我已经不知不觉地老了，尽管我一直不愿承认老，但还是老了。人生易老山难老啊！我明白我再次来到它身边的机会，似乎不多了，我也有种预感，这很可能是最后一次。望着30多年来我在这里留下的脚印，我心中很不是滋味。就在这里，山上的冰雪里，还埋着我最亲密的四个战友……可我想，我的这些死难的战友会欣慰的，留下活着的我，我最后的珠峰之行，是为海峡两岸的骨肉之情来此攀登……"

他心中是有底的，他患有严重的心脏病：阵发性心房纤颤和冠心病。医生说起码这三个月，得老老实实养病，否则弄不好就去"见马克思"了。但他偷偷准备了一些药，只在医院住了一周，就到珠穆朗玛来了。

山上的消息，时时牵动着他的心。听到仅在6500米的3号营地，下撤时就有那么多人冻伤，他在医院能躺得住吗？

可他的心脏，已承受不了大本营海拔5100米的高度了。到珠峰的当天，他便趴在睡袋上喘不过气来，心脏开始和他算账。他吃了一小堆药，吸了几口氧，马上召集紧急会议。

"这次，我队进山后，遇到了路况极坏、地震、狂风、暴风雪等等情况，凡能遇到的都遇到了。恶劣天气的周期长达半个月之久。第一次进军就出现这么多伤员，在海拔 6500 米这个高度下撤就造成这么大的损失，是罕见的。这说明了什么？由此可以证明，这就是珠峰！珠峰的高度、难度和气候状况是明摆在那里的。我们万万不可掉以轻心，尤其是内地队员，以为和珠峰不是第一次打交道了，就马虎起来，这能不吃亏？还有，台湾队员的经验和体力比我们差一些，我们要在行动上多替他们考虑。全队要有一种意识，保护好台湾队员。第一次进军光考虑食品和燃料紧张了，让实力最强的藏族队员先下撤，有合理的一面，但这就对下撤时保护台湾队员不利！还有，认为这个高度问题不大，下撤时没有组织好，结果付出了这么惨痛的代价，我们要认真吸取教训。今后，绝不允许这样的事情再次发生……"

山上攀登的进展明显加快。

每向上一个营地的高度，队员们的作业分为修路、建营、运输几个组成部分。修路队员最为辛苦，冲在最前方担负探、选、修路，一边攀登，一边还要在危险地带打上冰锥（或岩石锥），架上绳索。后边向上攀登的人，就可以将铁锁挂在保护绳上前进。修路组由实力最强的内地藏族队员组成，组长加措，组员为小齐米、开尊、普布、拉巴等人。

内地汉族队员王勇峰、马欣祥及台湾队员张铭隆、周德久、伍玉龙、吴锦雄、吴泂俊、黄德雄等人负责运输物资。从 3 号营地向上背送所需的登山装备、食品、燃料等物资，需要一个营地一个营地向上运。随着海拔高度的升高，山体越来越陡峭，冰滑路险，运输消耗体力极大。遇到狂风和雪天，更是艰难异常。

4 月 10 日，修路组和运输组 14 人从 3 号营地出发，七个小时后打通道路，建起了海拔 7028 米的 4 号营地。这一带冰雪区，被称为"北坳天险"。攀登极难，

处处有险。

4月11日，修路组抓住好天气，从北坳出发向上攀登修路。此处为第二天险"大风口"。1990年中美苏三国联合攀登珠峰时，一连三天都没有闯过大风口，人都站不住，别说修路了，最后我们提出由中方在前面攀登，第四天才闯了过去。这里是北坳上方近3000米长的强风地带，狂风越过西侧的山脊卷来，风力常达9级以上，是历史上的"被困地带"。11日，上午天气较好，但下午风力达到7级，吹得队员们站不住脚。在这样艰难的条件下，修路组的队员们架好了25根绳索，然后顶风下撤。12日，他们再闯大风口，于下午5时20分，共拉上了32根长1600米的绳索，终于打通了4号营地至7790米的5号营地的线路。仅用两天便打通大风口，是近年来攀登珠峰较为顺利的一次。

14日，修路组建好并进驻5号营地。

这样，自4月5日到12日，藏族队员连续闯过了珠峰的两道险关。他们说："这两处和'第二台阶'，是珠峰的三道关口，我们中的不少同伴都一次次尝够了在这里失败的滋味。这一次，天气较好，我们很幸运。"

曾曙生和李淳容两位队长，一再通过报话机向他们表示祝贺和感谢。队友们称他们是"真正经得起考验的雪山勇士、雪山之子"！

加措、小齐米、普布都是日喀则南木林县人。加措的父亲旺堆1960年曾作为登山队员参加了我国第一次攀登珠峰，登达海拔8000米。加措小时候就深受父亲影响，希望也成为一名登山队员。1984年，他和小齐米、普布一起进了日喀则地区办的高山协作训练班，之后如愿以偿地成为登山队员。1990年中美苏三国联合攀登珠峰时，加措和当年的父亲一样，登达8000米的高度，眼看登顶在即，就要超过父亲到达的高度了，双脚却因穿的高山靴不适而被磨破,鲜血直流,最后只好饮恨下撤。这一次,他就是为还登顶之愿而来的。

小齐米1992年曾协助一支德国队攀登珠峰。他在海拔7000米处的北坳遇雪崩,被冰雪冲出50多米,又险些掉入冰裂缝。失败和危险,反而更激起了他继续攀登珠峰的雄心。另一位藏族队员开尊,曾登过希夏邦马峰和南迦巴瓦峰,体力好,修路技术熟练,乐观自信。

当他们下撤休整时,我时常在他们的帐篷里和他们聊天。他们的汉话说得一般,但能听懂我的话。他们最怕采访,你一问什么问题,他们就笑,说不出什么来,但切切实实,他们太淳朴可爱了!加措,憨厚的大个子,干什么都抢在最前面,就是一让他说话,他就不好意思地低着头笑。他们的主食是酥油茶、糌粑和风干的生羊肉。我开始在西藏喝酥油茶时怕闻酥油味,但喝了几次后,感到太好喝了。这是酥油、奶、茶和盐搅在一起打成的茶,喝惯了味道很香,越喝越爱喝。这种茶不仅营养多、热量高,而且可以让嘴唇不裂。一次我陪几个藏族队员去绒布寺,一位老尼马上煮起了酥油茶请我们喝。我接过一碗,尽管看到碗有些脏,但还是一饮而尽,藏族队员看了非常高兴,认为这是对他们的理解和尊重。在这样的条件和环境下,他们这样的款待,是把我当自家人了,我喜欢他们,毫无那些穷讲究。

我还和藏族队员一起吃过风干的生羊肉。这是藏民很喜欢的一种吃法。秋季把羊宰了,就直接吊在树上或放在通风处把它风干(不是很干,一捏肉也软,有弹性),就可保存起来吃一个冬天。大家围坐在一起聊天喝茶时,拿过一只羊腿来,用刀子割下一片,就可以直接吃了。一次我正和他们聊天,加措从羊腿上割下一片肉就递给了我,然后一片一片递给别人。我拿在手里看了看,不敢下嘴。小齐米说:"你吃吧,好吃得很。"看他们吃得那么香,

我也咬了一口，果然，一嚼，挺筋道的，似乎还带点儿甜味道，有一种特殊的肉香。他们一看我吃了，全都特别高兴，我再找他们谈什么，彼此就有话说了，而且滔滔不绝。

台湾队员也对藏族食品产生了兴趣。这些东西伍玉龙都能吃，吃得和藏族队员一样。吴锦雄对糌粑极感兴趣，直说好吃。糌粑是青稞磨成的面粉，炒熟了之后，加上酥油一拌就可攥成团吃。藏族队员还都爱喝酒。青稞酒的度数不太高，甜香沁人。队员们一般爱喝啤酒，喝得很多，一喝就要喝到量，非常痛快。但是，在登山期间，是不能喝酒的，怕有危险，回到大本营，可以适量喝一些。我虽在大本营，也不敢动一滴酒，怕心脏受不了。

在大本营，我便常常和秘书长于良璞、老曾及台湾的电视导播黄国治等人聊天。在这里，我听到了许许多多登山者的故事，真正开始了解这项勇敢者的运动。山的悲壮与豪迈，令我热血沸腾，我明白我的骨子里有一种应当珍惜的东西和这一切相契合。

这是我一生都体会不尽的感觉。

不上山，不在这种环境下生活一段，你是感觉不到，也是无法想象的。现在我明白，说得出来的东西，毕竟有限，而更多的东西是说不出来的。

4月10日，我随老曾和李淳容再次来到珠峰墓地，他们两人面对英雄的墓碑和珠峰，有一段很有深度的谈话，我记录了下来——

李淳容：清明节时，我们曾来过这片墓地，尽管当时珠峰被云雾所锁，我的心情仍格外激动。这次台湾不少人是第一次来到珠峰，但珠峰的攀登史，是激动人类心灵的文明史。一代一代登山者前赴后继走过来，已有半个多世纪，其中有一些人永远躺在这里，可那可歌可泣的英雄精神却永远留给了我们和后人。今天，我们有幸站在这里，感触很多。曾队长，您已是第十五次来珠峰了，您有什么感想？

曾曙生：登山者是坚强的，但感情也同样是脆弱的。你看（指着尼玛扎西、罗朗、王洪宝的墓碑），这里躺着我的战友，就连这块碑也是1979年他们在珠峰遇雪崩牺牲后我们亲自刻的。我们和许多登山的战友，将永远怀念他们，包括这墓地上许多外国的登山遇难者。他们长眠了，立起的却是人类不屈之碑！这种英雄主义精神，对于我们海峡两岸的炎黄子孙来说，都是一笔永久的财富。

李淳容：是，我们这次合成一支队伍攀登珠峰，其意义也在这里。

曾曙生：可我们也要不断开拓和创新。内地单独登珠峰是1960年和1975年两次，人员都比较多，甚至上百人组队。今天应当反思，这样做代价太大，不利于登山活动的开展和发展。我们这次两岸组队，全队仅34人，这种精干的队伍本身就有了开拓意义。

李淳容：从发展的眼光来看登山，我们应当接近登山本身所赋予的意义。比如和大自然的亲近、强调团队意识、提倡爱与付出等，这都是登山者在大自然面前对人生思考的升华。

曾曙生：是，我们内地登山者对山也早已不用"征服"二字，而讲"与山对话"、"人与山的和谐"。这是一种观念的更新。山给人的东西是主体的，能和社会、人生的很多东西沟通。一个不热爱自然的人，不会是一个完整的人。这次，我们两岸的山友走到一起，就感到兄弟般亲密。对山的看法，共同点那么多，那么一致，很令人高兴！就这一点，无论这次攀登成功与否，收获都是巨大的。

李淳容：是的，我们正在进行着具有历史意义的一次攀登。

自4月12日闯过"大风口"建起7790米的5号营地后,珠峰天气突然转坏,连续几天8级以上的高空风肆虐狂吹,这使得14日挺进5号营地的计划一拖再拖,修路组也只能撤回到4号营地。18日,风势稍减,加措等四名修路组队员和运输组的拉巴从4号营地向5号营地运输氧气等物资,做冲击6号营地的准备工作。同时,运输组王勇峰、吴锦雄、伍玉龙也自4号营地向5号营地运送有关物资,并准备19日进驻5号营地。当天下午,伍玉龙回到4号营地后,进了帐篷想为队友王勇峰烧点儿开水。他一摇瓦斯罐,发现没有气了,就拧下这个空罐准备更换一个新罐。不料遇到明火,致使帐篷突然起火,一下子把帐篷、两人的睡袋、氧气面罩等物资全部烧毁。他们两人只得临时下撤到3号营地。

修路组却又有了新的重大突破。20日上午,五名藏族队员(其中包括拉巴)背着12瓶氧气、绳索和其他物品,自5号营地向上攀登修路。下午天气变坏,高空风加强,能见度降低。直到下午5点,加措才到达8000米的6号营地,随后其他队员也抵达。至此,突击顶峰前的倒数第二个营地——6号营地的路线被顺利打通。但由于天气不好,队员们当晚下撤到5号营地。

于是,大本营开始考虑冲顶的突击队员的人选了。

登顶者,将会是谁呢?

严峻而艰难的抉择开始了……

危难时刻

登山者走向雪山之后,前面有两座雪山:一座是自然的山,一座是自我的山。攀登后一座山,更难。

整个登山过程,最关键、最难做出的决定就是确定突击顶峰的人选。

可以说,每一个登山者来此寻找的,都是登顶之梦:向极限和自己挑战,站在自然和自己的一个伟大的高度上去领略巅峰的魅力,尽享奋斗中收获的欢乐。但世界最高的珠峰难度又明显摆在那里,全队每一个人都登上顶峰,是不可能的。每年,珠峰之下有若干从世界各地来的登山队,来此寻找登顶之梦,而真正能够成功,即便一个队有一个人能攻上顶峰的都非常稀少。大多数的队伍,留下的是失败的遗憾。

是的,真正的人不惧怕失败,所有伟大的登山家之所以伟大,就因为他们重视的不是登顶,而是攀登的过程。但是,尽最大的力量取得成功,或者在几

乎不可能成功的条件下创造条件向成功的路上迈进，这又是每一个登山家毫不放弃的，哪怕付出生命的代价。

登顶是什么？意味着什么？

假如真实、明白袒露自己胸怀的话，答案会有两点：它满足了人的创造欲，充分体现了人的力量；还有随之而来的荣誉、鲜花和掌声以及物质的回报。我付出了，我理当索取，似乎是有道理的。

但登顶也同样将给所有的登顶者一个严峻的考验：人生真正的巅峰在哪里？登上顶峰的人是否就是一个伟大的胜利者？荣誉会不会形成自我的枷锁，被它禁锢之后反而失去了自己？

还有，更重要的一点在于，登山是一个集体项目。每一个成功者的后面，都有无数的人为他铺平道路，做出可敬的牺牲。登顶的果实，其实代表的是集体的心血和努力。

但是，我们是现实的人，我们走到珠峰脚下，都带着自己一定的生活观念，彼此是有很大差异的。我们不能要求每一个登山者一走向雪山之后，便马上成为一个有思想有气度的登山家；我们只能在人生的攀登之中，默默体验，渐渐成熟。从这个意义上说，登山者走向雪山之后，前面有两座雪山：一座是自然的山，一座是自我的山。攀登后一座山，更难。

从4月中旬起，大本营就开始酝酿突击登顶的人员名单。

这要根据山上每一个队员各个方面的情况才能决定，身体及体力状况、技术、心理素质等等。

就是在这时，两岸登山者之间的矛盾日益增大。

4月15日，在3号营地的台湾攀登队长张铭隆和周德九下撤到大本营。张铭隆因第一次行军时在暴风雪中冻伤了双脚，如今伤势加重只能下撤。周德九是因台湾那边的公司业务急需回去。

周德九是电器方面的行家，也是在山上体力和适应性很好的队员。他的文化素质较高，为人很直率。在攀登期间他恪尽职守，为山上的通讯联络付出了很多心血。暴风雪中，他曾抱着电池睡觉，保证了山上和大本营的联络。他此时的下撤，会给其他的台湾队员带来一定影响。

他为什么下撤？真是公司急需吗？连我也存在疑问。

阿九很直率，对我说："我是可以留在山上的，但我觉得必须下撤。因为我感到这样攀登下去和我进山的追求不符。我觉得山上的一些做法背离了登山的意义，失去了价值。我不想再攀登下去，这是耽误时间。"

我很感谢阿九这么痛快，登山者本当如此。

那么，矛盾究竟在哪里？

由于台湾队员的体力和攀登经验较内地队员有差距，所以山上的攀登运输计划只能依靠内地的攀登队长金俊喜安排。7790米的5号营地打通后，队员们从3号营地往上运输，便成为重要的一环。全队到日喀则时，吸收了四名藏族的高山协作队员拉巴、顿珠、次仁、小拉巴。没有想到顿珠上山后高山反应严重，吐得厉害；次仁手腕被冻伤，他们只能负责在3号营地做饭。拉巴又加入了加措等四名藏族主力队员的修路组。这样，运输组的任务一下子重了。

运输组为台湾队员张铭隆、黄德雄、吴锦雄、周德九、吴涧俊、伍玉龙和内地队员王勇峰、马欣祥、小拉巴九人。按登山的规律要求，队员们运输的目的有两个：一是向上背物资，二是不断地上下取得一定高度的适应性。无法设想，一个只适应在海拔6500米高度的队员，会在突顶时能够一下子上到顶峰8800米以上的高度。

但台湾队员的体力明显较差，吃苦必然很多。张铭隆双脚冻伤，伍玉龙扁桃腺发炎，吴涧俊体力下降。内地队员马欣祥左手指也冻伤了。一般而言，内地藏族队员向上攀登三小时，台湾队员需要十个小时不等。

对珠峰的严酷，台湾队员的准备不足。

而对两岸相隔40多年后，文化、观念等方面的差异，台湾队员和内地队员双方的准备也不足。这是很正常的。

客观地说，台湾的山友只要走向雪山，便都是不怕吃苦、勇于向自我挑战的。暴风雪中的那一次紧急下撤，多名队员冻伤，这与内地方面的指挥和安排失误有关，但大家都没有怨言，体现了理解和团结，情绪仍未受影响。从3号营地到7028米的北坳运输，台湾队员体力差，但都在顽强地尽力去完成任务。他们所受不了的，是内地的一种习惯——用行政命令来指挥执行任务。

这就是周德九所说的"背离登山精神"。

他们在登山活动中，强调的是情感交流，尊重个体差异。张铭隆在动员队员行动时爱说："你同不同意这样的安排？你认为怎么做好？"而军人出身的内地攀登队长金俊喜习惯的说法是："你今天的任务是这样，你必须完成这个任务。"

哪一个对？哪一个错？——答案有这么简单吗？

从感情和理性上讲，周德九的意见有一定道理。登山的目的之一，是寻求人的价值体现。人应当有自己的人格和选择权，人人都应当尊重相互的个性。假如一切都听命于别人的指挥和安排，人是不是就成了机器人？

但金俊喜之所以这样做，也是有道理的。这里有登山的极特殊性。如，登山是一个集体性的准军事行动，要不要命令？假如都强调个性差异，任务

▲ 队长曾曙生在与山上队员联络

完不成怎么办？登山的好天气周期太短，稍纵即逝，登顶的机会就会失去。队员的高度适应如果不好，在登顶时出现危险怎么办？而在运输的安排上，金俊喜也已考虑和安排了对台湾队员给予适当的照顾——从运输次数和重量上。台湾队员从3号营地到4号营地的运输，最多运了五次，内地队员王勇峰运了九次。

还有，两岸登山者在攀登过程中的做法上也有差异。内地历来不分主力队员和替补队员，所有队员均应参加运输、建营、修路，然后从中选出技术强、体力好的队员组成突顶队员。这是很有道理的，能锻炼一支较过硬的队伍。台湾以往在海外登山，运输和建营工作大都依靠雇佣的民工。

两岸的观念差异，难道会形成珠峰的又一场"暴风雪"？

可人类就是这样走过来的。这样的暴风雪，磨练着我们海峡两岸同一个民族的登山者。我们应当有信心、有力量，超越自己，共同冲出这场"风雪"。

老曾在认真听取了张铭隆和周德九的意见后,又和山上队员做了沟通,决定马上召开紧急会议。

老曾说:"世界和我们已经进入了九十年代,很快我们就要向二十一世纪迈进。我说这话的意思是,今天的我们绝不是过去那种闭关自守的我们!观念上的东西,不是一朝一夕形成的,马上要双方判定对错,在这里就是争出个一二三,也不会有意义。所以,我们不去纠缠这些。我们还是实事求是地寻求一条解决问题的路。有没有?有的,因为我们是亲骨肉、亲兄弟。登山者应当有这种胸怀。两岸的山友相隔40余年后组成一支队伍一起登山,这壮举首先就是我们能够战胜各种困难的前提。让珠峰作证,这一点艰难不在我们脚下!山上一些失当的安排,我负主要责任,我们内地方面有失误,请台湾山友谅解。下一步的做法是,因为台湾队员体力较差,作为内地队员,首先想到的应当是照顾好台湾队员,其中也包括尊重台湾队员的一些看法。"

这一番热情诚恳的话,使人们面前的"雪雾"顿然飘散。

老曾说:"还是一家人!亲兄弟间有点儿隔阂,化解了,只能使感情更深!"

4月19日,台湾由商人、医生、建筑师、画家、登山爱好者等组成的支援队,在蔡添财的带领下携带一万多新台币的药物等物品来到珠峰大本营,对全队支援慰问。但是,大部分人只住了一夜后,因高山反应强烈,只得马上下山,自樟木出境,转道尼泊尔返回台湾。

4月22日,山上天气转坏。全队决定,山上所有队员下撤到海拔6500米的前进营地(3号营地),好好放松休整几天,准备5月初向顶峰冲击。

老曾对内地队员的要求是:尽一切力量、尽一切可能、尽一切可以付出的代价,帮助台湾队员登上顶峰!

老曾和冰塔林

　　他们是美的发现者,但在这发现的途中,他们所经历的无数悲剧和喜剧曾在这里的大自然之怀上演,他们勇敢的脚步从未停留。而他们每个人来到这里,都会被这冰清玉洁般的圣境所吸引和感动!于是,他们的性格和人格也悄然变得如此真实透明。

　　全队休整几天,准备突击顶峰。

　　这是在珠峰最惬意的日子了。

　　整个大本营地区成了一个"小联合国",韩国、爱尔兰、德国、美国等来自各国的登山队东一片、西一片地将营地扎遍了珠峰下的古河床谷地。而最醒目、最大的营地,还是中国的。所以,客人常常来我们营地"串门"。我们也去他们营地"回访"。任何人相见,都笑眯眯地互相问好。

　　我看到一些老外,从帐篷里搬出个凳子来,美美地面对着珠峰,一坐就是好几个小时。他们说"这是世界上最奢侈的享受"。

　　两位美国姑娘,看到珠峰既激动又兴奋。她们进了老曾的帐篷,老曾和黄

国治用茶和饮料热情招待她们。她们感动得要求给中国登山队当义工,就是想在珠峰多留几天,多度过几天"金子一般的美妙时光"。老曾笑着谢绝了,给她们解释了半天,又送她们出来。我们称老曾和老黄是"大堂经理",他们每天都要热情接待很多客人。

看老曾钻进了帐篷,我就跟了进去。

我发现老曾的脸色很难看,他手捂着胸部,摇头,然后躺下,闭上了眼。我问他:"老工人,是心脏吧?我去叫队医……"

"不用。我自己知道,熬过这阵子吸点儿氧就好了……"他摆摆手。

老曾的两鬓已经花白了,他严重的冠心病根本没有好转,却非要从医院逃跑出来。这一次进藏,只会加重他的病情,这是毫无疑问的。这与九年后他在家中心脏病突发而猝死有很大的关系。他让所有的亲人和山友悲痛至极。

他闭着眼睛吸氧。

又是心脏突然间歇跳动?进山前我们体检,他在做心电图的时候,就曾经出现过心脏间歇跳动被医生抓住。谁都知道,一旦心脏这个主机出了问题,是很难通过治疗好转的。

吸完氧,他坐了起来,把氧气罩一摘,脸色好看多了。他笑着对我说:"好啦!刚才死了,现在他妈的又活啦!"

这就是老曾,中国登山协会副主席,这里职位最高的干部。

但很奇怪,没有任何人把他当"领导",都把他当成慈祥可亲的兄长。所有的队员,都称他"曾老工人",称老于为"于老工人"。为何出来两个"老工人"?在山上,他们都爱穿一件很旧的背带工装裤,一会儿帮人修理相机,一会儿雕刻石头,一会儿修车……从来没有闲的时候。几年前,从大学里出来的王勇峰、李致新、马欣祥刚进队不久,就对老曾说:"老曾,你哪里像领导？整个就是一个老工人啊！"于是，这名字就叫下来了。

老曾的老伙伴于良璞也是。在南迦巴瓦峰，每天晚上他都给当地小村庄的藏民修理半导体收音机。藏民非常感谢，送来了一些核桃和鸡蛋。核桃和鸡蛋我们吃了，一看到老于在灯下忙活，我们就气他："老于，又在骗人家少数民族的核桃和鸡蛋啊？"

老曾和老于是老搭档了。1974 年，两人带领珠峰第四登山队从北京进珠峰。老于是书记，老曾是队长。那时是坐大卡车走，翻山越岭要跑十几天，而老曾却是一直开着挎斗摩托跟着汽车走的。进了青海的途中，老曾让老于上了他的摩托。老曾在前边开，老于背着一支卡宾枪坐在后面。见到黄羊了，老曾边开边喊："打一只犒劳犒劳大家！"当时黄羊是可以打的。老于就把枪架在老曾的肩膀和脖子上，咣咣两枪。老曾大叫："哎呀！羊没打着，子弹壳崩着我的耳朵啦！"

老曾的爱好多，手特别巧，驾车、驾摩托、照相、摄像、做动植物标本、唱歌（他最喜欢苏联歌曲，一次给我唱《伏尔加纤夫曲》，浑厚雄壮，让我眼前不由得出现了列宾的那幅最著名的油画），甚至当导演！

那是 1980 年前后，一家电影制片厂进珠峰拍摄故事片《第三女神》，老曾被请来当高山顾问和高山摄影。导演带着一帮演员来到珠峰后，高山反应强烈，事故不断，女演员天天在帐篷里哭，最后拍摄工作进行不下去，停工了。老曾一看，急了，越俎代庖召集全体人员开会，把他们痛骂了一顿，最后说："从明天起，我来指挥！你们都得老老实实听我的！"他成了总指挥、总导演！而每个人真的全听他的指挥，电影终于拍摄完成。下山时，一个从部队借来的司机战士不小心将车撞在了石头上，人没出事，但车撞坏了。这个战士急得哭起来，怕回部队没法交代，要受处分。老曾拍拍他的肩，转身马上召集

大家开会,说:"都给我听好啦,今天这车,是我老曾开的!责任在我,是我出的事,我来向部队交代!谁要是敢走漏半点儿风声,我对他不客气!记着,这件事都给我闭上嘴,给我保密!"他真的把这事兜了下来,亲自向部队说明,而那位司机战士被免掉了责任和处分。

于激流中力挽狂澜,敢做敢当,这才是爷们儿、男人!

他最恨那些假大空、虚拃子。1984年在阿尼玛卿登山的攀登途中,山上的雪崩差点儿把他活埋了,幸亏王勇峰和李致新把他从雪里扒了出来。回到营地,一个女队员代表一家报社对他采访,请他说说被埋后脱险的感想:"这时候想到了什么?"

老曾气坏了,吼道:"想什么?想你!"

他爱动物。一天早上,他起床后找不到鞋了,拍着帐篷杆向外面大声喊:"小黄!我的鞋呢?我的鞋!""小黄"是前面提到的那只小狗。

小黄一听,马上把他的鞋叼进来了。

老曾一穿:"妈的,谁让你给我尿啦?哪里不能尿,往鞋里尿!"看看小黄,又笑着说,"行,尿就尿吧,还热乎呢!"

登山结束后,返回的第一站是协格尔。老曾从车上下来,牵着小黄进宾馆的院子。满院的大狗呼地全站了起来盯着小黄想咬,老曾乐了,像一个老鬼子一样左右晃着,牵着小黄大摇大摆地往里走,大狗们一看老曾的气势,全都老老实实乖乖地趴下了。小黄也挺着脖子,很牛气地穿过它们的队列……

看老曾的心脏病缓解了,我对他说:"老工人,我的事该提上日程了吧?"

"哈哈,我知道你又来了!"老曾说,"没门儿!"

我跟他要求过几次,希望去山上的营地看看。我私下的愿望是能到3号营地，海拔 7000 米左右。

登山是有很严格规定的，进队，就是队里的一员，必须服从指挥。我太想去体验一下山上营地的生活了，再艰苦再危险也愿意。但是，全队就我一个记者，每天要向北京和台北发稿、联系，我无法脱身。队里给我的规定是，上山，也不能超过海拔 6500 米，因为曾经有一个新影厂的记者就死在这个高度。但只要让我上去，能攀多高，也就自己说了算了。否则，来一趟珠峰，总在海拔 5100 米的大本营窝着，心有不甘。这两天休整，不用发稿了，能有这机会吗？

队员们在行军修路的时候，我是无法提此要求的，因为如果一旦在山上出了问题，队员们为了救你，会影响全队的攀登进程和计划。现在他们休整，我觉得可以了。

老曾还是不同意："不行，你没经过训练，就是不出事，上去也会拖累别人的。"

过了一会儿，他想了想，说："这样吧，我跟老于说说，明天如果天好，让他带你们去趟冰塔林吧。"

冰塔林！

"怎么样，我的大记者，满意了吧？省得回到北京骂我，进一趟山让曾老工人给软禁了！告诉你，别看这冰塔林，一般人能进去的也不多，你试试就知道了。"

这是真的，一般人就是到了珠峰，高山反应一来，就马上撤了，哪有体能去冰塔林？几天之后，从台湾来了 20 多个人的旅行团，名义上是来慰问我们的。他们是飞到尼泊尔首都加德满都后，从珠峰南侧乘汽车进来的。到了我们大本营后，他们激动地又欢呼又拥抱，说要在珠峰好好玩几天。一个

女记者对老曾说:"圣母峰好漂亮啊!"老曾笑了,说:"你们今晚会更漂亮。"果然,当晚高山反应袭来,很多人头疼得大叫快撤,马上就撤。第二天一早他们就上车了,老曾问女记者:"圣母峰漂亮吗?""好恐怖!"

老曾说:"多少人想去冰塔林,去得成吗?这是给你吃小灶啊!"

我说:"熊掌的不给,鱼的奏合凑合的干活儿!"

"哈哈,那可是条美鱼啊!"

我还是少年时,看过1960年首次攀登珠峰的纪录片,被电影中冰塔林的神奇所吸引。那如同一座冰的天堂,仙岛宫阙,梦幻迷离。大自然的鬼斧神工,是任何人都无法想象的瑰丽奇绝,那真的就是一个冰清玉洁的梦。但近年来,听很多登山者说,随着气候变暖和人类活动的频繁,当年那宏大壮观奇绝之美,已在慢慢消融。近年去过的一个老队员说:"已经不及当年的十分之一,但还是举世之美啊!"

次日上午,老于带我们出发了。我、队医李舒平、台湾队摄像李诚彦和小林、一个姓游的台湾老登山者,还请来三个藏族牦牛工。摄像机等较重的设备,只能请他们帮助运送了。

我在整理装备的时候,和老于开玩笑:"老于,既然是体验,你也让我彻底体验一把,把队员的冰爪、冰镐、连接器等等都给我武装上,拍照摄像也像那么回事儿!"

老于习惯地一捏鼻子乐了,说:"好,再给你拉上结组绳,铺上第二台阶那种金属梯。人一看,说,这不是记者登山,是二杆子少爷来珠穆朗玛放水——脑子进水了,去冰塔林放水!"

老曾一听哈哈笑道:"冰塔林那么圣洁的地方,怎么能说放水就放水?叫队医来,先把水抽出来再上路。"

◆ 中绒布冰川与西绒布冰川交汇处的冰塔林（海拔5700米）

这时，我的高山反应早已过去，这些日子在大本营憋坏了，一上路很兴奋，感觉身体特别的好。我的背包里只有一部相机和一个笔记本，还有点儿吃的，再就是手中的一根雪杖，很轻松。我看到一个牦牛工背着摄像机，还提着三角架，就让他把三角架给我。牦牛工笑着拒绝了。老于说："别看他背得重，一会儿就在你前边没影儿了。你是不知道冰塔林的厉害！你呀，能跟上60多岁的老游，我就烧高香啦！"

我们面向珠峰，沿着东侧脊的谷地前进，这一段所行走的，也就是所有队员向上行进的路线。说是路，其实就是在乱石堆内走出的一条不是路的路。一会儿要紧贴岩壁擦身而过，一会儿要下坡上攀。脚下全是碎石。走着走着，前面白茫茫一片。珠峰早已看不见了。身旁的东侧脊坡顶，不时发出哗哗的响声，那是从上面掉落的散碎碛石块。

几只野鸽子飞过，还看到了雪鸡，没有见到岩羊。山岩坡上有很多发白的毛茸茸的不知名野草，一团团裹紧岩石生长，仔细看似乎有了点儿绿意。路边有篝火的遗灰和牦牛的粪便，说明进山的牦牛工曾在此夜宿。

一直走了两个多小时后，热了，腿开始发酸。开始还能看到最前面的那个牦牛工，后来果然没了踪影。

到了海拔5300米处，前面出现了一条岔路。向左的这条，就是队员们上山的路，不久便会到达1号营地。我们转向右，切着侧脊拐向西南。老于说，我们走的这条路，就是向珠峰攀登的另一条路线，称北壁路线，也是去中绒布冰塔林唯一的通道。因为这条路已经很少有人走了，显得荒芜，有些地方还有塌方。又走了两个多小时后，老于说快了，快看到了。果然，拐出一段很高的山路，面前豁然开朗，我才发现原来我们行走的东侧脊这样高！真是犹如走在高高屋脊上的感觉。

冰塔林出现在了我们面前。

真的漂亮！让人震撼。它们如同兵马俑一般排列着无数的方阵，从珠峰的山体下列队出现，如同浅绿色的晶莹玉雕，奇迹般装扮着绒布河谷。从山上眺望，远方西绒布冰川是从几座海拔 7000 米的雪峰下漫布而来，汇合进中绒布冰川。加上东绒布冰川，它们便是被称为世界上海拔最高的绒布冰川。整个冰川的走向，是向着我们大本营北侧的绒布寺而来，故称"绒布冰川"。长约 22 公里，面积为 86 平方公里。这样的距离和面积，在珠峰等巨大的雪山群之下，显得很小，但特异珍稀。中绒布冰川是珠峰怀抱里最耀眼的明珠，所以在世界冰川的家族中，也就赫赫有名了。二十世纪六十年代攀登时所拍摄的纪录片内的冰塔林，就是这里。那时冰塔林高达数十米，而如今最高的冰群也不过十多米了。

它的形成，是由于冰川各部分的运动速度不同，加上下面的地形变化，使冰川表面出现裂缝所致。这只有在低纬度、气候干燥的高海拔地区，由于太阳光线入射角度高，几乎从冰川上面直射冰川裂隙，引起从上到下的消融，才能使冰塔个体高耸、陡峭，从而成林。珠穆朗玛峰的北侧最具备这种条件，所以此处的冰塔林又高又美，瑰丽奇绝。

看上去，冰塔林就在眼前。老于说，要到达最少也得两个小时。此时已经黄昏，我们便在海拔 5800 米处的一个山弯下的开阔地宿营。这里，就是自北壁攀登珠峰路线上的 1 号营地。

当夜，天气很好，蓝幽幽的夜空中，星星显得格外明亮。珠峰也睡了，模糊不清。我久久地站在营地旁不远的山坡上，望着星空，想：自二十世纪五十年代起，有多少登山者曾经来到这里？我觉得这里到处都是他们留下的足迹。前行者多么让人尊重！他们是美的发现者，但在这发现的途中，他们所经历的无数悲剧和喜剧曾在这里的大自然之怀上演,他们勇敢的脚步从未停留。而他们每个人来到这里,都会被这冰清玉洁的圣境所吸引和感动吧!于是,他们的性格和人格也悄然变得如此真实透明。

只有真实透明的人,才会为美的追求付出代价和生命。

夜里,一个奇怪的梦把我惊醒。我清清楚楚地看到,老曾、老于,还有老登山家王富洲、史占春、王凤桐等人带领着队员李致新、王勇峰、加措、小齐米、罗申、马欣祥、伍玉龙、吴锦雄……许许多多的登山者排列着,看不到队尾,雕塑般立在冰塔林中。我朝他们喊叫,他们却不理会我……

拉开睡袋,我坐了起来。

这里,是我所到达的最高点了。我知道这将是我终生的一个高度。我和他们的差距,如此之大,该好好仰望他们,这些冰雪精魂……

次日,我们进入了冰塔林。冰虎、冰鹤、冰鹰、冰蘑菇、冰塔、冰柱……

◆ 作者张健在冰塔林

四处可见，我们在里面穿行。你可以任凭自己的想象去为它们命名。奇丽无比的，是它的天然而成，没有任何雕饰和虚假之作。只是，从山上看时，它们密集在一起；走近看时，却发现不是的，它们之间的距离很大。它们的高度也没有原来预料的高。这些都不重要了，唯它们的自然，"淡淡装，天然样（戏剧大师曹禺写《王昭君》语）"，让人如醉如痴，触碰不忍又不舍。远处看，是浅绿碧透，近处看，浅绿之中竟点染了浅蓝，更加妩媚。

不时能看到晶冰下面滴淌的雪水，潺潺流动，清澈而纯净地闪着蓝光。

我将仅有的几个反转片的胶卷都用了（《科技日报》的朋友刘序盾，在京时听说我要去珠峰，和保定的乐凯厂联系，竟然给我送来了200个胶卷。我仅留了30个，其他大部分都给了山友）。回京后没舍得冲，清晰地记得放在冰箱里了，但半年后却找不到了！也好，大美无言，大美无存吧。

整整一个上午，我们流连忘返。最后，我们沿着冰川向绒布河的方向，慢慢向北走去。我们大本营上面，那磺碎石层下的冰层，据说有150多米厚，这里是上游，该有200多米厚。这真是冰雪的世界啊！

沿着冰川走着走着，忽而脚下出现了几十米深的冰壁，忽而出现了一个很大的深湖，忽而爬上巨大的漂砾，忽而听到脚下有水声响，原来是条幽深的暗河。再走，面前是十几个足球场大的平展"广场"。走着走着，一条冰沟深陷，底下是条小河。你每生前一步，都想不到前面会有什么样的奇景在等着你。你会感到自己王从远古而来，携一天豪气，再往漫漫的远古深处而去……

老于在东侧向我们紧急挥手，我们过去后，他说："不能顺冰川走了，往下雪水多了，会越走越危险！跟着我走！"

没过半个小时，我觉得全身跟瘫了的泥一样，腿如铅沉。我躺在雪地上，就不起来了。

老于把我拉起来，用雪杖顶着我，押俘虏一样。

他边走边坏笑："你扛的那个三角架哪儿去了？给人家丢了吧？"

走出不到三米，我又坐下了。

我从地上抓了一把雪，急切地往嘴里塞。老于抓起我的手就把雪抖掉了："不能吃，吃了回去就完啦，明天早上你就说不出话了。还指望你和北京联络呢，怎么联络？用哑语啊？"

没走出两步，我气喘如牛，肺如同一个风箱。腿不像是自己的了，你命令它走，它酸胀疼痛得迈不出步去。汗流浃背，头晕目眩。我感到世界上最幸福的事，就是站会儿，但越歇越走不动。这还是在平地上走，也没有负重，都如此狼狈了。我突然体会到了山上队员们向上攀登，在运输和行军时付出的是什么了。在最险要的地方，为何仅仅十几米的高度，要攀登几个小时……

天完全黑了，我们才摸回了大本营。老于说，1975年他们有支队伍从冰塔林回来迷了路，到大本营时已是次日凌晨3点。

老曾看到我的狼狈像，笑问："怎么样，大记者？也该我采访采访你啦——面对世界上最美丽的冰塔林，请问阁下看到和想到了什么？"

我说："这答案，昨天夜里就想好了——你，和所有的队员，也就是你率领着的登山英雄们，就是珠峰的一片冰塔林！"

老曾大笑："哈哈，回答得很有水平啊！谁说我们大记者的脑子进水啦？"

老于说："走了一趟冰塔林，净化掉了，没水啦，干了。"

九年后，2002年10月14日上午，已退休的老曾一个人在家准备资料，准备去电视台做一个关于登山的访谈节目。老于也去，两人约好11点一起乘车前往。但自10点开始，老于给老曾打电话就始终无人接听。老于预感到

不好,马上给老曾的爱人通电话,紧接着就赶往他家。一开门,发现老曾已经躺在地上。急救人员赶来后,人已经去了,是心脏病突发猝死。他走得如此急切和安详,没有任何痛苦,却让所有的亲人和山友悲痛至极。2003年清明,他的骨灰在北京西郊万佛公墓梅里山难17位勇士的墓地旁安葬。17位勇士就是他带领登山者们安葬的,如今,他安卧在了17勇士墓的左侧,与遇难的战友和日本登山者静静地相伴依偎。巧合的是,老曾墓地的左侧,后来安葬的是我国著名的外科专家韦加宁。而1960年老曾在攀登珠峰时手被冻伤,为老曾的伤手截指治疗的,正是这位韦加宁医生……

  1993年在珠峰,老曾在去接王勇峰的峡谷里,找了一块形状很像珠峰的石头带了回来,他说预感到这可能是自己"最后的珠峰"了。果然。如今,这块"珠峰石"仍静静地摆在他的办公桌上,他却飘然西去,永不归来……

◆ 拍摄雪山雄姿的曾曙生

谁向顶峰冲击?

长达近两个月之久的对珠峰的攀登行动,至此进入最高潮。

目前,全队最关心的,是台湾队员的身体状况,他们能否适应8000米以上的高度?

4月23日中午,台湾方面队长李淳容在大本营和山上3号营地的每一个台湾队员通话摸底。

李淳容:请内地队员关机。台湾队员要自己沟通,可以用闽南话讲。谁先开始?

(山上)**吴锦雄**:我先来。现在是最后阶段了,大家努力配合,希望攻顶成功。

李:伍玉龙,你的情况怎么样?

(山上)**伍玉龙**:还在咳嗽。左脚中趾受伤,鞋子太小的关系,不是冻伤,休息两天可以好。

李：你不是答应女朋友，要带荣誉回去吗？

伍：我会尽全力，但 C4 到 C5 的线路补给有问题，路线又长又难走。

李：这一段路你走过好几次了，有很多人登珠峰是在这里失去信心而失败的。

伍：大本营不是说台湾队员可以背轻一点儿的东西吗？在 7790 米时，没有固定绳，一旦下雪起雾全都白茫茫的，一个人走没有安全感。走的时候，是不是请藏族队友陪走？

李：这一点我们会和内地金队长商量的。请黄德雄。

（山上）**黄德雄**：我现在情况不错，但无法再往上攻，只能做支援。第一次行军消耗太多力量，攻顶能力是没有了，但当记者的能力还有。

李：吴涧俊，你自己判断要往上攻还是支援？

（山上）**吴涧俊**：往上攻是不太可能了。别人走得太快，受不了。我大忙帮不了，小忙没问题的。

（大本营）**台湾攀登队长张铭隆**：我很抱歉，因为脚伤无法上山与各位同甘共苦，但这次攀登行动是台湾登山史上最庞大、最空前的，人员也是最优秀的。现在是关键时刻，大家有建议可以提出。请吴涧俊先说。

吴涧俊：过去的事我不想说了，以往种种计划都是内地方决定，而且很军事化，让人没有安全感。他们经验多，但两岸各自的意见不同，我建议以后应多听听台湾队员的意见。

吴锦雄：希望藏族队员协助，不要叫我们迷路。藏族队员和伍玉龙速度快，我较慢，可以等等我。

从这次摸底的情况看，台湾队员中，只有伍玉龙和吴锦雄有往上攀登的可能了。形势是严峻的，台湾队员太少，假如在8000米以上出现身体不适的情况，登顶难度将更大。

4月26日，曾曙生和李淳容两位队长在和山上的攀登队长金俊喜协商后，又在大本营再三讨论，终于拿出了突顶方案。

突顶方案的基本思路是：竭尽全力为台湾队员创造一切可能创造的条件，力争两岸队员一起登上顶峰。突击组成员八人，分成A、B两组。A组三人，是加措、小齐米、一个台湾队员（从伍玉龙、吴锦雄两人中选一个体力、技术较好者）；B组五人，是普布、开尊、拉巴、王勇峰和另一名台湾队员。方案决定在海拔8680米建立7号营地，A、B两组于5月5日、6日冲击顶峰。

长达近两个月之久的对珠峰的攀登行动，至此进入最高潮。

紧张的气氛越来越浓烈。老曾夜里也睡不着，一次次起身，坐在睡袋里拼命抽烟。要不，就到外面的雪地里围着帐篷转。他明白，作为指挥员，此时应把山上所能预料的一切都考虑到，拿出若干应急措施。这和打仗一样，假如在一个环节上出现问题，这三个月所做的一切努力将会前功尽弃。

每年到珠峰的登山队都会有七八个，大部分是以失败告终的。

老曾越来越感到心脏不胜负荷，实在难受了，便到外面吼两声，或吸几口氧气。这段时间，他苍老了许多。

李淳容也睡不着，她时时挂念着山上的队员，此时只能为他们祈祷。她的压力更大，这毕竟是台湾和内地登山界的第一次合作，台湾队员的体力能行吗？他们在冰雪之中熬了近两个月，历尽艰险⋯⋯

秘书长于良璞目前最关注的是未来两周的天气情况。按过去的经验，5月初，珠峰天气会出现一个好周期。但过去的经验在珠峰又往往失灵，瞬间

的变化常常出人意料。所有的登山者都知道,再强的登山者,成功的七分把握仍在天气。如若天气变坏,暴风雪一来,在海拔8600米处谁都别想向上迈一步。而在那个高度,冻伤等危险最大。老于每天参考电视中报出的气象形势来分析未来几天的天气变化。

按原定计划,黄德雄、马欣祥于4月29日自3号营地攀登到4号营地整理帐篷,突击组于4月30日开始行动。

但是,珠峰自4月22日开始,风雪未断。山上的雪,一直下了七天。

无数次,我站在大本营的侧脊,焦急地望着被雪花笼罩着的珠峰,在心中默念:千万千万,珠峰,你不要起暴风雪。

29日,雪明显小了,是粒雪,刷拉拉刷拉拉地打得人脸有些疼。

这时我们大本营的南侧有三支外国登山队——爱尔兰队、德国队和瑞士队,他们到得都比我们晚。加上近靠在我们西侧的韩国队,珠峰已有五个国家的登山者了。

爱尔兰队的一个夏尔巴向导从山上下来,说7028米到7790米的积雪已及腰深,北坳的雪也已没膝,格外难走。这样的雪天行军,最大的危险是雪崩。

3号营地。原定黄德雄和马欣祥的行动取消了。

突击组的行动,也只能再推迟一天。

傍晚,天上的粒雪突然加大,如小冰蛋一样砸得帐篷噼噼啪啪直响。一直在帐外的两只狗小黄和小黑也飞快地跑到帐篷里来。

又传来一个令人懊恼的消息:爱尔兰队接到国内传来的一份气象预报,说珠峰地区这几天内将有大雪。

若真是这样,我们的冲顶日期只能后推了。

山上的队员和大本营的所有人,都焦躁不安起来。

老曾每天夜里和凌晨4点起来看天。他说凌晨4点到6点能准确看出当天的天气。他认为未来几天降大雪的可能不大。

30日，降雪果然停了。老曾说："今日山上队员仍不要行动，因现在雪软，雪层一旦破坏极易引发雪崩。"

5月1日，老曾一大早就和山上的队员联系："今天是好天，可能这几天天气都不会坏，全队准备行动！"

一早，我也走出帐篷，果然天气晴朗，珠峰清晰地露出脸来。老于出来一看乐了，对我说："行了，好天气的周期可能被我们抓住了。不信今晚你看，珠峰会是万里无云的，积雪会把整个山映亮，漂亮极了！今晚可以拍珠峰的夜景！"

上午10时，山上队员开始行动。冲击顶峰的战斗打响了！

意想不到的顺利。三个小时后，突击组到达7028米的4号营地北坳。

八位突击队员是：加措、小齐米、普布、开尊、拉巴、王勇峰、吴锦雄、伍玉龙。

其中，内地的汉族队员只有一个人，那就是王勇峰。

登山队员在攀登途中

王勇峰心已冲顶

登山者的目标不是登顶,而是体验人生中的勇敢行为,向自己挑战。这是一种灵魂的攀登,把壮丽的雪山和大自然抱在怀中,向世界上热爱生活的人呼唤一种崇高和美好的生活信念。

王勇峰不太爱说话。

在珠穆朗玛峰的一场狂暴的暴风雪后,我问过他:"勇峰,你认为下次行军登顶有希望吗?"

"太难说了。"他望着帐外的飞雪,摇摇头,"那得看老天爷保不保佑了,登顶时暴风雪一来,谁也不敢放大话。"

"你有信心吗?"

他默默无语。

——这就是他。他是我所见过的又一个真正的登山者,从来不说大话、空话。人,活得像山一样实在;心,也像冰山一样透明。

过后他对我说:"你真是干记者干出了职业病,总想从被采访者那儿得点儿豪言壮语。我跟你说,我反感那一套。你问我有信心吗?废话,没信心我干什么来了?实话告诉你,为这次登珠峰我苦苦等了五年。五年前的1988年,我登到8000米,结果失败而归。我的泪水流在肚子里,我发誓要记住那次惨痛的失败。这一次机会终于来了,还用说吗?"

又一次,我问他:"假如你登上了顶峰……"

他打断了我,笑着说:"不要说假如,没有假如,就是真的登上去了!"

"好,就是真登上去了。你到了顶峰最想说的话是什么?"

我以为他又会奚落我"犯病"。但没有,他沉默下来,只说了一句:"我想过,真的不止一次想过……"

他没有说。

中学时代,他就喜欢户外运动,常去郊外旅游。大自然说不清的一种美,磁铁一样吸引着他。他觉得自己骨子里有一种什么东西,早已交给了自然。1980年高考时,他在重点院校报考栏中,填写的全是地质院校。结果如愿以偿,中国最出色的地质院校——中国地质大学录取了他。

他生性好动。一入校,他就十分渴望加入学校的业余田径队,迷到了每天下午在体育教研室门口转来转去的地步。老师说,行,你练练试试看。结果,学院的几项长跑纪录都是他打破的。1983年底,他如愿以偿,被学院登山教练看上,走进了登山运动的行列,成为一个登山运动员。

和雪山打交道,最适合他的性格。第一次登山是在青海的阿尼玛卿二峰,当时他还是一个在校的大学生。随着中日尼联合登山队进山,在经历了雪崩、滑坠等各种危险之后,他明白这是一种什么样的事业了。奇艰绝险面前,随时有丢掉性命的可能,但他从老登山者身上发现了这项事业的价值。登顶峰

巅峰

的那一刻，他享受到了人生最美好、最巨大的幸福和荣誉感。

"它充满着我的全身，我觉得自己像一个征战沙场的英勇无比的将军，觉得自己什么都能去做，那时真是年轻气盛。"他说。

1988年底，他和队友李致新作为中美联合队的队员，去攀登南极最高峰文森峰。这是中国登山者第一次到南极去攀登，也是第一次完全要依靠两个人的力量去登一座险峰。在那里，出发进山前，他们被要求必须填写一张表，得说明自己将对自己的生命负责。这意味着一旦发生意外，将无人对他们进行援救。这使他们深感离开祖国、离开亲人的孤单。但此时此刻他们又感到肩上的任务是那么重，又那么危险。他们是代表祖国来完成这次登山任务的，祖国在他们心中是坚强的后盾。

他毅然拿起笔，在此表上签了名。之后，真感到有点儿"壮士一去兮不复还"的味道。

他们成功了。只是在顶峰上，有种想笑笑不出、想哭哭不出的感觉。这一次的成功，意味着中国登山者也同样有着远距离、小规模的探险能力。外国的登山伙伴向他们伸出了大拇指。作为中华儿女，能为祖国赢得荣誉，他们感到无比自豪。

1992年，王勇峰等四名中国队员到美国阿拉斯加攀登北美最高峰麦金利峰。这是一座神秘的高峰，变化无常的气候和风暴随时都有可能把登山者卷下山谷。有许多著名的登山家在这里遇难。出发时，按中方的意愿是，沿比较安全的传统路线完成大陆队员首登这座高峰的任务，可是美国队员提出要攀登难度更大的西壁路线。这条路线危险性很大，三名韩国队员前几天刚从这条路线摔下身亡。为了给祖国争光，他们同意从这条路线攀登。在接近顶峰时，美国三名队员出现了危险，王勇峰和队友李致新不顾个人安危在冰崖

上救出了美国队员，使美国队员钦佩极了，直夸"中国队员了不起！"结果，这支队伍只有他们这两个中国队员登上了顶峰，为祖国赢得了荣誉。

1993年春天，他作为主力队员，参加了海峡两岸珠穆朗玛峰登山队。这次，他要还五年前的登顶之愿。

且不说珠峰恶劣的自然条件，台湾队员实力也较弱。在山上，近两个月的运输、修路、攀登过程中，内地队员必须负担得更重一些。

王勇峰每天仍旧默默地在营地奔忙。别人都休息了，他还在分物资、整理装备，准备次日的运输。自海拔6500米的前进营地至7028米的天险北坳，王勇峰顽强地往返攀登运输达九次之多，成为运输次数最多的队员。台湾山友被他的顽强深深打动了。

我刚到珠峰大本营时，高山反应强烈，头疼欲裂，连呼吸都格外艰难。王勇峰时常坐在我的睡袋边，笑着让我起来活动活动，或和我聊天，给我唱歌。我很感动，我从他那里感到了一种勇敢的力量在召唤！暴风雪之夜，我和他坐在几乎要被狂风撕碎的帐篷里，听他平静异常地给我讲述许多登山者的故事。他说他很佩服意大利著名登山家梅斯纳尔。

"真的，那才是一个真正的登山家。"他的眼睛发着亮亮的光，"不光是他专选最难最险的路线攀登，也不光是他敢在珠峰冒死创下无氧登顶的奇迹，我认为他最伟大、最深刻之处在于对登山探险的理解。他认为登山者的目标不是登顶，而是体验人生中的勇敢行为，向自己挑战。这是一种灵魂的攀登，把壮丽的雪山和大自然抱在怀中，向世界上热爱生活的人呼唤一种崇高和美好的生活信念。我要以他为榜样……"

我一下子明白了他的心，知道了他为什么盼望攀登珠峰达五年之久。

如今，他作为内地唯一的一个汉族队员，将和突击组的队员向顶峰发起冲击。他会顺利吗？

作为王勇峰的队友和校友，此时在山上的还有马欣祥。他和王勇峰应当算是祖国第三代的登山者。这一代人身上有个突出的特点：文化素质较高，对山的理解观念较新。台湾队员都很喜欢小马，称他为"小马哥"。"小马哥"是一部童话中一个善良的小哥哥形象。

我认识马欣祥，是1991年的10月。那次是不期而遇。我到南迦巴瓦峰采访，刚到拉萨就遇到了从希夏邦马峰下来的张志坚和马欣祥。那一次，他们所在的中日尼登山队在希峰遇到了山难，两死两伤。张志坚在第一突击组，山难发生后从雪地爬出，艰难地营救其他日本队员。就在他们这几个幸存者处于绝境的危难时刻，第二突击组的马欣祥和另一个日本队员赶来营救，使他们得以死里逃生。

张志坚对我说："那真是九死一生！人在那时候，感到突然和世界分离了，它比雪崩和滑坠更可怕，因为我们就坐在那里等待死亡的来临。和山下一切联系中断，谁知我们出了事？谁知我们在哪里？在这个时候，我看到伙伴马欣祥上来了，一步一步走向我，那是一种什么感觉呢？……我说不出，我们只有抱在一起痛哭。人只有在这样的时刻，才体味到友情的纯洁和崇高。从他搀扶着我下山起，我的吃、穿、睡及其一切，都靠他一步不离地精心照料。我的双手严重冻伤，连解个大便小便都是他为我帮忙。我的生命，我的一切好像就交给了他。若说兄弟般的情谊，也难以到这个份儿上。山，甚至山难给了我太多东西，而小马给了我更多的东西，我将永远感谢他……"

我望着小马。小马直摇手，那意思是不值得一提。

"应该的，谁都会这么做。"他说。

他很文静，也不太爱说话。他的眼睛很亮，亮得单纯而明净。

那一次，我们几乎没谈什么。但是，他的那双眼睛，我清清楚楚记住了，而且不会忘记。我很相信我的感觉。

果然，我们有缘分。不到半年，海峡两岸珠穆朗玛峰联合登山活动组队，他正在中国地质大学读博士，应邀前来入队了。他和金俊喜、王勇峰、罗申几人在怀柔的登山基地训练时，我去采访，恰与他住在一屋。我们谈了许多，我再次感到他的直率、善良和气度。

我们一起和海峡两岸的所有山友进藏，进入珠峰。他和队友上山时，我在大本营送他，那是一个风雪呼啸的上午。他没有和我说什么，只向我挥挥手，坚定地迈出每一步，向珠峰的冰山雪谷走去。行前，我请每个队员写下一句话，那是面对珠峰最想说的话。他开始说请我代他写一句，我写了，他看了摇摇头，说有些让人费解。他给了我这样一句："当我从珠峰下来的时候，让我拥有很多美好的回忆。"

这"美好的回忆"，真的无比美好，但又那么悲壮。

一个希夏邦马峰，一个珠峰，这两次攀登，对他来说，都是他人生历程中很重要的攀登。他没有登顶，但他用那颗美好的心灵救助了战友，一次次登上了人生的巅峰。

我明白，这付出，需要很多看不见的代价。对于两次高山救助战友，他一直说是应该的，别人也会这样做。这是心里话，但我想使所有的山友明白，他内心深处的另一种茫然甚至痛苦——那是大部分登山者不能承受却必须要承受的，便是：最终没能实现登顶之愿。目标确立之后，一而再地受挫，对一个年轻人来说，是一种残酷，可这就是现实和人生。

我和他接触时，就注意过他的"相"。他很善良很纯真很坚强，但是，眉宇之间藏着一种忧郁和坎坷。这一点，是任何一位优秀青年都必然有的命运。

这是上苍在磨难、在锻造一个坚强的灵魂。这次去珠峰前,他就和我说:"可能我太想去珠峰实现登顶之愿,反而不好实现。"到珠峰后,从4号营地到5号营地运输物资途中,他对我说:"没有办法,我感到我的体力和适应性不足,这次登顶是不可能的了。"他说这些时心里很苦。

　　成功是辉煌的;失败,同样是辉煌的。从某种意义上说,人生,经受的就是一次一次地失败。成功的喜悦,只是很短促的,马上就会迎接又一个考验、又一个失败。从失败中站起来的勇士,将是无敌的。

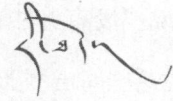

8680米营地的哭声

我，我心里难受！（抽泣声）今天行军，所有的藏族队员和王勇峰……都不吸氧，行军时只有我一个人吸……我感谢他们！我心里难受……是他们背着氧气却不能吸氧啊！（哭声）……

5月2日，八名突击队员和运输组的马欣祥、黄德雄自4号营地向7790米的5号营地突进。

日行军时，风力5级，积雪达50厘米深。突击队上午9时30分出发，中午接近珠峰第二道天险"大风口"时，高空风已达8级以上。雪硬冰滑，岩坡陡峭，极难站立。14点20分，加措、小齐米、开尊、普布、王勇峰、拉巴六人闯过"大风口"，到达5号营地。营地原设的帐篷已被雪深埋，所幸未被风撕破。两个多小时后，马欣祥、吴锦雄、伍玉龙也到达5号营地。黄德雄因途中风镜破裂，暂留7600米的爱尔兰队营地夜宿。次日，马欣祥、黄德雄下撤到4号营地，八名突击队员向6号营地突进。

由于这里的高度已近8000米,当晚队员开始夜间用氧,以保存体力。内地队员每人半瓶(两人轮流吸一瓶),台湾队员受照顾,每人一瓶。这里呼吸已十分艰难。

当日中午,西藏体委主任洛桑达瓦和西藏登协副秘书长姚凤城自拉萨赶到大本营。

5月3日晨,天气尚好,5号营地风力达6级。10时05分,突击队员出发了。

11时05分,老曾呼叫走在最前面的加措。加措答:"山上雪大风大,太难走,太难走了!大风有8级,所架的绳子常常找不到,埋在雪里了。"

老曾说:"一定要用绳子保护!注意安全!"

下午,13时。3号营地吴洞俊报告说,已确知有六名队员攀达8000米。我们通过高倍望远镜往山上看,没有找到。16时05分,加措的声音出现了,说还有五条绳子可到8300米的6号营地。五条绳子的长度是200米。

老曾问:"加措,能够看到后面的台湾队员吗?"

"看不见,什么也看不见!……风雪太大,睁不开眼!"

这时,突然听到了王勇峰的声音:"大本营,呼叫大本营!"

我们顿时紧张起来。老曾问:"王勇峰!大本营听到,你现在哪个高度?台湾队员和你在不在一起?"

王勇峰答:"伍玉龙和我在一起,吴锦雄在后面看不见。我们前面出现了冰壁,但绳子找不到了,也找不到前面队员的脚印,不知往哪里走……"

老曾说:"我明白!你们就地停留,等待接应,不要再走!注意千万不要冻伤,原地活动一下身子。大本营紧急呼叫加措,加措!你立刻命拉巴下撤接应王勇峰!拉巴,听到没有?听到没有?……"

达瓦主任用藏语向拉巴下令。

拉巴下撤接应。

16时35分，加措报告已到达8300米的6号营地。

17时10分，拉巴接应到王勇峰和伍玉龙。王勇峰向拉巴大声喊道："拉巴！快去帮伍玉龙背东西，他背不动了！"拉巴下去接过伍玉龙的背包，带他们两人向上攀去。

大本营此时急切地呼叫吴锦雄，但就是没有回音。

老曾向3号营地的攀登队长金俊喜提出"营救方案"，准备让王勇峰下撤寻找吴锦雄。

17时45分，王勇峰惊喜地叫道："看见吴锦雄了！他就在我们后边100米处。他忘记开报话机了。"

老曾从极度紧张中吐了一口气，关了报话机自语道："这个吴锦雄，高山反应反忘了。"

20时39分，拉巴、王勇峰和伍玉龙到达6号营地。不久，吴锦雄也到达6号营地。

伍玉龙和吴锦雄，在这个高度已刷新了台湾的登高纪录。

但是，18时15分，于良璞通过高倍望远镜看到，先到达6号营地的两个队员在设第二顶帐篷时，这顶帐篷被高空风猛地卷走了。和山上联系后，果然被证实了。

山上的形势再次严峻起来。6号营地的这顶帐篷被吹走，将完全打乱下一步部署。此时，山上8300米的风力为8级，达每秒24米。今夜，八名突击队员只能在剩下的这一顶六人帐篷内蜷挤着过夜了。而据气象卫星资料分析，明日高空风仍强达9级，气温为摄氏零下42度。

大本营连夜召开紧急会议。

目前的八名突击队员为：加措、小齐米、伍玉龙、开尊、普布、王勇峰、吴锦雄、拉巴。

严峻的现实残酷地摆在了他们面前，更摆在大本营指挥者的面前。由于帐篷、氧气、食品等条件所限，必须让两名队员退出突击队下撤至5号营地。这两名队员，将失去登顶的机会。

可登顶的机会，是付出多少昂贵的代价才取得的！8300米，攀到这个高度，眼看登顶在即，又一下子失去……这是多么严酷的现实。

让谁撤？

深夜，已近23时，大本营指挥者拿出了一个、两个、三个方案。最佳的是哪一个？从体力及高度适应来看，两个台湾队员中只有一个具备突顶条件。这应当是伍玉龙。除了吴锦雄下撤外，另一个下撤的是谁呢？这是最大的难题，因为这几个内地队员都具备登顶条件。老曾咬了咬牙，说："抛开一切感情因素，该无条件服从全队的需要。我们的目的，就是要尽最大力量保住台湾队员登顶！所以，我主张让实力最强的五名藏族队员协助伍玉龙登顶！"这张牌，是把所有的力量，放在力保台湾队员身上了。

李淳容和台湾队员李诚彦对这一方案很感动，但是，李诚彦说："那北京队员王勇峰呢？王勇峰的体力和各个方面都不差，让他下撤下去太遗憾。我们希望能和西藏、北京队员一起登顶，这才是最圆满的结果。"李淳容也表示同意这个意见。

西藏体委主任洛桑达瓦说："我同意台湾队长的意见，拉巴和王勇峰实力差距不大，应当让王勇峰上！"

三个方面，都真诚地在替对方和全局考虑！这才是真正的集体力量和智慧。只有具备着珠峰一般高远胸怀的人，才能体会到这激动和喜悦。老曾起身对大家说："谢谢大家！今晚，首先是我们自己，在这攀顶之前做了一次超越式的攀登。这才是真正的登山者！"

他的话音刚落，台湾方面李淳容、西藏体委主任洛桑达瓦、在登顶前夕率支援队赶到大本营的台湾副队长吴夏雄、因冻伤下撤的台湾攀登队长张铭隆，五个人，同时起立伸出手来紧紧握在一起，许久。这五双手结成了一个比铁锁还坚固的锁结……

新的编组为 A 组：加措、小齐米、伍玉龙；B 组：普布、开尊、王勇峰。B 组在前面开路，A 组加措和小齐米协助伍玉龙冲击顶峰。

夜，已近零时。

大本营打开了报话机，开始和 8300 米处的八名队员联系。

李淳容心情很激动，也充满了矛盾，该怎么向吴锦雄下达这一决定？

李淳容：山上的朋友们，感谢每一位已到达 8300 米高度的山友，也感谢山上的所有队友。由于条件所限，我们必须做出一些本不愿意做出的抉择，只能请大家理解。吴锦雄，我要先和你讲，能听得到吗？

（8300 米营地）**吴锦雄**：听见了，请讲。

李淳容：我们有心痛的地方，但必须承认你速度慢一些，所以只好选择了伍玉龙攻顶，而你明天下撤。我明白，在你现在的高度，每人都有登顶的能力……你能理解吗？

吴锦雄：理解，理解。

李淳容：希望大家都记住这一点……（落下止不住的泪水，较长时间的停顿）对不起。或许最后的成功者只有一两位，但应当感谢后面所有支援的人，这才是登山的实质。我希望登顶者记住这一切都是队友给予的。谢谢你，

吴锦雄！……

吴锦雄：理解，我理解大家的苦心。

张铭隆：（眼含泪水）吴锦雄，我们一起爬山这么多年，现在让我又想起了我们曾爬过的许多山……你一直在进步，将来也一定还会有机会……

吴锦雄：谢谢，谢谢大家。这样的安排很好，望大本营的朋友们放心。

吴夏雄：好样的吴锦雄！你是好样的！

李淳容：伍玉龙，我想你已经听到了我们做出的决定。希望你往上的时候尽自己的力量。困难时，你就祈祷，上帝会帮助你的。希望你登得越高越谦虚，不要忘了所有队员为此做出的努力，望你做一个真正的登山家。让上帝给我们每一个人以智慧，我将为你祷告……

（8300米营地）**伍玉龙**：我一定尽力。

老曾和达瓦主任同加措和拉巴通话。

加措：拉巴答应明天和吴锦雄一起下撤。

没有听到拉巴的声音，他的痛苦是可以理解的。中国登山队有一个老登山者老尚，有一年登纳木那尼峰，眼看就要登顶了，但接到了让他立即下撤抢救日本队员的命令。他是一边擦着泪水，一边马上下撤的。为此，他失去了一生中唯一的一次登顶机会。这，也是真正的登山者。

5月4日凌晨，6号营地突然传下来令人意想不到的消息：伍玉龙向大本营报告说，昨夜由于八个人挤缩在一起，腿无法伸直，整夜没睡，只能坐了一夜。他现在感觉身体状况非常不好，有呕吐，预感自己无法再向上登顶，请大本营同意他放弃突顶队员的资格，改让吴锦雄登顶。

李淳容让伍玉龙静下心来祷告，过一会儿再做出决定。

伍玉龙感觉仍不好。

"好,这没什么,伍玉龙,你不要有包袱。下撤时注意安全。"

大本营马上再次征求吴锦雄的意见,吴锦雄同意。

10时55分,拉巴和伍玉龙下撤。

这样,吴锦雄作为台湾唯一的一个队员,加入向顶峰突击的突击组。

他肩负着台湾山友的希望和两岸登山队的希望。

12时30分,在突击组队长加措的指挥下,六名突击队员自6号营地向最后一个营地——8680米的7号营地出发。

吴锦雄得到了最优厚的待遇,他只背个人睡袋(其他队员背着物资,负重13公斤),而且行军途中可以用氧气。内地队员所背的氧气,行军途中不得使用,因氧气太少,要留在冲顶峰时用。

这个高度,已在珠峰东北的棱线上,我们通过望远镜已能够看见。由于队员在缺氧条件下攀登,地形又太陡,大本营在他们行军时一般不再和队员通话,以节省他们的体力。

15时35分,达瓦主任盯着望远镜说:"到8500米了!顺利的话,再有两个小时就能到7号营地!"

15时48分,报话机里终于传来加措的声音,喘得厉害,如拉风箱一样,听不太清:"我们……快到……第一台阶了,马上要翻越……第一台阶……"

老曾喊道:"你们一定要一起走,注意互相保护!注意高空风!"

"明白……放心!"

"第一台阶"和再向上的"第二台阶",被称为"珠峰最危险的天险",也是登顶前的最后一道险关。从大本营望珠峰,可以清楚地见到这两处巨大的岩壁似两道台阶。1921年,英国的马洛里就是在这一高度遇难失踪的。而

1975年，中国登山队的副政委邬宗岳，也是在8500米这一高度滑坠牺牲的，人们在悬崖边只找到了他的背包、氧气瓶、冰镐和摄影机。更多的登山者也是在这里，眼望着遥遥在望的顶峰，却只能饮恨下撤——高寒、陡壁、缺氧、高空风加在一起，难以战胜。

但是，我们看不见山上的英雄们究竟怎样攀越"第一台阶"。只有当他们没有被山体遮挡，背后又是雪地时，我们才能通过望远镜看到他们如豆粒大小的影子。

越过第一台阶，就是8680米的7号营地。

18时20分，加措等六人越过了第一台阶，并在一块很窄的岩石上扎营，搭起了唯一的一顶帐篷。

这是突击顶峰前的最后一个营地了，也叫突击营地。

大本营在欢呼，对六名队员顺利、平安地达到这一高度激动万分。老曾高兴地跑到帐外喊道："英雄！英雄们突破8600米啦！"

这是突击顶峰前的最后一个夜晚。

这是人类在"第三极"之上度过的一个夜晚。

海拔8680米，这里的温度在摄氏零下40多度，氧气的含量极少，是内陆地区的四分之一。这里是生命的极限了。

夜已黑尽，我们所有的队员全挤在指挥帐内，望着报话机。山上传下的每一点儿声音，甚至队友们艰难的呼吸声，都能听到。我们屏住了呼吸去听，紧紧攥着拳不愿松开，似乎这样能给他们增添一点儿力量。

7号营地的六名突击队员——加措、小齐米、普布、开尊、王勇峰、吴锦雄挤在帐篷内，只能脱去高山靴，两条腿插进睡袋，相互半靠半倚。帐篷上结成的冰已有半厘米厚，一碰就往脖子里掉。此时，连睁一睁眼都感到极艰难了。

老曾握着报话机说:"突击营地的队友们,你们是好样的!今天,你们已经突破了自己的高度,站在了地球之巅的边上。向你们祝贺,为你们骄傲!我们知道此时你们艰苦到一种什么程度,请你们好好休息,为保存体力不要说话,打开报话机听着就行……"说着说着,老曾的泪水夺眶而出。

我们所有人的泪水都流下来了。

一时间,四周那么静、那么静……

突然,报话机里传来了台湾队员吴锦雄的声音:

(7号营地)**吴锦雄**:李姐……你……你不知道……(很响的喘息声)今天……今天的攀登……有多么难……我,我心里难受!(抽泣声)今天行军,所有的藏族队员和王勇峰……都不吸氧,行军时只有我一个人吸……我感谢他们!我心里难受……他们背着氧气却不能吸氧啊!(哭声)……

李淳容:(泪流满面,哽咽地)知道了,吴锦雄,所以你要记住这一切!记住内地队员为攀登所做出的牺牲。请让我感谢所有的藏族队友和王勇峰!吴锦雄,明天你要坚持,有那么多好山友和你一起,你是幸福的人……

(7号营地)**吴锦雄**:一定!……我要为……所有的内地队员……为海峡两岸的所有同胞,尽力登上顶峰!

从北京进藏前夕,由于内地队员已先期在拉萨训练,我到怀柔的中国登山协会基地,去了王勇峰和罗申的家。在王勇峰家里,我用录音机录下了他五岁的女儿灏灏的一段话。此时,我把磁带拿了出来,交给了老曾。

曾曙生:王勇峰,现在给你放你女儿的声音……

8680米突击营地

小灏灏稚气又可爱的声音出现了：爸爸你好，我想你了，你想我吗？我和妈妈盼你早日回来！妈妈说，祝你登山成功……

（7号营地）**王勇峰**：听到了……谢谢，谢谢大家……

曾曙生：突击营地的队友们！我的好兄弟们！我们亲密的同胞吴锦雄先生！明天，我们三年来的心血就要见到成果。你们肩上的担子又重又光荣！海峡两岸的炎黄子孙都在盯着你们明天所迈出的每一步。你们躺着，吸着氧，听我说几点：一、明天要咬住牙，坚持住，顶峰就能踩在你们的脚下；二、要早些出发，注意保护，注意安全，内地队员要格外保护好吴锦雄先生；三、登顶时多拍些录像和照片，把这一具有历史意义的时刻留下来；四、要多带回几块顶峰的岩石标本，送给我们的宝岛台湾……

一直坚守在3号营地指挥的攀登队长金俊喜，这时也通过报话机对六名突击队员喊道："好战友们！男子汉们！我们海峡两岸联合登山队的旗帜，一定会在你们手中飘扬在珠穆朗玛峰的上空！"

达瓦主任：等待你们的好消息！

（7号营地）**王勇峰**：请大本营……放心。

（7号营地）**突击组队长加措**：放心！放心！成功！我们一定要成功！

登顶一刻

历史记载下此刻——1993年5月5日13时30分。同为炎黄子孙的海峡两岸登山者，挽手并肩屹立于地球之巅……

海拔8680米突击营地的六位勇士一夜无眠。在这里，吸着氧都无法入睡，昏昏沉沉的，人似飘了起来。帐内的温度有摄氏零下30多度。脚下是岩石和冰，头上顶着的帐篷上也结着厚厚的冰。帐篷的一个角，就在悬崖边上。

大本营一夜无眠。指挥帐篷里的报话总机开了一夜，预防山上出现什么情况。

5月5日，悄悄地到来了。

这是1993年的5月5日。

2时30分，老曾起身，出帐，到外面去看天。

整个珠峰，此时也睡着了吗？远处，冰山的裂响；近处，侧脊山上滚下的石块声，愈显出珠峰的静。

天上的星星很亮，个儿也显得很大。

凌晨4时，曾曙生和李淳容坐在了指挥帐的报话机旁。老曾把头低下去，闭了闭眼，抬起头再次看了看表，握起了报话机。

"BC呼叫，BC呼叫突击营地！加措、小齐米、普布、开尊、王勇峰、吴锦雄，听到没有，请回答……"

山上3号营地，金俊喜和吴洞俊也在呼叫突击营地："3号营地呼叫，3号营地呼叫7号营地，7号营地的队友们，听到没有？听到没有……"

7号营地没有任何声音。

5时，呼叫继续。老曾打开身边的录音机，插进一盘磁带，放出歌曲："特别的爱给特别的你……"

6时，老曾的嗓子几乎喊哑了："突击组的队员们，今天天气很好，请准备起身化雪烧水……

但是，昨日一天的攀登加上一夜的苦熬，山上的队员们太累了。报话机压在了身下，没有打开。

7时30分，王勇峰的声音终于出现："大本营……听到了，昨天太累了……"

老曾问："队员的情况怎么样？"

王勇峰答："休息不好……放心，不会影响行动。"

（其实，近三天队员们都没有吃什么正经东西，体力已严重透支。开尊爬起身，到帐外取了一点儿雪，用瓦斯炉烧了一点儿水，每人只喝了一点儿，吃了几口糌粑。加措吃下去，就全部吐了出来，他的胃坏了……）

大本营。秘书长于良璞已把60倍的单眼望远镜向着珠峰架好，他和达瓦主任开始密切观察7号营地。

近8时，珠峰渐渐清晰地露出脸来。可以看到"第一台阶"北侧山脊边的7号营地帐篷了。

天气很好，高空风比昨日小，达7级。

8时30分，"黄点"内仍未见有人出来。

（这时，队员们在整理冲顶的行装和所带物品——氧气、绳子、冰镐、铁锁、照相机、摄影机……）

大本营。所有的人全聚集在架起望远镜的石坡上。在珠峰脚下的日本游客、爱尔兰队员、瑞士队员都闻讯跑来，团团围聚在这里，一下子聚了几十人。

老曾说："队友们！出发！向顶峰出发！"

8时55分，望远镜观察到第一个人影走出了"黄点"。

（这是普布。）

"勇士们出发啦！看见人出来啦！前进！……"所有人都热血沸腾地呼喊起来。

"黄点"内又出来一个，又一个！9时整，六个人全部出来了。

（依次是：普布、开尊、小齐米、加措、吴锦雄、王勇峰。B组和A组同时行动，普布、开尊在前方架绳开路。王勇峰把一瓶苏制氧气放在冲锋衣内。每人带一瓶苏制氧气，每瓶2升，210个大气压，重量为2.5公斤。）

可是，从望远镜中，我们隐隐见到黄色帐篷的门口蹲着一个人。会是谁呢？已经出来了六个人，怎么会多出一个？刚才没看清？——后来证实，这是帐篷门没有拴上，被风吹得一动一动的。

（幸亏没有拴上，否则当天王勇峰归来后就惨了——他的手被冻伤了，解不开门。）

（没有人能想到，王勇峰此时已右眼失明……）

有一个人走出后，又回过头来往回走。怎么了？

（这是小齐米，忘了准备带上顶峰的火炬。队员们还带着一面中国少年先锋队的队旗。）

好，他又从帐篷里出来，赶向前去。

行进的速度不慢，几乎一个跟着一个。

9时40分，前组已到"第二台阶"下。

9时57分，前组开始攀登"第二台阶"。

10时01分，前组三人已上金属梯。三人，很清楚。

此时，后组接近"第二台阶"。

（翻越七八米的一道大雪坡后，面前就是珠峰最著名的"第二台阶"。这是一面五米多高、坡度近90度的陡崖，几乎是直上直下的灰褐色岩壁。1960年，王富洲等人第一次通过这里，这五米多的高度用了三个小时，这是人类第一次攀上和征服这道天险。1975年，中国登山队在此架了四米多的金属梯。站在这里往下看，脚下就是万丈深渊了。）

（普布和开尊首先到达"第二台阶"。见金属梯还在，还有1988年拉在上面的两根绳子。但这绳子不敢用了，必须再架保护绳。开尊脱下鸭绒手套，只戴一双薄手套，爬上岩壁。这是绝不允许的，但只能这样了，为了抢时间，也为了后边的战友快速通过。摄氏零下40多度的严寒马上将他的指尖冻伤。）

10时35分，前组已攀越"第二台阶"，后组也开始准备攀登了。

10时45分，后组攀上了"第二台阶"。

顶峰在望。

10时52分，一人向上攀，又一人向上攀，前面是雪坡岩石。

（前面是普布，后面是开尊。）

11时05分，前组已到珠峰东部的三角雪坡之下。

（开尊在岩壁上攀登时一脚踩空，滑坠十几米！幸亏抠住岩石停住了。脚下不远处就是2000米高差的冰谷。）

（小齐米向下看到，吴锦雄和王勇峰跟上来了。他向他们挥了挥手。）

12时整，前面的三个队员攀上三角雪坡的中部，已达海拔8800米。

12时10分，有一人已过了雪坡，上了顶峰下最后的平台。又一个上了平台。

（这是普布和开尊。）

12时15分，又有两人过了雪坡，在山脊上走过，连红色登山服都可看清。

（这是小齐米和加措。开尊回过头来，在狂风中向小齐米喊道："齐米！你的耳朵怎么了？白了，大了。"齐米一摸说："坏了，冻伤了。"）

大本营全体人员此时在欢呼雀跃！老曾一会儿跑进指挥帐向山上呼叫，一会儿跑出来奔向望远镜这儿。

老曾喊："大本营呼叫突击组！呼叫突击组！"

顶峰上的报话机传出一点儿声音，但很快又没了。

3号营地金俊喜报告："大本营，刚才好像是开尊的声音。"

12时20分，最前面的一人已上了顶峰的边缘。

12时30分，后三人在前进，最前面一人稍停。

12时40分，最前面的人登上了顶峰，不动了。后面几人也上来了，不动了。

依次是：普布、开尊、小齐米、加措。

达瓦主任喊道："登顶了！"

老曾从指挥帐跑出，挥拳向天吼道："勇士们冲上去了！报下话来啦，12时40分！12时40分！登上顶峰啦！"

我们所有的人全都跳起，呼喊、拥抱在一起！

13时18分，又一人攀上顶峰。

（这是王勇峰。）

13时30分，最后一人攀上顶峰。

（这是吴锦雄。）

老曾眼含热泪，达瓦眼含热泪，李淳容擦去泪水又流下来……

（吴锦雄一踏上顶峰，喊了一声"啊"，就哭了起来。六个人抱在一起喊道："胜利啦！成功啦！"）

（六名勇士在顶峰打开了"海峡两岸珠穆朗玛峰联合登山队"队旗，照相。照了几张机器就按不动了，气温太低，摄像机打开也不转了。）

在顶峰看到了什么？

（普布：云在我的下面，好看极了。我还看到尼泊尔的波切小村，很清楚。云像流水一样在脚下流。下面的山那么小……顶峰只有五六平方米那么大的

◆ 王勇峰等六人登顶成功后欢呼

△ 大本营欢庆成功登顶

一点儿地方。上面东西很多。有外国的旗子、山灯、氧气瓶、眼镜等，有的一半被雪埋住，有的露在外面。）

藏族队员都没有吸氧，创造了我国运动员无氧登顶的奇迹。他们说一吸氧时，嘴里的热气出来，眼镜上全是水汽，就看不见路了。所以，干脆不吸。

吴锦雄在攀过了"第二台阶"后，在向上攀登时也滑坠了七八米，险些出事。

吴锦雄成为台湾第一个登上珠穆朗玛峰的人，并改写了台湾8200米的登高纪录。

应该记住这个时间——1993年5月5日13时30分，海峡两岸的登山者，共同的炎黄子孙，挽手并肩站在地球之巅。

是的，历史将记下这辉煌的一刻。

13时40分，六名登顶队员开始下撤。

▲ 海峡两岸登山指挥者在一起祝贺胜利

意想不到的是,可怕的险情出现了……

老登山们都说过:"登山出事,往往在成功之后。"

死神难留王勇峰

只有在这世界最高处的冰天雪地里,你才会感受到什么是真正的友谊,什么叫生存下去的勇气和力量。

中午时分,海峡两岸珠峰突击队的六名勇士成功登上珠峰之顶;傍晚,欢腾的大本营又一下子跌入冰谷:山上通过报话机传下话来——登顶者之一的王勇峰自顶峰下撤后失踪。

午后13时40分,登顶的六位勇士开始下撤。他们商议好当天下撤到5号营地,在那儿会合。四位藏族队员走在最前面,随后是台湾队员吴锦雄,王勇峰压后。四名藏族队员因5号营地食品不足而安全撤到4号营地,连平时速度最慢的吴锦雄也已到达5号营地。天已黑尽,这时大家才发现王勇峰没下来,不见了。

大本营里的我拿着报话机的手直抖。我呆呆地久久盯着队长曾曙生和秘书长于良璞,渴望从这两个"老登山"的神态里读出"王勇峰绝不会出事"来。

但是我失望了，老曾倚着帐篷用两拳紧夹太阳穴，老于低着头拼命在抽烟。谁都明白，在海拔 8000 多米高的珠峰山顶失踪意味着什么，峭壁的凶险、缺氧、摄氏零下 40 多度的奇寒……不敢往下想了。

望着老曾，我想起他说的一句话——"登山最不能忍受的是，下撤时少了一张熟悉的面孔。"

大本营一夜未眠。

老曾的两眼里充满了血丝，顿时苍老了许多。他眼中含着泪，但又极力克制着。

李淳容也在为王勇峰祈祷。

北京，中国登山协会也不停来电，关心着王勇峰的消息。

所有的台湾山友，都在为王勇峰焦急。吴锦雄脱险后哭着向大本营喊道："王勇峰在哪里？王勇峰不见了……"

登顶时，王勇峰的报话机丢失。他和这个世界失去了联系。

大本营分析会有三种可能：一是他下撤时走错了路；二是在攀下天险"第二台阶"的绝壁时出了事；三是他当夜在 8680 米的突击营地宿营了。假如是前两种可能，那他就完了，必死无疑。珠峰曾有 20 多位登顶成功者在这个高度遇难。而最后一种又不具备可能性，他的体力还好，不会只撤到突击营地，因这个营地冷，缺氧最严重，冻伤的危险性也大。但是，这是他命悬一线中唯一的希望，而这只有等到明天才能验证。

珠峰，痛苦和焦急煎熬了我们一夜。王勇峰，你在哪里？

我只能一会儿闭上眼，一会儿又睁开，望着头顶被风吹得一鼓一鼓的帐篷，望着外面漆黑的雪夜，不敢再去想。但王勇峰，我这个最亲密的伙伴总在我眼前出现，甚至一闭上眼似乎就听到了他那熟悉的笑声……

我想起了他说的意大利登山家梅斯耐尔。

我想起了时刻盼望他平安归来的他的妻子和女儿。

我想起了突击顶峰前的昨夜,他女儿的录音和他听到后抽泣的声音。

我的泪水涌了出来。

勇峰,我的好兄弟,你能脱险吗?如今你在哪里?

第二天天一放亮,我和老于便通过 60 倍的望远镜死死盯着顶峰下 7 号营地的那座帐篷。

8 点、9 点……我们明白,到 10 点钟里边如果还不出来人,那就……

已近 10 点了,我们的眼睛似乎要盯出血来。

这时,身旁的队长老曾看了看表,无力地瘫倒在了一块石头上。这个时间还没出来,希望已不大了……

10 时,仍没有动静。

10 时 10 分……突然,一个黄色的豆粒大小的影子移出了帐篷,清清楚楚地在冰雪中出现、移动。老于看了一会儿,不敢相信,又让我再好好看看。

我也不敢相信,但这是真的,千真万确,清清楚楚。

"王勇峰出现了!找着了!"我跳起来只呼喊出了这一句,就再也无法控制住自己的感情,仰望珠峰,放声痛哭。

大本营一片惊喜和欢腾!终于找到王勇峰了!

台湾的山友、突击前从台湾赶来的《自立晚报》记者杜文靖先生向我走过来,紧搂住我的肩,说:"性情中人,性情中人啊!别哭了,找到了,别哭了!"说着,他也掉下了眼泪。

我想起的是五岁的小王灏,我答应过这孩子,登完山和她爸爸一起领她去公园玩。假如找不到王勇峰了,孩子问我:"大大,我爸爸呢?"我该怎样

鸟瞰珠峰

对孩子回答?

老曾马上部署,让4号营地的队员马欣祥上去接应。

王勇峰果然是九死一生。他是怎样从死神那儿逃出来的?

下山后,他对我说:

5月5日凌晨,我们六名突顶队员从睡袋里拔出脚,等待着冲击珠穆朗玛的时刻。这是8680米的7号营地。开尊起来化雪,每人喝了一小杯水,吃了几口糌粑。用雪化水太慢,近9点,我们才出发。

近十年的登山生涯了,我一直盼望着这个机会。这一天终于来了。我不信神,但我希望老天爷保佑,给我们一个好天,登顶的成功与否,与天气关系太大了,尤其在珠峰。天刚一发白,我就扒开帐篷往外看了看,不错。夜里奇冷,总有摄氏零下30多度,一冷,天就好。出发时,开尊和普布走在最前边,然后是小齐米和加措。我跟在台湾队员吴锦雄后面。

这高度真是地地道道的生命禁区,走出没有20分钟,就感到憋气难受。我把氧气调大一些。吴锦雄正坐在那儿边喘气边吸氧,我向他摇摇手,示意他别着急。这时,"第二台阶"已离我们不远了。但是,向上攀了没几步,我突然发现右眼一片模糊,几乎什么也看不见了。我的心不由一沉,完了,

北京队员王勇峰返回大本营

目测不准，怎么向上攀登？要是迈错了一步，就会出事。那么，我的登顶之愿无法完成，生命也将受到威胁。怎么办？我一咬牙，马上做出了决定：不能告诉任何人，大本营要是知道了，肯定会逼我下撤，就是剩下一只眼睛，我也决不放弃登顶机会！一个登山队员，一生中这样的机会，能有几次？危险，只能靠自己去闯，我相信能战胜它。

攀登速度明显慢了许多，体力消耗太大。老天真保佑，13时17分40秒，我终于登上了顶峰！激动使我忘记了失明和疲劳，待吴锦雄最后一个攀上顶峰时，我们拥抱在一起。吴锦雄激动地喊了一声就哭起来，我们拍拍他，亮出了海峡两岸联合登山队的队旗。加措看我把吸空的氧气瓶扔下，知道我没有氧气了，便把他的一瓶氧气给了我。他和几个藏族队员没有吸氧，是无氧登上顶峰的！我很感谢他，心想这真是救了我，靠着这瓶氧气，按我们商定好的当天下撤到7790米的5号营地，是不成问题的。但谁又能想到呢，顶峰太冷，高空风太大，这瓶氧气我还没放稳，就一骨碌滚到山下去了。我懊恨极了，但也没有办法。这个高度，意外太多了。

我没有想到，更大的危险还在后面。

13时40分，我们开始下撤。没了氧气，再加上右眼失明，我越来越感到行动艰难。对于我，氧气在这时就是生命。眼见五位战友下撤得越来越远，我明白自己顶多能撤到7号突击营地。终于，来到了"第二台阶"，这里陡得足有90度，目测不准，我更是小心翼翼。挂上下降器后，我一再提醒自己，慢一些，别慌，一定要沉着冷静。但是，下到金属梯的下半截时，右脚突然踩空，我一头栽了下去，成了个"倒栽葱"。幸亏左脚此时挂在绳子上，否则必死无疑！尽管被倒吊在那里，我的心里仍"咯噔"一下，感到这下完了，非吊在这里冻死不可！因为人在这种情况下，即便是在海拔低的地方也无力翻起身，更别说是在海拔8700米的高处了。我只能在绝望中"垂死挣扎"了。我用尽全身的力气蹬甩，右脚踏着岩壁乱踢，奇迹真的出现了，连我自己都不知道怎么翻起身的，上身终于朝上了。我全身紧张得连冷汗都出来了。下了"第二台阶"，我感到连下到7号营地的力气都几乎没有了。

我明白，从眼睛到体力，都是因为缺氧造成的，有了氧气，机体的血液循环加快，一切才能恢复正常。我把唯一的希望寄托在7号营地，我相信那里会有氧气，真有，就有生的希望。于是我咬着牙一步步摸着挪到了7号营地，上天保佑：一是营地的帐篷门没拴，如果拴死了，我的手指尖已冻坏，就解不开了；二是里面的三个氧气瓶里都有氧气，一个压力120，两个压力50。这已足够我吸的了，我得救了！一坐下安上调节器吸上氧，我才感到有点儿后怕——昨天已把报话机丢失，今天等于一个人下撤。在"第二台阶"真挂死在那里，或途中滑坠滚下山，其他人连我怎么死的都不会知道。

吸完氧，才感到肚子有些饿，我把随身带的防风火柴划了一整盒，也没有划着火。连口水也喝不成了。喝不成就喝不成，反正有氧气救命了！

第二天，下午4点多，我终于撤到了7790米的5号营地。营地里也有氧气，我进去吸氧，隐隐听到有人喊我。过了一会儿，帐篷门急速打开，是我在4号营地的战友，更是校友和好友马欣祥。我很奇怪，便直愣愣地问他："马哥（马哥是小马的外号），你上来干什么？"他扑过来一把抱住我，呜呜痛哭起来……这时我才明白，小马是来接应我的，山下、大本营所有的战友，都在为我的安全担心。

只有在这世界最高处的冰天雪地里，你才会感受到什么是真正的友谊，什么叫生存下去的勇气和力量。

用他们的话说，我失踪了28小时。28小时，连北京的登协主席王富洲

都彻夜未眠。

黄德雄在7600米的爱尔兰营地接到了吴锦雄。吴锦雄在5号营地也度过了一个孤独的珠峰之夜。至此,山上的所有队友,都脱离了险情。

永远也忘不了登顶的代价。

突击队长加措突顶前夜已开始胃出血,连喝一口水都往外吐,但是,他不让战友告诉大本营。他是咬着牙顶着胃一步一步挪到顶峰的。王勇峰突顶这天一出发,就发现右眼失明了,一步迈不好就将滑下悬崖。他没有告诉任何人,几乎是摸上顶峰的。小齐米为了我国申办2000年奥运会,还背着很重的火炬,结果两耳和双脚冻伤。实力最强的开尊和普布走在最前面,在最后的天险"第二台阶"为战友开路架绳。开尊攀在几乎90度的岩壁上架绳,不得不只戴一副薄手套,那是摄氏零下40多度的严寒,结果两只手指尖全部冻伤。他在接近顶峰时,在陡峭的岩壁上滑坠了十几米,脚下不远处就是2000多米高差的冰谷!

5月7日傍晚,第一批登顶队员归来。我随老曾来到峡谷口迎接这四位藏族勇士。个子高大的加措胃痛得已迈不开步;开尊两只手指尖因冻伤已发黑;小齐米两耳冻得已肿胀大一倍;普布的脸、鼻子也轻微冻伤。在峡谷,我们紧紧拥抱,加措把头贴在我的胸前,闭着眼。加措、小齐米、开尊下山后马上住院治疗。望着他们伤成这样,我不禁泪如雨下……

5月10日,我又随队长老曾一起上山去接王勇峰。在冰山的一侧,见到他满嘴满脸裂开了黑黑的皮,露着红肉和血丝。他正一瘸一拐地被战友小马扶着往山下艰难地移动(一只脚严重冻伤)。我冲上去,和他紧紧地拥抱在一起……

在4号营地的马欣祥和黄德雄,通过报话机,已经知道了王勇峰失踪28小时后才出现的险情。他们即刻出发,向上攀登前去救援。两人在7400米处,接到了下撤的吴锦雄。此时的吴锦雄一见到了队友,近似神经失常了,突然胡喊乱叫起来,一会儿哭,一会儿笑。这是典型的高山缺氧和体力透支所致。他喊出的话里有:"王勇峰在哪里?王勇峰在哪里?……"听得小马心惊胆战的。

安排好黄德雄保护着吴锦雄下撤之后,小马一个人向5号营地艰难地攀登。

终于,下午3点多,他看到7790米的5号营地的帐篷了。

帐篷的一边,已经被积雪压得坍塌了。

这是很可怕的信号!他边攀边大声喊道:"勇峰!勇峰!……"

他盼望听到回答,哪怕只有一声。

没有回答。此时的王勇峰,听觉也快要失去了。

小马的心提到了嗓子眼儿,如果里面没有人……他不敢想了。

走近帐篷了,他冲进去一看,在!王勇峰脸上嘴上都是伤,正歪在地上吸氧。

▼ 回到大本营的台湾队员吴锦雄与王勇峰、马欣祥在一起

马上,小马向大本营报告了这个好消息。老曾悬着的心顿时放下,立刻告诉小马:大本营已经和爱尔兰队协商好了,距离5

号营地下方近 200 米处,是爱尔兰队的帐篷,里面给养和氧气都已经送到,只是队员还没上来,海峡两岸队的任何人,都可以无偿使用。

小马搀扶着王勇峰,下撤到海拔 7600 米处的爱尔兰营地,在这里过夜。

一夜的缓解后,王勇峰的右眼看见东西了,但冻伤的右脚,热辣辣地疼痛起来。

次日下撤,因为山上的路太窄,小马在前,只能将两根雪杖伸到后边,让王勇峰紧紧抓住,半背半拖地带着王勇峰下山。而王勇峰只能拖着伤脚,在冰雪和碎石中一蹭一蹭地蹭下山来……

此时,老曾拉着王勇峰的一只手,看到他的脸伤成这样,再看他一瘸一拐的脚,眼圈马上红了。老曾用力把头向后扭去,不愿意被王勇峰看见。

许久,他转过脸,盯着王勇峰,就这么盯着,不说话。

小马紧紧搀扶着王勇峰,他们的样子像雕塑,两个人成了一个人。

老曾对小马说:"小马,谢谢!我要感谢你啊!"

我的泪水涌出眼眶。

王勇峰拍拍我的肩,对老曾说:"谢谢,谢谢……'老工人',你的兵回来了!对不起,让大家为我担心啦……"

他这么说着,还是和平时一样大大咧咧地笑,好像一切都没有发生过。嘴和脸几乎全烂了,凝着黑褐色的血。更严重的是他的脚。他还在和我们开玩笑:"哥们儿也要好好谢谢第三女神,真给面子,她保佑我活着回来啦……"

我从来没有见过王勇峰的眼泪。

但回到帐篷后,我看到了——

他躺在睡袋里,脸和嘴上的伤涂上药后肿了,已经睁不开眼了。那只伤脚被包扎后直挺挺地伸到睡袋外（下山住院后，最终因冻伤坏死被截去两根脚趾）。吴锦雄拉着王勇峰的一只手大哭！他想起了王勇峰在冲顶和下撤的时候都是走在最后面，一直保护着他。

王勇峰闭着眼还在微笑，不住地在劝他："锦雄，坚强点儿！"

一会儿，他突然坐起来，闭着眼伸出手对我说："张老师，快把那段录音给我……"

这段录音，便是他在登顶前夜，老曾给他放的，他女儿小灏灏的录音。

我打开，递给他。

五岁的小灏灏稚气可爱的声音出现了："爸爸你好，我想你了，你想我吗？我和妈妈盼你早日回来。妈妈说，祝你登山成功……"

他捧着录音机，泪水夺眶而出，流过脸颊和嘴上血肉模糊的伤口。他低下头，头紧紧顶着录音机，泪水便又顺着鼻尖滴下来了……

珠峰，我们要对你说

登山探险中，在神秘魅力的后面，所呈现出的坚韧不拔和无拘无束的流浪生活，是我们在舒适和安逸环境下产生的各种疾病的解药。

队友们两个多月的攀登，两个多月的珠穆朗玛……

大风暴、暴风雪、地震、营地失火、滑坠、失踪遇险、因冻伤截去手指和脚趾……

我们经历过了。

曾曙生，第十五次到珠峰的老登山家，似乎明白再来这里的机会已不多，他在山上的冰岩旁找呀找呀，要找一块最像珠峰的石头带回去，希望天天能看到它。

曾曙生说："海峡两岸相隔了40多年，但今天我们第一次走在一起，相逢在珠峰，血浓于水的骨肉之情使我们创造了这个历史性的纪录。这含义是深远的……同是炎黄子孙，血脉相连之情，应当似珠峰这个地球之碑。走遍世界，珠峰只有一个，中华民族，也只有一个……"

李淳容说："十年前，我有一个喜马拉雅——圣母峰之梦。十年后，我和我的山友实现了这个梦。在巍然的珠峰面前，我不知道我们的队友在这次冒险行动中，于别人眼中是否自私，但我确信，人性，是所有冒险活动中最终极的表现。此刻，我不能不想起也是十年前，在印度攀登庇古巴特峰时，永远也不能再归来的三位山友昂巴桑、徐庆荣、黄仲杰，我们今天所继续的，也是他们的未竟之梦。我们都爱我们的民族。这次在山上，台湾队员和内地队员培育起来的感情，是真挚永存的，我们播下的种子，会生长得花繁叶茂……"

5月13日，全队向珠峰告别。

我站在高处，最后望一眼珠穆朗玛，还有珠峰脚下的那片墓地。

她在我的精神之国永驻。

仰望过，亲近过，她便永远地生长在我心里。

生长在自己心里的，是圣洁、雄阔、伟岸、壮美，由善良、真诚和美丽支撑着。她似陈年的老酒，时光越久远越显出其价值。如今要离开这里了，从今以后梦里便总会显现这里，恨不得再一头扑向她的怀中。山上的两个多月，那每一分钟的时光，都可以清清楚楚地穿越过时间隧道回到我身边。她每一次归来，我的心灵都会一如既往地震撼和战栗。我至今都说不清，珠峰之行给了我一生多少财富，我永生永世也还不起珠峰赐予我的一切。

她那样美地生长在我心中。每当我为人生之途的艰辛而动摇、迷失、困顿、痛苦时，她就会融化下雪水来。那是永远的圣水。我还是那样，马上振奋起来，

跪在石头上埋下头去喝，掬起一捧又一捧。然后，我撑起雪杖随着山友又上路了，唱着歌。

她那样美地生长在我心中，又是冰晶做成的一面大镜子。我的自私、卑微、贪欲、懦弱等等一切，都逃不过她的眼睛。她不用说，只看我一眼就行了。她从没有责备我，只是点化一下，她知道人生不易。但就是这一点，这一点雪山的宽阔、气度和胸怀，使我之魂永久不宁，直到反思认清那一切，去改正，才还复宁静。

她告诉我人生最珍贵的还有友谊，是人与人之间的相融亲情。是的，我永难忘怀山上每一位给过我帮助的山友。我们一起度过暴风雪之夜，一起为山上战友的危难焦虑，一起为登顶成功流下欢喜之泪。我的内地山友，给我更多的是不屈和坚强；而台湾山友，给我更多的则是坦率和真诚。如今，和内地的伙伴，想了，尚时时能聚；而对台湾的山友，想了，却只有在心中默默祝福。海峡两岸，天南地北，珠峰之谊是永存的。每个人，都曾带着一小片各自的心灵文化背景在这里聚拢，相撞相合，最终凝于一体，一体是不可战胜的。海峡两岸首次珠峰登山队在登山历史上将留下珍贵的一页，翻开和书写这一页的，可以骄傲地说，是我们。

只能在梦中遥望珠峰了，她撑天依地，是地球之碑，更是大写的"人"字之碑。她骄傲自豪地俯瞰着世界和人间，给予我们的是圣洁高远。我悟到这该是人类最伟大的精神意识。崇高、真实、纯洁、透明、善良、勇敢、坚忍，是我们生命中的氧气和水，失去它，如同失去生命。有了它，生活才有意义，才会迎来无尽的勃勃生机和生趣，使我们的胸襟无限宽阔；我们的明天，灿烂美丽。你看珠峰，她胸怀包容的是整个世界。所以，世界上所有的山之子，才背起行囊，向她走去，任凭前面是不尽的风雪。

"登山也是一种艺术，真正的登山家，其目标不是让世人注目或受金钱的诱惑。他们只想面对永恒的大自然，与山的世界融合为一体。他们的人生就是人类真正的英雄行为，而且借着更多的真实友情及令人难堪的悲剧而越发丰富。"

1996年，在珠峰山难里奇迹般死里逃生的登山者乔尔·科莱考尔在一本记述珠峰的书中写道："登山探险中，在神秘魅力的后面，所呈现出的坚韧不拔和无拘无束的流浪生活，是我们在舒适和安逸环境下产生的各种疾病的解药。"

是的，只要你向珠峰和雪山走去，你的青春年少便会美丽地归来。你会骄傲地成为"爱山的孩子"。

再见，珠穆朗玛。

我会时时想你，珠穆朗玛。

我们会时时想你，珠穆朗玛。

我们是爱山的孩子，爱山的孩子会想你……

一部"原生态"的亲历笔记

文/曾曙生（原中国登山协会主席）

38年前，在祖国面临自然灾害的艰难岁月里，中国登山健儿来到了珠峰脚下，要向世界展示一个民族的不屈。1960年5月25日，王富洲、屈银华、贡布代表这个民族站立在珠穆朗玛峰的顶峰。此举震动了世界，也振奋了全国人民向自然灾害抗争的民族精神。事隔33年之后的1993年春天，海峡两岸的炎黄子孙又首次携手并肩再创辉煌，向珠穆朗玛峰发起挑战。作家张健作为内地方面唯一的随队记者，参加了这一历史性的壮举。

我认识张健，是在1990年中国登协《山野》杂志创刊前，他作为编委对我的一次采访。第一次见面，他就给了我一种早已熟悉和亲切的感觉。他对登山的理解使我吃惊，尽管那时他还未登过山，但已看出他对山有着极其自然的亲近感，透露出他与雪山十足的山缘。他身上具备登山者的那种豪爽、参与、热情和冒险精神。

1991年，中国和日本联合攀登险峻的南迦巴瓦峰前，张健一再提出要求，希望进山。我们为他的执著和热情所感动，安排他去南迦巴瓦的大本营采访和体验生活十天。在山上的十天里，他利用一切时间和队员交谈，自己上山体验。回京后,他又继续对登山队员作了多次采访,终于写出了近八万字的中篇报告文学《南迦巴瓦峰的诱惑》。此文不仅记叙了登山者的英雄壮举,也深刻剖析了人类面对大自然的情感和对自我人生的反思,这一独特的角度是准确而有一定深度的。作品在《中国作家》发表后,在登山界内外都引起了很大的反响,海内外一些报刊辟专栏转载或连载,《中国作家》还为此开过作品研讨会。文章对登山者的启发在于,我们该用一种新的观念去认识山、亲近山,也去认识自己。

事隔两年,张健又急不可待地怀着一颗虔诚的心,随队奔向珠穆朗玛峰,来痛痛快快地过这把雪山之瘾。用他的话说:"去那里是为了写山,也是要把心掏出来,用珠峰洁净的白雪把它擦洗擦洗,要不它就脏了,老了,跳不动了。"在圣洁的珠穆朗玛峰脚下,在晶莹剔透的冰塔林里,他既是一名记者,又是一名登山者;他既是一个什么活儿都抢着去做的"勤杂工",又是一个看什么都新鲜、都好奇的"大孩子"。三个月珠峰的营地生活,他得到了全队山友的认可,被登山者视为知己,被台湾同行视为挚友。登山遇到挫折,他焦急难眠;两岸队员成功登顶,他欢喜若狂。特别使我难忘的是5月5日登顶成功后,登顶队员王勇峰在下撤时与大本营失去联系28小时,终于在8680米的突击营地现出身影时,张健通过望远镜观察到之后狂喜地奔向指挥部的帐篷大喊:"王勇峰出现了!找着了!……"喊完这一句,他便再也抑制不住自己的感情,放声大哭。这发自心灵的哭声,震撼了大本营所有的海峡两岸山友的心。台湾《自立晚报》副主编杜文靖先生流着泪搂紧张健喃喃说道:"性情中人!性情中人啊!"

于是,他才能又写出长篇纪实文学《冰雪英魂——珠穆朗玛笔记》。这部作品重在纪实,把这一次登山过程异常生动地、活生生地再现于读者面前。

他说他要换个笔法，追求一种"原生态"，尽力令读者真真实实去"看见"、"有些亲历的感觉"。这样，登山者的情怀和大自然所包容的内涵，也就交给读者自己去品味和判断。这一点，在作品中的体现是很成功的。他以其亲眼所见、亲耳所闻、亲身体验获得了独特的只有自己才有的第一手材料，把作品的写作提前到了主动亲身参与这一过程。这样做，源于他对雪山和登山者的感情，所以他的探索才能成功。他的描写生动自然，富有哲理的议论发出前人难发之见，真实反映了海峡两岸登山者的骨肉深情和不屈的奋斗精神，也写出了人与人、人与自然错综复杂的关系。从这里也能看出他严谨的创作态度和他在文学之路上所具备的功力。《冰雪英魂——珠穆朗玛笔记》和《南迦巴瓦峰的诱惑》虽是文学作品，但其意义和价值已远远超出了文学范畴。人与人、人与自然的话题从登山者这里透露出的内涵太丰富了，它反映出特定的文化价值和人生价值。读者，尤其是青少年读者们从这本书中一定能受到启示，收获到很多有意义的东西。

"登山也是一种艺术，真正的登山家其目标不是让世人注目或受金钱的诱惑。他们只想面对永恒的大自然，与山的世界融合为一体。他们的人生就是人类真正的英雄行为，而且藉着更多的真实友情及令人难堪的悲剧而越发丰富。"

对作者张健，我们不想称他为"我们的作家记者"，而想称他"我们的山友"。

对读者，尤其是青少年朋友，希望你们读一读这本书，你会喜爱它的。

1995年，曾曙生为我当年出版的新书作序。今附上此文，以作纪念。

2000年，在北京西山的万佛公墓，曾曙生率中国登山协会为1991年梅里雪山遇难的17名中日队员立碑。

2002年10月，曾曙生因心脏病突发去世。他的墓碑，也静静地伴在17位勇士的墓碑旁……

仅以此书敬献给为登山事业遇难的英烈们，也献给过去、现在和未来的所有登山者。

张　健

2012年3月1日

图书在版编目（CIP）数据

巅峰／张健著. —— 成都：四川少年儿童出版社，2012.4（2016.1 重印）
ISBN 978-7-5365-5556-3

Ⅰ. ①巅… Ⅱ. ①张… Ⅲ. ①纪实文学－中国－当代 Ⅳ. ①I25

中国版本图书馆CIP数据核字(2012)第043847号

出 版 人：常 青
责任编辑：常 青　　高海潮
特约编审：金 平
责任校对：王晗笑
美术编辑：汪丽华　　刘婉婷　　韩 菁
责任印制：王 春

Dianfeng

书 　 名：巅 峰
作 　 者：张 健
摄 　 影：于良璞
封面图片：次 洛
图片提供：中国登山协会资料室
出 　 版：四川少年儿童出版社
地 　 址：成都市槐树街2号
网 　 址：http://www.sccph.com.cn
网 　 店：http://scsnetcbs.tmall.com
经 　 销：新华书店
印 　 刷：北京柯蓝博泰印务有限公司
成品尺寸：240mm×170mm
开 　 本：16
印 　 张：20
字 　 数：400千
版 　 次：2012年4月第1版
印 　 次：2016年1月第5次印刷
书 　 号：ISBN 978-7-5365-5556-3
定 　 价：38.00元

版权所有　翻印必究

若印装质量发现问题，请及时向市场营销部联系调换。
地址：成都市槐树街2号四川出版大厦六楼
　　　四川少年儿童出版社市场营销部　　　邮编：610031
咨询电话：028-86259237　　86259232